ROBERTO RUIZ

*En la esperanza que os cautive y
disfrutéis de mi novela, tanto como
me deleitó y motivó a escribirla.*

*En ella está la Verdad, Búscala y,
si la Encuentras, no la dejes Escapar.*

Con Respeto y Afecto de

Regala Cultura, Regala Amistad

الحملة الصليبية الأخيرة `` الجهاد سوط الله ``

LA YIHAD (EL AZOTE DE ALÁ)
VS.
LA ÚLTIMA CRUZADA

Amor Omnia Vincit

الحملة الصليبية الأخيرة `` الجهاد سوط الله ``

LA YIHAD (EL AZOTE DE ALÁ)
VS.
LA ÚLTIMA CRUZADA

Docere et Delectare

روبيرتو رويز كروزاضو

ROBERTO RUIZ CRUZADO

ROBERTO RUIZ CRUZADO

روبيرتو رويز كروزاضو

LA YIHAD "EL AZOTE DE ALÁ" VS.
LA ÚLTIMA CRUZADA.

الحملة الصليبية الأخيرة `` الجهاد سوط الله ``

La jaulá ua alá Kuwuata il la bil lájil aliyul adzime !

!‏وعدنلو قوق الو, الا ىف نكمي الا الله, ةظظهاب, رائعى

¡No hay fuerza ni poder excepto en Dios, el Altísimo, el Magnífico!

Al Láju Akbar ! Subjana Laj! Al Jamdú lil láj !

!‏وعدنلو قوق الو, الا ىف نكمي الا الله, ةظظهاب, رائعى

¡Dios es el más grade! ¡Gloria a Dios! ¡Alabado sea Dios!

> *Dice Allah:*
>
> *33:(59) "¡Oh Profeta! Di a tus esposas, a tus hijas y a las demás mujeres creyentes, que deben echarse por encima sus vestiduras externas cuando estén en público: esto ayudará a que sean reconocidas como mujeres decentes y no sean importunadas. Pero [aun así,] ¡Dios es en verdad indulgente, dispensador de gracia!"*
>
> *"Y di a los/las creyentes que bajen sus miradas y guarden sus pudendas, y no muestren más adornos que los que están a la vista..." (24:31)*

Bebe con felicidad lo que te ofrece un hombre noble y lleno de gloria.
¡No se te resista el placer!
Te trajo un vino que se vistió
la túnica de oro del crepúsculo, con orla de burbujas,
en un cáliz en el cual no se escancia
sino a varones principales e ilustres.
No obró mal al escanciarte por su mano oro fundido en plata sólida.
¡Levántate obsequioso en honor suyo!
¡Bebe para que su recuerdo perdure siempre!...

> Poema del Diwan del príncipe Abu Abdulmalik Marwan,
> Apodado Al Sarif al Taliq, o "el Príncipe Amnistiado".
> ### Córdoba, año 978

Me escondí, delante de mi tiempo, a la sombra sus alas; mi ojo ve el mundo; pero el mundo no me ve a mí.

Si preguntas a los días mi nombre, te responderán que no lo saben; ni el lugar en que me encuentro conoce en dónde estoy.

> Al Arabí,
> el divino sufí que cultivaba la virtud de la insignificancia.

ROBERTO RUIZ CRUZADO *(Madrid, 1964) Vecino y criado entre la Dehesa de la Villa, Bravo Murillo y Ríos Rosas, aunque pasaba más tiempo en el colegio Valdeluz y la Ciudad Deportiva del Real Madrid donde jugó diez años, siendo Campeón de España juvenil con el Real Madrid División de Honor, Campeón de España de Tercera División de la Copa de la Liga y Campeón de España con la Selección Madrileña de Selecciones Regionales. Perteneció al elenco del equipo de la "Quinta del Buitre", pero la mala decisión de echar un órdago, aunque justo, al Real Madrid, truncó su muy encaminada trayectoria a Primera División.*

Máster en Dirección de Recursos Humanos, Docente de Formación Profesional para el Empleo y Teleformación (SERVEF), Ldo. en CAFD, 3º de Derecho, Técnico Superior en Orientación Laboral, Administración y Comercio y Prevención de Riesgos Laborales, además de otros muchos cursos y estudios de inglés. Entrenador Nacional de Fútbol Nivel 3. Actualmente trabaja como Docente para la Formación Profesional para el Empleo (SERVEF).

En 2017 fue Primer Premio Local de Poesía Fermín Limorte 2017 de Albatera (Alicante) donde lleva treinta años viviendo con su familia, quedándose finalista del Nacional. Presentador durante diez años de las Veladas de Música y Poesía del Patronato Cultural Albaterense, colaborador en su revista y en el periódico provincial de La Verdad.

INDICE

PRÓLOGO DE MARÍA DOLORES FUENTES SORIANO - PROFESORA DE LENGUA Y LITERATURA ESPAÑOLA

Prólogo de Mª Dolores Fuentes Soriano, Licenciada en Filología Hispánica, subsección Literatura por la Universidad Complutense de Madrid. Profesora Agregada de Bachillerato (actualmente PES) desde 1989. Licenciada con grado por la Universidad de Alicante con la Memoria de Licenciatura *Técnicas narrativas de la novela histórica española*, que mereció la calificación de Sobresaliente por unanimidad por parte del tribunal que la examinó. Actualmente ejerce como profesora de Lengua Española y Literatura en el Instituto de Enseñanza Secundaria Alfonso X el Sabio de la ciudad de Murcia.

Estamos ante una novela, la primera, de Roberto Ruiz Cruzado: *La Yihad "El Azote de Alá" vs. La última cruzada*. Autor cuya valía como poeta ya ha sido reconocida públicamente al serle otorgado en 2017 el premio Fermín Limorte y reconocido articulista por sus colaboraciones, entre otros, en el periódico *La Verdad*. Es esta una novela que, sin duda, sorprenderá y fascinará al lector. La obra es el fruto de un ingente trabajo del autor para acercarnos a la realidad del islamismo actual. Surge tras un inmenso esfuerzo investigador y recopilador de las más variadas fuentes.

Centrada cronológicamente en los siglos XX y XXI, y geográficamente en el conflicto de Siria, podríamos incluirla dentro del género de la novela histórica por la importancia de los hechos que trata, en la novela costumbrista por su acercamiento al mundo de la familia, las costumbres incluso la gastronomía árabe, en la novela futurista porque nos anticipa un futuro cada vez más cercano, incluso conecta con la novela bélica dado su argumento. Genéricamente es imposible ubicarla en un solo género, puesto que los trasciende a todos. Es uno de los atractivos que presenta esta obra.

El autor nos presenta un *Índice* al principio de la obra de indudable utilidad, que muestra cómo ha estructurado la obra en epígrafes. La mayoría de estos albergan capítulos de un número reducido de páginas, aunque hay tres en una misma página y uno de ellos ocupa casi cien páginas, más de una tercera parte de la novela. Esta parte, que se titula **"Mis padres, mis hermanos, mi familia"**, es una de las partes más creativas dentro de la novela. En ella el autor da rienda suelta a su pluma para adentrarnos en el corazón de los padres y los nueve hijos de la familia del narrador *Ibrahim Abdalá al Haj-Saleh*. Aquí el narrador sigue la técnica narrativa de irnos presentando a los hermanos uno a uno para ir contando su respectiva historia. Todas interesantes, como la de Sami el consentidor o la de Nadia o Amina, dos hermanas que de distintas maneras reclaman y defienden sus derechos como mujeres.

La novela se presenta desde la ***Reflexión del Autor*** como *una llamada de atención a las conciencias de sus lectores.*

Ambientada en Siria, en la Guerra Civil. Hace una llamada preocupada a las conciencias de los gobernantes y de todos aquellos que tienen voz en este mundo. Se centra en las consecuencias, también las psicológicas, y en el sufrimiento que esta guerra está trayendo a los más jóvenes.

Muestra su intento de reflejar la intrahistoria, para lograr una alianza de civilizaciones.

En este intento de lograr esta alianza es significativa la inclusión del *Pacto de Umar Ibn Al Jattab*, suegro de Mahoma, que garantizaba a los no musulmanes, tras su conquista de Jerusalén, protección para sus vidas, sus propiedades y sus lugares de adoración. Esta visión del pueblo musulmán como respetuoso de las demás religiones es la que nos acerca a ese mundo de convivencia posible de las tres culturas y abre las puertas a la paz. No estamos en ningún caso ante una novela maniquea de buenos y malos. De hecho, los occidentales serán causa en la novela de la muerte de todos los seres más queridos por el protagonista, incluso muertes ignominiosas como la de la amada mujer del narrador. El autor muestra una gran capacidad de comprensión del alma humana que le permite penetrar en la mente de un terrorista.

Tras unas páginas de acercamiento a la realidad árabe mediante un glosario de términos usuales, empieza la novela con la presentación del personaje narrador: *Mi nombre es Ibrahim Abdalá al Haj-Saleh, tengo 62 años, nací en Al Raqa, antigua "capital del califato", está situada al norte del país, junto al río Éufrates, se encuentra en la parte occidental de la región históricamente llamada Al-Yazira, hoy situada entre las repúblicas de Siria e Irak, en una familia de pas-*

tores y alfareros con ocho hermanos. Inmediatamente el personaje hace su profesión de fe en Alá y aparece con la cita a *las redes sociales* uno de los contrastes constantes en la obra y más característicos de la sociedad que el autor Roberto Ruiz Cruzado describe con tanto acierto: el contraste entre un mundo rural primitivo y la tecnología más avanzada de nuestro siglo XXI.

El autor Roberto Ruiz Cruzado mantendrá esta autobiografía ficticia como hilo conductor en toda la obra.

Al presentarse el narrador dirá Soy *lo que los infieles llaman una célula durmiente,* que desde su posición como alto representante de la Unión Europea para Asuntos Exteriores tiene los suficientes contactos, informaciones y poder para manejar el terrorismo yihadista. Y justifica la escritura de esta obra con las siguientes palabras *Quiero dejar para la memoria de mis hijos, nietos y generaciones futuras todo lo que está aconteciendo en este mundo loco, donde los infieles no paran de atacarnos...*

Este personaje narrador será un buen hijo y hermano, un buen padre y un buen esposo. Su familia procede de *Al-Raqa*, ciudad que andando el tiempo, - y la novela-, será la capital del Estado Islámico. Una familia de clase media dedicada al pastoreo y a la alfarería, buenas personas, creyentes y amantes de la lectura. Su padre, desde el principio, aparece caracterizado como un amante de los refranes: *siempre tenía un refrán para cada situación* (p.67). Roberto Ruiz mantiene esta caracterización a lo largo de la obra y cada vez que hable el padre lo hará a través de los refranes: *Lo que está en la luz no necesita candil* (p.160 y 191) y el lenguaje sentencioso, al igual que la madre: *El saber no ocupa lugar* (p.160). Caracterización de los personajes a través de los refranes que conecta con la más pura tradición literaria que pasa por *La Celestina* de Fernando de Rojas o *El Quijote* de Miguel de Cervantes. Será un buen padre que se ocupará de sus hijos cada vez que lo necesiten: Bien para proteger a un hijo de una pelea o para conseguir sacarlo de la cárcel. O capaz de contarles historias, también de tradición cervantina es la inclusión de historias intercaladas, como la que le cuenta a su hija Amina para que sea capaz de diferenciar el amor verdadero del amor egoísta.

Otro personaje fundamental en la obra es la mujer del protagonista, prima de *Osama Bin Laden* y con la que el protagonista vive una gran historia de amor. Es en la descripción de esta relación donde también alcanza la novela de Roberto Ruiz momentos literarios inolvidables: *Recuerdo perfectamente el despertar de aquella mañana como si fuera hoy, bajo el nítido cielo resurgía el cé-firo fresco que traía el verde oscuro de los cipreses y eucaliptos, con ese aroma que se mezcla con la lavanda y te hace sentir sentimientos profundos que habías olvidado y que resurgen como cenizas humeantes...* y continúa la descripción plagada de efectos sensoriales para los cinco sentidos que hacen capaz de sentir al lector con el alma del protagonista. Es conmovedora la relación de esta historia de amor con la propia del autor, ya que en esta historia de amor son perceptibles ciertas notas autobiográficas: De hecho, el personaje da a su esposa los mismos títulos que el autor da a la suya en la dedicatoria que encabeza la novela.

En la descripción que hace del mundo árabe, aparte de ilustrarla con gran aportación documental, es importante, por su llamativo realismo, la fusión que presenta entre tradición y modernidad, contrastes muy propios de la realidad árabe de hoy en día, contrastes constantes en la obra y carac-terísticos de la sociedad que el autor describe con tanto acierto: El contraste entre un mundo rural primitivo y la tecnología más avanzada de nuestro siglo XXI: Los personajes aparecen unas veces vestidos a la europea y otras con las ropas tradicionales árabes. Unas veces viajan en coches de grandes marcas y otras a caballo o en camello. Gozan de internet y redes sociales a la vez que en algunos de los lugares descritos tienen que recurrir a las velas. Mantienen relaciones feudales: como ese malvado noble que es causa del dolor de varios personajes y al que tendrán que aplicar ellos mismos la justicia (cómo no acordarse del juicio a *Milady de Winter* en *Los tres mosqueteros* de Alejandro Dumas), tienen esclavas y, mientras, la presencia del cine sobrevuela toda la novela: *La Bella y la Bestia, Ghost, Lo que el viento se llevó, Casablanca, El Padrino, La La Land, Cinema Paradiso, Fahrenheit 9/11...*

Magníficas las descripciones de ambientes: El mercado, la prisión, el prostíbulo; y de ceremonias culturales características: La boda o el entierro.

En cuanto a las técnicas narrativas que utiliza, además del magistral uso del diálogo y de la descripción, de la autobiografía fingida o de la presenta-ción progresiva de personajes, a los que ya nos hemos referido, encontramos el uso de la anticipación narrativa o prolepsis. La usa en varias ocasiones para anticiparnos la muerte de algún personaje: De su hermano Namir (págs. 93 y 98), de su hermano Yaman (p.166) *que se encontró en el sitio y momento equi-vocado.* O la queja por el dolor causado por la muerte de su hija Isis (p.197) cuando ella aún no ha fallecido en la novela. Es especialmente significativa como anticipación narrativa la aparición de una mariposa con una calavera

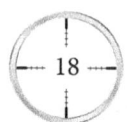

que avisa a la madre del fallecimiento de su hijo Rafiq y que conecta esta obra con el realismo mágico encabezado por Gabriel García Márquez.

Los ecos literarios son presentes en la obra. Hemos citado ya a grandes autores como *Cervantes, Dumas o García Márquez*. Pero hay otras citas, por ejemplo, el autor se acuerda del magnífico filólogo y profesor *Fernando Lázaro Carreter* al aludir al título de su obra *El dardo en la palabra* (p.166) o de *Víctor Hugo*, al describir los jardines de Luxemburgo donde vive el protagonista con su esposa, o de *Virginia Woolf* (p.87).

El recurso al humor también es destacable, como esos delincuentes que son apresados por perder el tiempo haciendo una broma frente a la cámara de seguridad (p.105) o la descripción humorística de un típico vecino gruñón (p.96). O la comparación con un toque de humor, en la que describe al personaje Ghali como *cauto y respetuoso como un notario*. Otras comparaciones no son humorísticas sino de una gran belleza, como cuando dice de Amina que *era hermosa y sencilla como una canción de cuna* (p.145)

Otro recurso literario muy presente es la enumeración. Incluyo la siguiente porque me ha parecido especialmente significativa ya que presenta además del paralelismo, una gradación en progresión cronológica muy interesante: *Era una mañana de verano, aunque el sol aún no había hecho alarde de su poder, por lo que sus mañanas todavía eran suaves, sus mediodías soportables, sus atardeceres llevaderos y sus noches conciliadoras para dormir...* (p.167).

Estamos ante una obra que se remonta a la visión más clásica de la literatura como enseñar deleitando (*docere et delectare*). Creo que el lector sabrá disfrutar y aprender con su lectura y le deseo al autor el mayor éxito a la vez que espero que sea el primero de otros muchos.

REFLEXIÓN DEL AUTOR

Nadie está exento en este mundo de intenciones protervas, la maldad de los malvados y la inquina de los malignos. Nadie puede evitar que alguien no te quiera, no te estime, te tenga envidia, ni tan siquiera tu familia está al margen de estas malas actitudes del ser humano para con sus semejantes.

El ser humano desde sus comienzos siempre fue traicionero, mentiroso, envidioso y peligroso y, si hubiera alguna duda remitámonos a la Historia, donde no tendríamos días y noches para leer la cantidad de conatos bélicos y maliciosos. Es por ello que las leyes y las religiones son necesarias, para que este mundo tan salvaje no sea un infierno, una anarquía incontrolada y, en la medida de lo posible, podamos crear una sociedad mínimamente agradable y tolerante donde exista un ambiente que nos permita convivir los unos con los otros.

Pretendo que esta novela sea una llamada de atención a las conciencias de sus lectores, así como un grito de auxilio en nombre de las víctimas inocentes a los poderes fácticos a nivel mundial, para que reflexionen y no hagan caso omiso de todas las noticias que nos llegan y de sus desastrosas consecuencias: familias destrozadas, niños/as sin padres, padres sin hijos/as, en fin un despropósito tras otro.

Desde el 15 de marzo de 2011, hace ocho años que se inició la Guerra Civil Siria (en árabe, الحرب الأهلية السورية al-Ḥarb al-ahliyya al-sūriyya al-Ḥarb al-ahliyya al-sūriyya) y que hoy en día sigue siendo un conflicto bélico que se desarrolla en la actualidad, donde millones de niños y niñas viven en el miedo diario a los bombardeos y los ataques aéreos que destruyen sus hogares y que les matan a ellos y a sus familias: miedo a no poder ir a la escuela, a no saber de dónde saldrá la próxima comida y a ser separados de sus personas queridas. Vivir durante años así afecta a su salud mental de forma severa y provoca daños psicológicos que podrían ser irreversibles si no reciben ayuda inmediata.

Al menos tres millones de niños sirios menores de seis años solo conocen la guerra *y millones más han crecido en el terror, bajo la sombra del conflicto.*

Son la próxima generación, la que tendrá que reconstruir un país en ruinas: su futuro y el futuro de la propia Siria están en la cuerda floja. El desafío no podría ser mayor. Historias como la de Rima hacen que veamos las consecuencias que está teniendo en la infancia esta situación.

Esta pérdida y alteración en sus familias puede llevar a altas tasas de depresión y ansiedad en los niños. La enorme cantidad de víctimas en Siria ha dejado un número desconocido de niños y niñas huérfanos. **El 77% de las personas adultas dice conocer a niños/as que han perdido a su padre, madre o ambos.**

La tensión psicológica constante en la infancia se manifiesta de diferentes formas: aumento de casos de niños y niñas que mojan la cama, micción involuntaria en público, dificultades al hablar o pérdida total del habla, aumento de la agresividad, abuso de sustancias, autolesiones e incluso intentos de suicidio entre menores de tan solo 12 años.

El 80% de las personas adultas señalan que el hecho de estar rodeados de violencia conduce a niños y niñas a ser cada vez más agresivos, pelearse y gritar a sus amigos o acosar a otros niños. Varios menores afirmaron querer vengarse de la violencia infligida sobre ellos y sus familias.

Con el fin de la violencia, el apoyo adecuado y las intervenciones tempranas, los niños y niñas pueden recuperarse de experiencias traumáticas. Sin embargo, **uno de cada cuatro niños entrevistados dijo que rara vez o nunca tienen un lugar al que acudir o alguien con quien hablar cuando están asustados, tristes o enfadados.**

Antes de la guerra solo existían 30 centros dedicados a la salud mental en todo el país. Actualmente, muchos médicos y profesionales sanitarios han sido asesinados o han huido de Siria. Esta escasez de clínicas y de profesionales formados, (se calcula que solo hay 70 psiquiatras trabajando en todo el país) implica que muchos niños que necesitan apoyo no reciben ningún tipo de ayuda y que la demanda de plazas está colapsando los centros. El informe también revela el estigma que existe sobre los problemas psicosociales que hace que los niños que sufren este tipo de problemas sientan vergüenza a la hora de buscar ayuda.

No podemos mirar para otro lado. **Hace ocho años que la guerra de Siria comenzó y la situación humanitaria sigue siendo muy grave.** La ONU estima que unas 400.000 personas han muerto desde el comienzo de la guerra y otros 4,8 millones han huido del país.

Un país sumido en una situación de pobreza y violencia. **Personas que viven en regiones como Ghouta Oriental (Ghútat Dimashq, es una región de la campiña de Damasco) están en peligro al estar atrapadas en este enclave,** *que lleva sufriendo constantes bombardeos. Actualmente en algunas partes de la región, los niveles de destrucción son incluso mayores que en el momento álgido de la crisis de Aleppo en 2016.*

___Muchos niños sirios están en riesgo de vivir en un estado de estrés tóxico,___ la forma más peligrosa de reacción al estrés que puede darse cuando los niños experimentan el peligro de una forma tan dura, frecuente y prolongada sin suficiente apoyo por parte de personas adultas.

*Los niños menores de 12 años, que han pasado la mayor parte de sus vidas en medio de la guerra, son especialmente conscientes de los ataques aéreos y los bombardeos y el peligro inminente que entrañan. Además de asustarles, los menores cuentan cómo el impacto de los ataques libera otras emociones como rabia y tristeza. La mitad de los niños tienen sentimientos constantes de pena o tristeza y el 78% experimenta estos sentimientos en algún momento del día. A raíz de las entrevistas se calcula que **dos de cada tres niños han perdido a un ser querido, sus casas han sido bombardeadas o han sufrido alguna lesión.***

*Los niños de 12 años y más son perfectamente conscientes de que sus posibilidades de una vida mejor están íntimamente ligadas a poder terminar sus estudios. Hoy día, **la tasa de matriculación en Siria está entre las más bajas del mundo,** con casi uno de cada tres niños en edad escolar sin escolarizar. Además, 1,35 millones de niños y niñas corren el peligro de abandonar la escuela. En las provincias de Alepo y Quneitra, hasta el 90% de los niños han abandonado la escuela. Se están revirtiendo décadas de progreso educativo. Los niños y niñas sirias no van a la escuela y corren el riesgo de convertirse en una "generación perdida".*

Señoras y señores, políticos, gobernantes, personalidades de la cultura, de los medios de comunicación, escritores, ideólogos, humanistas, pensadores y muy especialmente a los directores de cine, de los que tengo un alto y buen concepto, pues pueden y tienen la oportunidad de hacernos ver y reflexionar, a través de su mirada inquisitiva, a los demás el mundo que nos rodea, donde los más mínimos detalles nos desvelen esas intenciones protervas que al resto nos pasan por alto, y que su imaginación y ojo avizor los recrea de este mundo cada vez más diferenciado, más desigual donde, casi siempre, la información tiende a igualarlo todo.

Causa, en verdad, *alipori* que la gente se rasgue las vestiduras después de escuchar a la plutocracia de varios países llamados soberanos.

En resumen, personas supuestamente formadas, preparadas y racionales para concebir algo tan mundano y pueril, como la tragedia diaria de cualquier niño/a desde que se levantan hasta que se acuestan, desde que, alguna noche, sus oídos tengan la suerte de no escuchar la explosión de una bomba, el grito de dolor de una muerte, las lágrimas de una persona de su entorno por la pérdida de un ser querido.

Ustedes son conscientes del horror continuo que pasan desde su infancia y adolescencia, donde muchos de ellos no han visto, ya no digo videoconsolas, ni ordenadores, ni juegos en internet, menciono que no han tenido ni tan siquiera juguetes, ni bicicletas, ni piscinas donde bañarse, que muchos de ellos no conocen el mar, ni los barcos, pero sí saben de aviones que arrojan bombas sobre sus cabezas y en las viviendas de los barrios donde sobreviven; bombas que han matado a sus padres, tíos, primos, amigos con los que ayer jugaban a lo más sencillo que tienen posibilidad de hacer, a las tres en raya; a piedra, papel y tijera, mirando con un ojo y un oído a su amigo/a y con otro ojo y el otro oído viendo sobrevolar aviones que no saben si arrojarán alguna bomba y les amputarán algún brazo, sin el que ya no podrán volver a jugar a piedra, papel y tijera, o les saltarán algún ojo o los dos, dejándoles ciegos, no pudiendo volver a jugar a las tres en raya nunca más.

Hace mucho tiempo que, no veo en los grandes palcos y atriles de los enormes hemiciclos de las renombradas reuniones internacionales y conferencias mundiales, a algún "niño/a de la guerra" removiendo con sus exposiciones, sus impenetrables y concienzudas conciencias y sus duros e inexpugnables corazones. Seguramente sea porque sería tal la lección de humanidad, humildad, bondad, y sentimientos desbordados en sus palabras que, ustedes no sabrían cómo salir de aquellas encrucijadas de buenos valores y, harían inanes sus liderazgos político-sociales y, seguramente sus argumentaciones, les dejarían a la altura del polvo de las calles donde sobreviven, consecuencia de esas ruinas provocadas por las bombas.

Que la historia nos sirva no sólo para observar y reflexionar sobre lo bueno, que lo malo sea más perseverante que la intrahistoria que, como decía Miguel de Unamuno nos sirve de "decorado" a la historia más visible. Viene a comparar la Historia oficial con los titulares de prensa, en oposición a la intrahistoria, como todo aquello que "ocurría a la sombra de lo más conocido históricamente" pero que no publicaban los medios de comunicación porque "no era noticia impor-

tante". Otros autores, como la americanista María Dolores Pérez Murillo de la Universidad de Cádiz, relacionan el término con las historias de los colectivos marginados históricamente ("las gentes sin Historia").

Esta novela pretende ser una "Alianza de Civilizaciones", un canto a la unidad y la confraternización entre culturas de distinta religión, idioma, con diversidad de mentalidad, distintas costumbres, pero que, con "buena predisposición y buena fe" se puede alcanzar una zona de unión y de confort social para todos.

En esta novela se tratan sucesos históricos y reales, aparecen nombres de personas que realmente existieron e incluso existen actualmente y, por supuesto, algunos de los sucesos. La trama como los personajes que se dan a lo largo de sus páginas son producto de mi imaginación y mi fantasía y, no reflejan más realidad que la puramente narrativa, pero también muchos de ellos han sido hechos y acontecimientos reales y verídicos que han sido y son noticias internacionales en todos los medios de comunicación y que reproduzco en esta novela.

Por lo demás, he intentado ser fiel a la verdad histórica hasta en el más mínimo detalle e información.

Y, por último, quiero dar las gracias a los lectores y lectoras que, sin su colaboración no sería más que un sueño inacabado. Espero que lo disfruten, les cautive y les sea de provecho, y decirles que mi imaginación no para de crear para su distracción y mi sosiego.

GLOSARIO
TÉRMINOS ISLÁMICOS
POPULARES

عبارات إسلامية شعبية

Allah o Alá: El término islámico que significa dios. Alá es el creador del universo. El es considerado, misericordioso, compasivo, poderoso, un proveedor, el grande, señor, todo conocedor, todo lo escucha, todo lo ve, magnífico, sabio y eterno. El Corán da 99 nombres característicos a Alá.

Allahu Akbar: Árabe que significa "Alá es el más grande," o "Dios es grande." Se utiliza como una llamada al rezo.

Assalaamu Álaikum: Un saludo general en la cultura islámica que significa "La paz esté contigo."

Ayatollah: Un líder espiritual entre los Shiitas.

Barakah: Significa una bendición o gracia divina.

Bismillahir rahmanir rahim: Una frase recitada antes de realizar cualquier actividad cotidiana. Esta frase significa: "En el nombre de Alá, el más compasivo, el más misericordioso."

Califa: Sucesor de Mahoma como líder de la comunidad Musulmana.

Corán: La palabra en español de *Qur'an* - el libro sagrado o escrituras sagradas. Los musulmanes creen que fue revelado a Mahoma a través del ángel Gabriel, o *Jibril*. El Corán no fue compuesto en su totalidad al mismo tiempo. Sino que fue revelado poco a poco durante un período de 23 años. Está compuesto de 114 *surahs*.

Daai: Un misionero del Islám.

Dar-al-harb: Un término utilizado para el mundo no musulmán que significa "Casa de la Guerra".

Dar-al-Islam: Un término que se refiere al mundo islámico y significa "Casa del Islam".

Da'wah: Su significado literal es invitar a otros al Islám y es el equivalente islámico de la palabra cristiana: misión.

Dhimmis: Estos son pueblos conquistados que viven bajo el domino musulmán, generalmente los Judíos y Cristianos que son llamados "pueblo del Libro". Ellos están protegidos y pueden tener ciertos derechos como la alabanza privada según su religión. Sin embargo, deben pagan dinero para su protección y jamás son considerados ciudadanos.

Eid: Significa festividad, una celebración, un banquete.

Fatwa: Es un fallo o decreto legal islámico.

Hadith: Una colección de los dichos y obras de Mahoma conocida como *Las Tradiciones*, las cuales son enseñadas como parte de la teología islámica. Los Hadiths son explicaciones e interpretaciones del ejemplo vivo de Mahoma.

Hajj: * Peregrinación a la Meca durante el décimo segundo mes del calendario lunar musulmán. Los musulmanes deben llevar a cabo un hajj al menos una vez en su vida, si sus medios y salud se lo permiten.

Hijra: El vuelo de Mahoma desde la Meca a Medina en 622 D.C. debido a la creciente oposición; también se le llama *hegira* o *hejira*.

Imam: Un líder religioso o cabeza de una comunidad local, o un líder calificado espiritualmente. El también dirige la comunidad en asuntos políticos.

Iman: Esta es una creencia o fe en dios (Alá).

Injil: Es el Evangelio de Jesús y uno de los Libros Sagrados del Islám.

Islam: Las palabras raíz del Islám son *silm* y *salam* que significan sumisión.

Jihad: Es una batalla o esfuerzo para la causa de dios. El gran jihad es la guerra interna en contra de las pasiones. *El jihad menor* es una guerra defensiva o legal, para proteger el interés del Islám. Se le llama de forma equivocada *la guerra santa*. El jihad es la obligación musulmana de luchar para enseñar, explicar, difundir y proteger el mensaje del Islám.

Jinn: Estos son los seres invisibles o espirituales que deben cumplir con las órdenes de Alá y son responsables de sus obras. Como los humanos, se les da el poder de elegir entre el bien y el mal.

Ka'ba: Una piedra cúbica donde se aloja la piedra negra. Ubicada en el centro de la Gran Mezquita en la Meca, los musulmanes creen que fue la primera casa de alabanza construida por Adán, la cual fue después reconstruida por Abraham e Ismael. También se escribe ka'aba o ka'bah.

Kafir: Es una persona que rechaza someterse a Alá. Este término es generalmente utilizado por los musulmanes para referirse a aquellos que no creen en Mahoma ni en el Corán, y a quienes no creen en dios.

Madinah: Originalmente esta ciudad se llamaba Yathrib, y se ubicaba alrededor de 200 km al norte de la Meca. Esta fue la primera ciudad-estado que fue establecida bajo la bandera del Islám.

Mahdi: Este término significa *el bien guiado*.

Masjid: Palabra árabe que se traduce como *mezquita*.

Mezquita: Un lugar o casa para la oración literal, un lugar para la postración.

Muhammad o Mahoma: Es el profeta de la fe islámica. Nació en 570 D.C. y murió en 632

D.C., su nombre también se escribe Mohammad.

Muharram: Muharram es el primer mes del calendario islámico y un festival conmemorando el martirio del primer Imam.

Mullah: Un líder erudito, especialmente en Irán.

Murtad: Este término significa un apóstata o una persona islámica que se convirtió a otra religión.

Musulmán: Una persona que se somete a Alá y practica la religión del Islám.

Qibla: Dirección hacia la Meca que es designada en un lugar de alabanza.

Qur'an: La palabra árabe para la *recitación*. Ver *Corán*.

Ramadan: Mes de ayuno el cual es guardado en el noveno mes del calendario islámico. Los musulmanes creen que fue durante este mes que empezaron las revelaciones del Quranic.

Salaam: Un recibimiento, saludo o bendición que significa paz.

Salat: * Alabanza en la forma de un rezo ritual que es repetido cinco veces todos los días.

Sawm: * Ayuno, especialmente durante el Ramadan. Sawm significa total abstinencia de comida, líquido, y relaciones sexuales desde el amanecer hasta el atardecer durante un mes lunar; también se le llama *slyam*.

Shahada: * Confesar o ser testigo de la unidad de dios y el papel de Mahoma como su mensajero. "Yo declaro que no hay más dios que Alá, y Mahoma es su Profeta." Una persona debe recitar el shahada para convertirse al Islám.

Shari'ah: Shari'ah es la ley islámica, la manera o camino divino de obediencia a dios. Está compuesto de las escrituras del Corán y el hadith y sirve como una guía para la adoración y una vida ética.

Shiita: Partidario o seguidor que cree que el liderazgo debe venir de los descendientes de la familia de Mahoma. El plural de esta palabra es *Shia*.

Shirk: El acto (pecado) de considerar cualquier cosa como igual a dios. Esto incluye la idolatría, el politeísmo o atribuir divinidad a una persona.

Sufi: Un místico musulmán que subraya la negación del uno mismo para lograr tener una comunión con dios.

Sunni: El noventa por ciento de los musulmanes son Sunni. Este nombre se deriva de la palabra sunna (tradición) que significa alguien que sigue la tradición de Mahoma (quien no nombró un sucesor). Se cree que el liderazgo debe venir de entre los Árabes Quraish (la tribu de Mahoma). El plural de esta palabra es Sunnitas.

Sura: Capítulo del Corán, del cual hay 114. El plural de sura es *suwar*, que significa capítulos; también se escribe *surah*.

Umma: La comunidad entera del Islám o la sociedad ideal que dios crea de aquellos que practican y se someten al Islám.

Zakat: * Las limosnas o contribuciones de caridad que son requeridas como una obligación a dios. Zakat constituye alrededor del 2.5 por ciento de la ganancia anual de la persona.

*Indica uno de los Cinco Pilares del Islam.

QUIÉN SOY, DE DÓNDE VENGO Y A DÓNDE VOY

Mi nombre es Ibrahim Abdalá al Haj-Saleh, tengo 62 años, nací en Al Raqa, antigua "capital del califato", está situada al norte del país, junto al río Éufrates, se encuentra en la parte occidental de la región históricamente llamada Al-Yazira, hoy situada entre las repúblicas de Siria e Irak, en una familia de pastores y alfareros con ocho hermanos.

Antes de nada, quiero afirmar y, a sabiendas que estos documentos puedan caer en manos de infieles enemigos, de personas adversas y contrarias a mis creencias, que lo expuesto aquí es lo que ha sido, es y será mi vida hasta que Alá me llame a reunirme con él en el Paraíso, sólo allí se encuentra la paz que reconforta, sólo con Alá se puede vivir y sentir la unidad y el amor a tus hermanos, a tu pueblo y a tu religión.

Pretendo que este sea mi legado para generaciones futuras y que Alá las proteja. Voy a dar cumplida nota de las hazañas, de los héroes, de los testigos, de los lugares donde estuve, la gente que conocí, de los hechos que viví, de los testimonios, de las noticias a favor, y las que los infieles propagaron como veneno por las redes sociales y por sus mentes perversas.

Deseo difundir nuestra cultura, nuestro conocimiento, nuestra sabiduría para que toda mi familia, todos nuestros amigos e incluso enemigos sepan lo grande que fue, es y será mi pueblo y nuestra fe, las cosas, tierras, ciudades y provincias que conquistamos en nombre y bajo la protección de Alá, por eso no repararé en esfuerzo ni en detalles. Quiero que mi herencia crezca con mi familia, con mis amigos y las generaciones venideras, por supuesto, bajo la ayuda de Alá el Más Misericordioso.

Espero con todo mi corazón, que Alá haga ver a los infieles lo Grande que fue, es y será mi pueblo, una nación Poderosa, Libre y Unida por el Amor a Ar Rajmán الرحمن al que es Compasivo con toda la creación, Ar Rajim الرحيم el Misericordioso con los creyentes, Al Málik الملك el Rey,

Al-Quddūs القدوس el Santísimo, As-Salām السلام la Paz, Al-Mu'min المؤمن el Dispensador de seguridad, Al-Muhaymin المهيمن el Custodio, Al-ʿAzīz العزيز el Todopoderoso, Al-Jabbār الجبار el Dominador, Al-Mutakabbir المتكبر el Supremo, Al-Khāliq الخالق el Creador, Al-Bāri' البارئ el Iniciador, Al-Muṣawwir المصور el Formador, Al-Ghaffār الغفار el que perdona, Al-Qahhār القهار el Victorioso, Al-Wahhāb الوهاب el Dadivoso, Ar-Razzāq الرزاق el Proveedor, Al-Fattāḥ الفتاح el que abre los corazones a la fe y el conocimiento, Al-ʿAlīm el Omnisciente, Al-Qābiḍ القابض el Restrictivo, Al-Bāsiṭ الباسط el Pródigo, Al-Khāfiḍ الخافض el que da Humildad, Ar-Rāfiʿ الرافع el Enaltecedor, Al-Muʿizz المعز el que otorga honores, Al-Muzill المذل el Humillador, As-Samīʿ السميع el Omnioyente, Al-Baṣīr البصير el Omnividente, Al-Ḥakam الحكم el Juez, Al-ʿAdl العدل el Justo, Al-Laṭīf اللطيف el Sutil, Al-Khabīr الخبير el Bien Informado, Al-Ḥalīm الحليم el Indulgente, Al-ʿAẓīm العظيم el Grandioso, Al-Ghafūr الغفور el Absolvedor, Ash-Shakūr الشكور el Recompensador, Al-ʿAlī العلى el Sublime, Al-Kabīr الكبير el Grande, Al-Ḥafīẓ الحفيظ El Preservador, Al-Muqīt المقيت el Preponderante, Al-Ḥasīb el que tiene en cuenta todas las cosas, Al-Jalīl الحليم El Sublime, Al-Karīm الكريم el Generoso, Ar-Raqīb الرقيب el Vigilante, Al-Mujīb المجيب el que responde las súplicas, Al-Wāsiʿ الواسع el Vasto, Al-Ḥakīm الحكيم el Sabio, Al-Wadūd الودود el Afectuoso, Al-Majīd المجيد el Majestuoso, Al-Bāʿith الباعث el Resurrector, Ash-Shahīd الشهيد el Testigo, Al-Ḥaqq الحق la Verdad, Al-Wakīl الوكيل el Amparador, Al-Qawiy القوى el Fuerte, Al-Matīn المتين el Firme, Al-Walī الولى el Protector, Al-Ḥamīd الحميد el Loable, Al-Muḥṣī المحصى el Calculador, Al-Mubdiʾ المبدئ el Originador, Al-Muʿīd المعيد el Restaurador, Al-Muḥyī المحيى el que da la vida, Al-Mumīt المميت el que quita la vida, Al-Ḥayy الحي el Siempre Vivo, Al-Qayyūm القيوم el Autónomo, Al-Wājid الواجد el Constante, Al-Mājid الماجد el Ilustre, Al-Wāḥid الواحد el Único, Aṣ-Ṣamad الصمد el Absoluto, Al-Qādir القادر el Determinador, Al-Muqtadir المقتدر el que dispone todos los asuntos, Al-Muqaddim المقدم el Auspiciador, Al-Muʾakhkhir المؤخر el que pospone, Al-ʾAwwal الأول El Primero, Al-ʾAkhir الأخ el Último, Aẓ-Ẓāhir الظاهر el Manifiesto, Al-Bāṭin الباطن el Oculto, Al-Wālī الوالى el Amo, Al-Mutaʿāl المتعال El Sublime, Al-Barr البر el Bondadoso, At-Tawwāb التواب el que se vuelve hacia quien lo busca, Al-Muntaqim المنتقم el Vengador, Al-ʿAfū العفو el que perdona los pecados del que se arrepiente, Ar-Raʾūf الرؤوف el Clemente, Mālik-ul-Mulk مالك الملك El Soberano Supremo, Dhū-l-Jalāli wa-l-ʾikrām ذو الجلال والإكرام el poseedor

de la majestuosidad y la generosidad, Al-Muqsiṭ المقسط el Equitativo, Al-Jā-mi' الجامع el Reunidor, Al-Ghanī الغنى el Opulento, Al-Mughnī المغنى El Suficiente, Al-Māni' المانع el que priva, Aḍ-Ḍārr الضار el Creador de lo que hace daño, An-Nāfi' النافع el Creador de lo bueno, An-Nūr النور la Luz, Al-Hādī الهادى El Creador de la guía, Al-Badī' البديع el Iniciador, Al-Bāqī الباقي el Eterno, Al-Wārith الوارث el Heredero, Ar-Rashīd الرشيد El Maestro Infalible, Aṣ-Ṣabūr الصبور El Paciente.

OTROS NOMBRES DE DIOS

Comentaré e informaré a todos y especialmente a los infieles el significado de la palabra Al-lah.

Dios es nombrado también de otras maneras. La más importante es *Al-lah*, q. La palabra Al-lah aparece en las versiones en árabe de la Biblia y del Corán para nombrar al Creador del universo y Único Dios de las religiones abrahámicas. Algunos eruditos plantean que es el nombre propio de Dios, sin derivación alguna, puesto que Él mismo se ha nombrado así en el Corán, no se puede nombrar con este nombre sino únicamente a Dios mismo, esta es la opinión de uno de los más sabios gramáticos de la lengua árabe como Sibuyé, también es la opinión de al-Shafi'i, Al-Ghazali, al-Jatâbi e Ibn Kazir. Una muy habitual considera que Al-lāh procede de 'ilāh, palabra que designa a cualquier divinidad, precedida del artículo determinado al-. Sería por tanto una contracción por el uso de al-'ilāh, es, "El Dios", "El Adorado" y ésta es la opinión de Ibn Qaim. Algunos lingüistas, sin embargo, consideran que no es verosímil la pérdida de la hamza inicial de 'ilāh (consonante árabe aquí representada con un apóstrofo), ya que es la primera letra del nombre original de Dios y los términos sagrados, por tabú, tienden a mantenerse poco o nada alterados en su pronunciación. En otras palabras, no creen que una persona religiosa pueda apocopar el nombre de Dios. Estos lingüistas piensan que Al-lāh procede directamente de la raíz semítica 'el que designa a la divinidad. Esta raíz, en arameo, dio lugar al término 'āllāhā, que habría podido pasar al árabe con desaparición de la ā final (en arameo es una vocal desinencial, y éstas tienden a desaparecer en árabe) y acortamiento de la ā inicial por confusión con el artículo al-.

Según algunos eruditos islámicos y estudiosos del árabe, *Al-lah* deriva de la palabra Ilah, que significa Dios, por lo que Al-lah sería, literalmente, "El Dios". Sin embargo, otros eruditos han estudiado la semejanza en la pronunciación del nombre de Dios en arameo, hebreo antiguo, árabe clásico y otras lenguas, y han concluido que Al-lah es el nombre único de Dios en todas las lenguas antiguas, que luego se ha visto alterado, por ello no tiene derivados ni deriva de ninguna otra palabra.

En principio, la palabra *Al-lah* es traducida como Dios, pero algunos musulmanes de lengua no árabe prefieren utilizar el término árabe sin traducir, debido a que es la palabra utilizada en el Corán para referirse a Dios de forma directa o en primera persona. Además, porque la palabra Al-lah en árabe es única, no admite derivaciones ni cambio de género ni de número, de modo que representa en sí misma el concepto de Unidad y Unicidad de Dios, que es un pilar fundamental de la fe islámica.

Se le suele llamar también *Rabb* (رب), que traduce «Señor», y se refiere a que Dios es el Amo, Dueño, Soberano y Sustentador de todo cuanto existe.

LOS NOMBRES DE DIOS Y LA ONOMÁSTICA

Existe en árabe (y por extensión en todo el mundo islámico) una categoría de nombres propios de varón formados a partir de la palabra *abd* (عبد, «siervo») seguida de uno de los nombres divinos. Todos estos nombres vienen a significar lo mismo, esto es, «siervo de Dios», siendo Abd Allah (o Abdulá, عبد الله) quizás el más extendido y el que significa exactamente eso. Otros utilizan el epíteto correspondiente para referirse a Dios, y así tenemos, por ejemplo, Abd al-Qadir, «siervo del poderoso»; Abd ar-Rahman, «siervo del clemente»; Abd as-Salam, «siervo del pacífico», etcétera. Existe también el nombre Abduh (عبده), que significa «siervo Suyo».

Los nombres de este tipo no son exclusivos, sin embargo, del Islam. En la Arabia preislámica ya existían nombres que significaban «siervo de» diferentes divinidades, como Abd Shams («siervo del sol»; así se llamaba un ancestro de los omeyas), Abd al-ʿUzza («siervo de Uzza», una diosa árabe) o incluso Abd Allah, donde *Allah* ya se utilizaba para designar a la divinidad suprema (así se llamaba, por ejemplo, el padre de Mahoma). Estos nombres en ocasiones podían hacer referencia no a divinidades sino a personas, como en el caso de Abd al-Muttalib (abuelo de Mahoma), llamado así por su dependencia de su tío Muttalib.

Entre los cristianos árabes existen también nombres de esta clase, como Abd al-Masih («siervo del Mesías»).

La diferencia entre las formas tipo Abd Allah (Abd ar-Rahman, Abd al-Latif, etc.) y las tipo Abdullah (Abdurrahman, Abdullatif...) es que estas últimas añaden a la palabra *abd* la terminación de nominativo (-u) del árabe clásico. En árabe unas y otras se escriben igual, y aunque pueden leerse de las dos maneras, en la lengua oral suele utilizarse la forma menos clásica. Las formas clásicas, sin embargo, se utilizan preferentemente en sociedades musulmanas no árabes. En algunos casos estos nombres han sufrido transformaciones al pasar por lenguas distintas del árabe. Así, Abdullah da *Abdoulaye* en wolof; Abdulhamid pasa a ser *Abdülhamit* en turco, etc.

EL NOMBRE DE DIOS NÚMERO 100. LOS NOMBRES SUBLIMES

Según la teología musulmana, los nombres de Dios son 4 mil. Mil son conocidos sólo por Dios. Otros mil, por Dios y por los ángeles. Otros mil, por Dios, los ángeles y los profetas. Y los mil restantes, por Dios, los ángeles, los profetas y los fieles. De los mil últimos nombres, 300 son citados en la Torá, otros 300 en los Salmos, otros 300 en los Evangelios, y 100 en el Corán. De estos últimos, 99 son conocidos por los fieles comunes, y uno está escondido, secreto y es accesible sólo a los místicos más iluminados.

Según las enseñanzas del profeta Mahoma, "existen 99 nombres que pertenecen sólo a Dios, y aquel que los aprende, los comprende y los enumera, entra en el paraíso y alcanza la salvación eterna". De hecho, entender "la esencia" de esos atributos es el primer paso para enriquecerse espiritualmente. He ahí por qué, en el plano estrictamente práctico, es costumbre musulmana recogerse en oración y hacer pasar entre los dedos las 99 cuentas de su rosario. De todas formas, los nombres de Dios no son Dios, sino un simple símbolo de la realidad divina, adaptada a los límites de la razón humana.

LOS NOMBRES SUBLIMES

No.	Transcripción	Árabe	Español	Transliteración
1	Al-lah	الله	Dios	
2	Ar Rajmán	الرحمن	El Compasivo con toda la creación	Ar-Raḥmān
3	Ar Rajim	الرحيم	El Misericordioso con los creyentes	Ar-Raḥīm
4	Al Málik	الملك	El Rey	Al-Malik
5	Al Cudús	القدوس	El Santísimo	Al-Quddūs
6	As Salam	السلام	La Paz	As-Salām
7	Al Mumin	المؤمن	El Dispensador de seguridad	Al-Muʾmin
8	Al Muhaimin	المهيمن	El Custodio	Al-Muhaymin
9	Al Aziz	العزيز	El Todopoderoso	Al-ʿAzīz
10	Al Yabar	الجبار	El Dominador	Al-Jabbār
11	Al Mutakábir	المتكبر	El Supremo	Al-Mutakabbir

12	Al Jálik	الخالق	El Creador	Al-Khāliq
13	Al Bari	البارئ	El Iniciador	Al-Bāri'
14	Al Musáwir	المصور	El Formador	Al-Muṣawwir
15	Al Gafar	الغفار	El que perdona	Al-Ghaffār
16	Al Cahar	القهار	El Victorioso	Al-Qahhār
17	Al Wahab	الوهاب	El Dadivoso	Al-Wahhāb
18	Ar Razak	الرزاق	El Proveedor	Ar-Razzāq
19	Al Fataj	الفتاح	El que abre los corazones a la fe y el conocimiento	Al-Fattāḥ
20	Al Alim	العليم	El Omnisciente	Al-'Alīm
21	Al Cábid	القابض	El Restrictivo	Al-Qābiḍ
22	Al Básit	الباسط	El Pródigo	Al-Bāsiṭ
23	Al Jáfid	الخافض	El que da humildad	Al-Khāfiḍ
24	Ar Rafi	الرافع	El Enaltecedor	Ar-Rāfi'

25	Al Muiz	المعز	El que otorga honores	Al-Muʿizz
26	Al Mudil	المذل	El Humillador	Al-Muzill
27	As Samí	السميع	El Omnioyente	As-Samīʿ
28	Al Basir	البصير	El Omnividente	Al-Baṣīr
29	Al Jakam	الحكم	El Juez	Al-Ḥakam
30	Al Ádel	العدل	El Justo	Al-ʿAdl
31	Al Latif	اللطيف	El Sutil	Al-Laṭīf
32	Al Jabir	الخبير	El Bien Informado	Al-Khabīr
33	Al Jalim	الحليم	El Indulgente	Al-Ḥalīm
34	Al Adim	العظيم	El Grandioso	Al-ʿAẓīm
35	Al Gafur	الغفور	El Absolvedor	Al-Ghafūr
36	Ach Chakur	الشكور	El Recompensador	Ash-Shakūr
37	Al Alí	العلى	El Sublime	Al-ʿAlī

38	Al Kabir	الكبير	El Grande	Al-Kabīr
39	Al Jafid	الحفيظ	El Preservador	Al-Ḥafīẓ
40	Al Muquit	المقيت	El Preponderante	Al-Muqīt
41	Al Jasib	الحسيب	El que tiene en cuenta todas las cosas	Al-Ḥasīb
42	Al Yalil	الجليل	El Sublime	Al-Jalīl
43	Al Karim	الكريم	El Generoso	Al-Karīm
44	Ar Raquib	الرقيب	El Vigilante	Ar-Raqīb
45	Al Muyib	المجيب	El que responde las súplicas	Al-Mujīb
46	Al Wasi	الواسع	El Vasto	Al-Wāsi'
47	Al Jakim	الحكيم	El Sabio	Al-Ḥakīm
48	Al Wadud	الودود	El Afectuoso	Al-Wadūd
49	Al Mayid	المجيد	El Majestuoso	Al-Majīd
50	Al Baiz	الباعث	El Resurrector	Al-Bā'ith

51	Ach Chahid	الشهيد	El Testigo	Ash-Shahīd
52	Al Jak	الحق	La Verdad	Al-Ḥaqq
53	Al Wakil	الوكيل	El Amparador	Al-Wakīl
54	Al Cawí	القوى	El Fuerte	Al-Qawiy
55	Al Matín	المتين	El Firme	Al-Matīn
56	Al Walí	الولى	El Protector	Al-Walī
57	Al Jamid	الحميد	El Loable	Al-Ḥamīd
58	Al Mujsí	المحصى	El Calculador	Al-Muḥṣī
59	Al Mubdí	المبدئ	El Originador	Al-Mubdi'
60	Al Muid	المعيد	El Restaurador	Al-Muʿīd
61	Al Mují	المحيى	El que da la vida	Al-Muḥyī
62	Al Mumit	المميت	El que quita la vida	Al-Mumīt
63	Al Jay	الحي	El Siempre Vivo	Al-Ḥayy

64	Al Caiyum	القيوم	El Autónomo	Al-Qayyūm
65	Al Wáyid	الواجد	El Constante	Al-Wājid
66	Al Máyid	الماجد	El Ilustre	Al-Mājid
67	Al Wájid	الواحد	El Único	Al-Wāḥid
68	As Samad	الصمد	El Absoluto	Aṣ-Ṣamad
69	Al Cádir	القادر	El Determinador	Al-Qādir
70	Al Múctadir	المقتدر	El que dispone todos los asuntos	Al-Muqtadir
71	Al Mucádim	المقدم	El Auspiciador	Al-Muqaddim
72	Al Muájir	المؤخر	El que pospone	Al-Mu'akhkhir
73	Al Áwal	الأول	El Primero	Al-'Awwal
74	Al Ájir	الأخر	El Último	Al-'Akhir
75	Ad Dáhir	الظاهر	El Manifiesto	Aẓ-Ẓāhir
76	Al Batin	الباطن	El Oculto	Al-Bāṭin

77	Al Waali	الوالي	El Amo	Al-Wālī
78	Al Mutaal	المتعال	El Sublime	Al-Mutaʿāl
79	Al Barr	البر	El Bondadoso	Al-Barr
80	At Tawab	التواب	El que se vuelve hacia quien lo busca	At-Tawwāb
81	Al Muntaquim	المنتقم	El Vengador	Al-Muntaqim
82	Al Afúu	العفو	El que perdona los pecados del que se arrepiente	Al-ʿAfū
83	Ar Rauf	الرؤوف	El Clemente	Ar-Raʾūf
84	Málikul Mulk	مالك الملك	El Soberano Supremo	Mālik-ul-Mulk
85	Dul Yalali wal Ikram	ذو الجلال والإكرام	El poseedor de la majestuosidad y la generosidad	Dhū-l-Jalāli wa-l-ʾikrām
86	Al Múcsit	المقسط	El Equitativo	Al-Muqsiṭ
87	Al Yami	الجامع	El Reunidor	Al-Jāmiʿ
88	Al Ganí	الغنى	El Opulento	Al-Ghanī

89	Al Mugní	المغنى	El Suficiente	Al-Mughnī
90	Al Mani	المانع	El que priva	Al-Māni'
91	Ad Dar	الضار	El Creador de lo que hace daño	Aḍ-Ḍārr
92	An Nafi	النافع	El Creador de lo bueno	An-Nāfi'
93	An Nur	النور	La Luz	An-Nūr
94	Al Hadi	الهادئ	El Creador de la guía	Al-Hādī
95	Al Badí	البديع	El Iniciador	Al-Badī'
96	Al Baqui	الباقي	El Eterno	Al-Bāqī
97	Al Wáriz	الوارث	El Heredero	Al-Wārith
98	Ar Rachid	الرشيد	El Maestro Infalible	Ar-Rashīd
99	As Sabur	الصبور	El Paciente	Aṣ-Ṣabūr

Vista general de Al Raqa • Río Éufrates   Al Raqa en agosto de 2017
Murallas de la ciudad • Puertas de Bagdad
Castillo Qasr al-Banat • Mezquita Uwais al-Qarni

MI LUGAR DE NACIMIENTO, MI CIUDAD

La ciudad donde nací, Al Raqa, fue fundada por el emperador seléucida Seleuco II Calinico (reinó entre el 246 y el 226 a. C.), a quien debió el nombre de *Kallinikon* o *Callinicum* que llevó hasta la conquista islámica (excepto un breve periodo en el que se llamó *Leontupolis* por el emperador León I el Tracio (quien reinó entre el 457 y el 474 d. C.). En el año 542 fue destruida por el emperador persa sasánida Cosroes II Anushirwan y reconstruida por el bizantino Justiniano II.

En sus inmediaciones tuvo lugar en el año 657 la importante batalla de Siffin, que marcó el inicio de la división del islam en varias sectas. Las murallas de Rafiqah (casco histórico) fueron construidas por el califa Al-Mansur durante el califato abasí en el año 771 para protegerse del Imperio bizantino, llegando a alcanzar los 5000 metros y que eran un paso importante de rutas comerciales.

Al Raqa experimentó un segundo florecimiento, basado en la agricultura y la producción industrial, durante el periodo de los zanguíes y la dinastía ayubí en el siglo XII y en la primera mitad del siglo XIII. De esta época destaca la famosa cerámica azul de Raqa. Las todavía visibles *Bab Baghdād* (Puerta de Bagdad) y el llamado *Qasr al-Banat* (Castillo de las Damas) son notables construcciones de este periodo. Al Raqa fue destruida durante las guerras de los mongoles en la década de 1260. Hay un informe sobre la matanza de los últimos habitantes de la ruina urbana en 1288.

En el siglo XVII el famoso viajero otomano y escritor Evliya Çelebi solo se describió tiendas nómadas árabes y turcomanas en las inmediaciones de las ruinas. La ciudadela fue parcialmente restaurada en 1683 y otra vez albergó un destacamento jenízaro; en las próximas décadas la provincia de Al Raqa se convirtió en el centro del asentamiento tribal del Imperio otomano político (iskan).

EL ISLAM

Como he dicho quiero ilustrar a los infieles de lo grande que es mi pueblo, su historia, sus costumbres, su religión y el Más Grande Alá, para ello voy a hacer una recopilación de datos y de historia desde cuando comienza la era islámica, Hégira, comienza en el año 622, fecha en que Mahoma marcha de La Meca a Medina huyendo de la intransigencia mostrada por su predicación. A partir de esa fecha, junto a la fe religiosa, surgieron unas nuevas actitudes sociales y políticas que, en menos de un siglo, se expandieron desde el golfo de Bengala hasta el océano Atlántico.

El islam ('sumisión') tiene como base un libro sagrado, el Corán, que recoge la palabra de Allah (Dios) revelada a Muhammad (Mahoma), su mensajero o enviado. La comunicación del mensaje divino fue realizada en lengua árabe, que pasó a convertirse en el idioma oficial y en el vehículo de unidad.

Además del Corán existe otra fuente primordial que se conoce con el nombre de sunna (costumbre, hábito o manera), relacionada con la figura del profeta. La sunna se configura a base de hadiz o conjunto de actos o dichos de Muhammad, constituyendo una auténtica ciencia de la tradición.

Todo musulmán (muslim, creyente) tiene que realizar cinco manifestaciones o actos en las que se recogen básicamente el contenido dogmático de la religión y sus aspectos de culto o rito. Son los conocidos como pilares del Islam de fe, oración, ritual, limosna, ayuno y peregrinación a la Meca. Cada uno de ellos tiene una especial incidencia en las expresiones artísticas. La profesión de fe o sahada (No hay más Dios que Dios y Muhammad su profeta) explicita la no existencia del concepto de encarnación del cristianismo e hinduismo, al mismo tiempo que proclama que Muhammad es sólo el mensajero de Dios. Ello comporta la primacía del mensaje sobre el mensajero, del mismo modo que es, sin duda, la clave para el desarrollo que adquiere la escritura como motivo decorativo -la epigrafía- dentro del arte islámico.

Refleja, al mismo tiempo, la tendencia anicónica latente en el islam desde los primeros momentos, si bien, no por ello, la figuración dejó de contar con cierta presencia aunque en ámbitos restringidos. Esta tendencia anicónica propiciará el gran desarrollo de motivos geométricos y vegetales con un grado de abstracción cada vez mayor que, junto a los epigráficos, definirán la ornamentación en el arte islámico.

La oración o salat es el precepto según el cual los musulmanes deben orar regularmente cinco veces al día. Ello exige un estado de limpieza ritual o abluciones, un espacio suficiente para prosternarse e inclinar la cabeza hasta el suelo y una correcta orientación hacia La Meca. Consecuencia de estas obligaciones es la existencia de un edificio, la mezquita (masyid o lugar para prosternarse) con un muro qibla donde se halla el mihrab o nicho que señala la correcta orientación a La Meca. Las mezquitas suelen contar con un patio (sahn) en el que existe una fuente (mida) para las abluciones o limpieza corporal. Otros elementos asociados son el minbar o especie de púlpito con gradas para el jutba (sermón del viernes), la maqsura o acotamiento destinado a las autoridades, el alminar (manara) desde cuya azotea el muecín llama a la oración y también utilizan las alfombras de oración (sayyada) para mayor limpieza en el desarrollo de la oración.

La obligación de dar limosna (zakat) produce en el terreno artístico la fundación de instituciones de caridad como madrasas o escuelas teológicas donde se enseña el Corán, maristan u hospitales, hamman o baños y fuentes públicas. El ayuno (sawn) durante el mes de Ramadán, noveno del calendario lunar islámico, tiene menor trascendencia artística aunque puede concretarse en ciertos objetos realizados para las fiestas de ruptura del ayuno celebradas al final del Ramadán.

El último precepto, la peregrinación a La Meca (hayy), al menos una vez en la vida, permite el intercambio de ideas entre los países más alejados, la producción de obras especiales como los paños que el califa envía anualmente para cubrir La Kaaba o los certificados ornamentales de la peregrinación.

La religión, así pues, constituye el gran elemento unificador del amplio territorio y el dilatado marco temporal -siglo VII hasta la actualidad- por el que se ha expandido el islam. No obstante, este desarrollo espacio- temporal ha generado una enorme variedad de manifestaciones artísticas. Lógicamente, las condiciones geográficas - desde desiertos a zonas mesetarias o montañosas- así como los factores históricos y los consiguientes sustratos de civilización preexistentes en cada ámbito cultural han incidido de forma decisiva en las expresiones artísticas, determinando su diferente evolución y sus distintas peculiaridades. Sin embargo, estos condicionamientos y la asimilación de rasgos de todas aquellas culturas con las que ha ido manteniendo contacto, no ha llevado al arte islámico a convertirse en una mera repetición de formas y elementos ajenos. Al contrario, mediante la selección de entre un vasto repertorio y su utilización adecuada a su diferente función, ha logrado un arte profundamente original.

De tiempos de antaño y predecesores de nuestra cultura siempre se ha sabido que los ismaelitas, a la muerte del gran profeta Mahoma, ocuparon con gran rapidez un extenso territorio después que salieron de Arabia, y extendieron sus dominios sobre una gran cantidad de pueblos no árabes, encontrándose en su expansión con una enorme diversidad de gente de otras creencias diferentes a las suyas. Los conquistadores consideraban a los cristianos y también a los judíos como "gentes del Libro", ahl al-Kitab, por ser depositarios de los libros de la Revelación, y ello les permitía a los sometidos poder elegir entre la conversión al islam o la conservación de sus creencias. Porque el Corán considera a los judíos y a los cristianos pueblos a los que Dios les dio también sus Sagradas Escrituras, pero eso sí pueblos infieles. Esa designación viene pues acompañada de cierto respeto. Por ejemplo, el texto de Mahoma dice: "No discutáis con la gente del Libro sino de la mejor manera" (Sura 29:46).

Hay una fiesta en donde se celebraba el nacimiento del Profeta y, a la cual se unió la celebración de mis trece cumpleaños, y por ende a los albores de mi adolescencia.

A nuestras fiestas vienen cantores y músicos que, con sus ajabebas, chirimías, dulzainas, sonajas, panderos, adufes nos dan una cadencia y ritmos que son inigualables en el mundo entero.

No son como esas canciones alocadas, vestimentas infames e impresentables, que provocan la locura y las más confabulaciones mentales que hacen que los hombres se vuelvan locos dando rienda suelta a sus malignas mentes.

Soy sirio y fui a una madrasa coránica, que es la típica escuela islámica donde usualmente ofrece dos tipos de cursos: el "Hafiz", que es la memorización del Corán, y el Ulema que abarca los conocimientos seculares, lógica e historia islámica. Asisten personas de todas las edades, muchas de ellas estudiando para imán. El diploma de ulema requiere aproximadamente doce años de estudio. Un número importante de huffaz o memorizadores del Corán surgen de las madrasas.

Las madrasas recuerdan en algunos aspectos a los internados escolares, donde los alumnos toman clases permanentes y viven en dormitorios. Una de sus funciones importante es admitir huérfanos y niños pobres a fin de proporcionarles educación. Yo al ser, según mi padre, el hijo más aventajado, me dio esa oportunidad y la aproveché.

También existen madrasas femeninas, en varios países islámicos, aunque se estudia de forma separada.

En las madrazas nos enseñan que los bailes y las canciones no son buenos para nuestros espíritus ni nuestras almas, y que, a diferencia de las fiestas paganas de los infieles, que son todo lascivia y deshonra moral, ética y religiosa, que inculcan el mal a sus hijos e hijas que al ver en sus padres lo vulnerables que son ante unas canciones, cómo van a ser ante otros problemas de la vida. Cómo van a educar a sus familias por el camino de la rectitud y del bien. Nuestra religión y libros de justicia y los principios coránicos nos dan paz y amor elevado, respetando a nuestras mujeres y semejantes, siempre pensando en el Más Grande. También aprendí que Mahoma enseñó que Jesús no fue crucificado, sino transportado al Cielo, y que para morir en su lugar surgió un sustituto (Sura 4:156-157). El Corán afirma que Cristo nació de una virgen, pero al hacerlo parece confundir las identidades de Miriam, hermana de Moisés, y de María, madre de Jesús. Incluso llega a señalar a la madre de Cristo como la "hermana de Aarón", qué disparates dicen estos infieles "Tres personas en una sola".

Pues ya sabemos lo que aconsejó el Profeta sobre las mujeres: "Recordaos mutuamente tratar con amabilidad a las mujeres, porque ellas son vuestros depósitos, de los que habréis de rendir cuentas. A menos que sean culpables de una manifiesta mala conducta, no les impongáis vuestra sanción. A las culpables. Dejadlas solas en su lecho y castigadlas, aunque no con excesiva severidad; a las obedientes, no las tratéis con dureza. Vosotros tenéis ciertos derechos sobre vuestras mujeres, y ellas sobre vosotros: ellas han de llevar vidas castas e impedir la entrada en vuestro hogar de las personas.

Mahoma, durante todo el tiempo que vivió, conoció a muchos cristianos que decían creer en una "trinidad" y que veneraban a la madre de Jesús, María, como la "Madre de Dios". Por eso arremetió contra esa doctrina proclamando un monoteísmo estricto en la Sura 5:114-116, donde rechaza el concepto de que María sea miembro de la Trinidad. Esta creencia de los infieles nos resulta muy extraña, porque los cristianos veneran a María como la

"Madre de Dios" aunque no la incluyan dentro de la Trinidad. Ese el motivo por el que les llamamos, según ellos, con desprecio "politeístas".

Después de que Abú Bakr murió, Omar el Grande, que era suegro de Mahoma y fue uno de los primeros en seguirle, fue investido como segundo califa de la religión islámica. Él fue quien quiso aumentar e incrementar los dominios árabes e inició la conquista de extensos territorios habitados por cristianos; incorporando Egipto y el norte de África hasta Túnez.

Omar el Grande, después de la muerte del emperador Heraclio, fue astuto e inteligente para invadir el suroeste del Imperio. Durante cuatro durísimos meses sitió a Jerusalén y, después de varias negociaciones, el gobernador cristiano de la ciudad, el patriarca Sofronio, enviándole una carta aceptó las condiciones que se le imponían.

Ese pliego de condiciones recibió en árabe el nombre de al-Dimma, más conocido como el Pacto de Omar. En dicha rendición se impusieron las pautas por las que habría de regirse en adelante la convivencia entre los ismaelitas seguidores de Mahoma y otras comunidades sometidas. Fue desde aquellos tiempos, cuando todo cristiano infiel que ostentase cualquier poder o cargo debía aprenderlo de principio a fin para recitarlo cuando fuese necesario.

El pacto de Umar Ibn Al Jattab tras la conquista de Jerusalem

A continuación, expongo la traducción de lo que se conoce como el Pacto de Umar Ibn Al Jattab. Fue un documento que este mandó redactar tras la conquista de Jerusalén en el cual se garantizaba la paz y protección para sus gentes (recién conquistadas).

Cuando Umar Ibn Al Jattab (el segundo Califa) entró a Jerusalén como el líder del ejército musulmán en el año 638 d.C., lo hizo a pie como un gesto de humildad; no hubo derramamiento de sangre. Aquellos que querían irse se les permitió hacerlo con todas sus pertenencias y se les garantizó un salvoconducto. A quienes quisieron quedarse se les garantizó protección para sus vidas, sus propiedades y sus lugares de adoración. Umar rechazó el ofrecimiento hecho por el patriarca Sofronio, jefe magistrado de la ciudad tomada, de rezar una de las cinco oraciones diarias en la iglesia del Santo Sepulcro. Él lo rechazó en caso de que en los años venideros los musulmanes trataran de convertirla en una mezquita en su memoria:

"EN EL NOMBRE DE ALÁ, EL MÁS MISERICORDIOSO, EL MÁS COMPASIVO"

Esta es una garantía de paz y de protección dada por los siervos de Alá: 'Umar, comandante de los creyentes hacia la gente de Ilia' (Jerusalén). Les doy una garantía de protección para sus vidas, propiedades, iglesias y cruces; para quienes están enfermos y para los saludables y para toda la comunidad religiosa.

Sus iglesias no serán ocupadas, demolidas ni tomadas total o parcialmente. Ninguna de sus cruces, ni propiedades serán confiscadas. No serán obligados en su religión ni ninguno de ustedes será dañado…

La gente de Ilia' deberá pagar el Yizia (un impuesto fijo que los no musulmanes que viven bajo la protección de un gobierno islámico deben pagar por la utilización de los beneficios de la ciudadanía y como exoneración del servicio militar) como hacen los habitantes de las ciudades…

A quien se vaya se le garantizará la seguridad de su vida y su propiedad hasta que llegue a un refugio seguro. Quien se quede debe estar seguro, en tal caso deberá pagar impuestos como lo hace la gente de Ilia'. En caso de que algunas de las personas de Ilia deseen trasladarse con los romanos llevando sus propiedades, con sus cruces y vaciando sus iglesias, se les debe garantizar la seguridad para sus vidas, sus iglesias y sus cruces, hasta que lleguen a un lugar seguro. Quien decida quedarse podrá hacerlo y deberá pagar impuestos como lo hace la gente de Ilia'. Quien se quiere ir con los romanos podrá hacerlo, y quien desee regresar a casa con sus parientes podrá hacerlo. Nada será tomado de ellos hasta que sus cultivos hayan sido cosechados. Para la satisfacción de este convenio aquí están dados el Pacto de Alá, las garantías de Su Mensajero, los Califas y los creyentes, a condición de que ellos [la gente de Ilia'] paguen lo que es debido [el impuesto del Yizia].

Los testigos de esto son: Jalid Ibnul Walid, 'Abdur- Rahman Ibn 'Auf, Amr Ibnul 'As y Mu'awiya Ibn Abi Sufian. Hecho y ejecutado en el año 15 H."

Este pacto escrito por Umar Ibn Al Jattab muestra la generosidad que mostraban los musulmanes para con los infieles recién conquistados.

MI VIDA: MI VERDAD, MI FORMACIÓN, MIS PRINCIPIOS, MIS ESFUERZOS.

Soy líder sirio e Ingeniero de Telecomunicaciones, aunque nunca he ejercido. Actualmente soy escritor porque me dediqué a escribir, ayudando a mi país divulgando nuestras creencias, nuestra cultura, nuestras costumbres, mis principios y todo aquello en lo que fui aleccionado. Debido a mis esfuerzos, a mi país y a colaboradores he conseguido un cargo muy relevante como alto representante de la Unión para Asuntos Exteriores y Política de Seguridad (AR), también conocido informalmente por los medios como *alto representante, jefe de la diplomacia europea, Mr. PESC* o *ministro de Asuntos Exteriores de la Unión* (según la terminología de la frustrada Constitución Europea). Soy el alto funcionario europeo encargado de dirigir y ejecutar toda la política exterior de la Unión Europea. La creación de este cargo constituye una de las principales innovaciones institucionales del Tratado de Lisboa, que busca dar lugar a una mayor coherencia, influencia y visibilidad a la Unión en la escena internacional y en más peso en mis relaciones con otros países y organismos institucionales.

Cámara principal.
Hemiciclo del Edificio Louise Weiss.
Estrasburgo, Alsacia, Francia.

Segunda sede, más grande: Palacio de Europa, actual sede del Consejo de Europa, que fue compartida con el Parlamento Europeo. Entre 1977 y 1999.

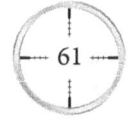

Voy a explicar más detalladamente mi cargo para aquellos que no lo tengan muy claro y no sepan mis funciones. Como alto representante soy el jefe de la diplomacia comunitaria, coordino la acción exterior de la Unión en el seno de la Comisión Europea como uno de sus vicepresidentes y soy el encargado de las relaciones internacionales y, como mandatario del Consejo, dirijo y ejecuto la política exterior y de seguridad común de la Unión (incluyendo la política común de seguridad y defensa), soy el jefe y dirijo el Servicio Europeo de Acción Exterior, que junto con el Consejo velará por la unidad, coherencia y eficacia de la acción de la Unión Europea. Soy asistido por los servicios de la Comisión y del Consejo, cuya formación de asuntos exteriores me corresponde presidir.

Según lo dispuesto en el Tratado de la Unión Europea (TUE), en su artículo 17 y siguientes, el AR será nombrado por el Consejo Europeo por mayoría cualificada con la aprobación del Presidente de la Comisión, durante el plazo de duración de cinco años. Sin embargo, esto no significa que ostente ya el cargo, puesto que el AR, junto con el presidente y demás miembros de la Comisión, se someterán colegiadamente al voto de aprobación del Parlamento Europeo, reunido en sesión plenaria tras su constitución después de las elecciones europeas. Sobre la base de dicha aprobación, la Comisión junto con el alto representante serán nombrados por el Consejo Europeo por mayoría cualificada, donde prestarán juramento. A este propósito y con anterioridad a la toma de posesión el reglamento del Parlamento Europeo prevé una fase de audiencias y evaluación previa de los Comisarios designados y del alto representante antes de someterse a la investidura conjunta del mismo por el pleno del Parlamento, ante las comisiones parlamentarias concernidas, con el objeto de comprobar su adecuada capacidad para desempeñar la cartera que le ha sido asignada por el Presidente (que en este caso será, por imperativo constitucional, una Vicepresidencia para Asuntos Exteriores) y conocer su programa de actuación y su proyecto político. El nombramiento del AR puede sintetizarse en los siguientes cinco puntos clave:

- Designación y nombramiento del AR por el Consejo Europeo, de acuerdo con el presidente de la Comisión;

- Audiencia ante el Parlamento Europeo (Comisión de Asuntos Exteriores), previa a su investidura;

- Dictamen de evaluación de la Comisión de Asuntos Exteriores;

- Investidura conjunta del Colegio de Comisarios, incluido el AR

como vicepresidente del mismo, mediante aprobación del Parlamento por mayoría absoluta;

- Jura y posterior nombramiento de la Comisión (incluido su vicepresidente/AR) por decisión del Consejo Europeo, con la entrada en funciones inmediata.

Hemiciclo de Estrasburgo   **Hemiciclo de Bruselas**

En caso de dimisión voluntaria, cese o fallecimiento, el AR será sustituido por el resto de su mandato. El Parlamento Europeo en caso de que se le someta a una moción de censura sobre la gestión de la Comisión, solo podrá pronunciarse sobre dicha moción transcurridos tres días como mínimo desde la fecha de su presentación y en votación pública. Si esta es aprobada por mayoría de dos tercios de los votos emitidos que representa, a su vez, la mayoría de los diputados que componen el Parlamento Europeo, el AR deberá dimitir del cargo que ejerce en la Comisión.

El Consejo fijará el sueldo, dieta y pensión del Alto Representante, pero no es el sueldo, ni las dietas ni la pensión lo que me hace trabajar en este cargo, es la meta que persigo, es mi final y mi venganza lo que me hace seguir en el cargo.

Soy lo que los infieles llaman una célula durmiente, que bajo un aspecto político- social normal, he llevado, llevo y llevaré mi trabajo a la realización para la que Alá me ha llamado y poder abrir la puerta del Paraíso, ese jardín verde y hermoso, al que tan sólo unos pocos elegidos hemos sido llamados, porque hay que tener fe y esperanza pues Alá nos protege, Alá es Grande, Alá es Misericordioso y Compasivo, sin su Abrazo y presencia nada es igual, nada nos da la seguridad que él nos ofrece. Es nuestro Padre, que cuida de nosotros mejor que lo han hecho nuestros padres de sangre.

Toda la información que a continuación detallo, son las incidencias y noticias tergiversadas la mayoría de ellas por los medios de comunicación infieles, de lo ocurrido en esta guerra que no tiene final. Y no tiene final, aunque la guerra siria lleva ya ocho años, porque los infieles olvidan fácilmente.

Debido a que ya no hay supervivientes de la Segunda Guerra Mundial y todos los que la sufrieron han muerto, los que continúan intentando obstinadamente en olvidarlo, están permitiendo que, de alguna manera en Siria, se esté gestando una Tercera Guerra Mundial encubierta. Digamos que los infieles ponen los muertos en Siria como escaparate de armamento del horror sirio abierto al mundo entero. Ellos, los infieles podrían presionar a sus países para evitarla, pero no, prefieren que mi pueblo muera masacrado, acribillados los niños, mujeres, ancianos; por todo ese daño que están infligiendo ellos también tendrán su dolor, desolación, violencia, como ya lo están teniendo, en forma de carrera armamentística, terrorismo, refugiados.

Encubierta porque es una justificación para la venta de armas, para que aquellos poderosos que mueven los hilos de la violencia y de las atrocidades que allí se están cometiendo, sigan beneficiándose de esos desorbitados presupuestos militares, para que otros poderosos, con "patente de corso" hagan y deshagan a su antojo su inmoral voluntad. Siria viene a ser como el espejo donde las miserias de la Humanidad se reflejan en ella.

Es una pena que la Siria que hubo en el 2012 haya desaparecido. Sólo queda la que controlan los turcos, la que está en tierra de nadie, la de las bases de EE.UU., por la que Rusia ha firmado un pacto para quedarse 50 años, los Kurdos, los países del Golfo e Irán e Irak, pero la Siria en la que yo nací, la que mis ancestros vieron y vivieron ya nunca será la misma, nadie la unirá.

Es una guerra donde se maneja y gestan contubernios oscuros que Occidente paga sin la más remota idea del alcance tan grande que pueda tener, ponen frente a frente a enemigos de más de 100 países contra cuatro de las grandes potencias – EE.UU., Rusia, Reino Unido y Francia – del Consejo de Seguridad de la ONU.

Son estos y otros más importantes los motivos que me lleva a maldecir esta hipocresía occidental y sus artimañas políticas.

Por eso ha ocurrido lo que tenía que ocurrir, lo de Barcelona, Londres, Madrid, París, Alemania y aún faltan más ciudades neurálgicas que harán sufrir a los infieles, como Roma "el corazón del cristianismo".

Me dais lástima, creéis que tenéis controlado todo con vuestros informes equivocados y vuestros informantes corruptos, sí, he dicho corruptos, todo y todos tienen un precio, incluidos vuestros informantes. Debéis de pensar que el petróleo, hoy por hoy, es el que maneja el mundo y, de eso nosotros, tenemos mucho. Y el petróleo es oro y el oro son dólares, libras esterlinas y euros. Todo se puede comprar, y si alguno en incorruptible con dinero o bienes mundanos, tocamos otras teclas de su vida, familia, trabajo, amigos y, estad seguros que reconsidera su postura.

Ahora mismo Siria, mi querida Siria, mi país, mi pueblo es una escombrera. No hay casi ningún edificio que no haya destrozado una bomba, no hay fachadas sin agujeros de bala o proyectil, toda ella está formada por casas destruidas a las que han demolido las paredes interiores, sus muros y escaleras, donde convergen unas con otras, haciendo de sus calles un laberinto de callejones y puntos muertos intransitables que, si no has vivido allí, no sabes el camino que tomar. Incluso si eres sirio puedes confundirte con tantas casas derruidas. Cuando la noche se posa en la ciudad se vuelve un lugar inhóspito e impenetrable, hay apostados francotiradores en todas las esquinas de cualquier casa, edificio u hotel esperando a su presa.

Un antiguo supermercado es un almacén de metralla, proyectiles, bombas, explosivos y todos ellos se fabrican en Europa. Si este despropósito se supiera, algunos países infieles pondrían el grito en el cielo y se "desgarrarían las vestiduras" en signo de repulsa y, sin embargo, son ellos quienes proporcionan ese arsenal que está en mitad de una población a expensas de que suceda un desastre, pero muchos de esos países que suministran esas bombas y artefactos explosivos, como no les incumbe, ni perderían a ningún familiar si explotase ese almacén, piensan que no se perdería mucho, a excepción de los explosivos.

Quiero dejar para la memoria de mis hijos, nietos y generaciones futuras todo lo que está aconteciendo en este mundo loco, donde los infieles no paran de atacarnos y de no dejarnos en paz.

MIS PADRES, MIS HERMANOS, MI FAMILIA

Mis padres eran muy creyentes y el nombre que nos pusieron a todos sus hijos, tenía que ver con el Corán y con el significado en árabe. Decían que el nombre es muy importante para la persona, que le imprime carácter y puede llevar un significado intrínseco que ennoblece el corazón y enaltece el espíritu de aquel o aquella que lo lleva con orgullo y humildad.

Mi padre era un buen hombre entrado ya en años, con la barba más cana que negra, enjuto de carnes, con la cara curtida y áspera como el cuero debido a toda una vida pastoreando bajo las inclemencias del tiempo, soportando el ardiente sol y el vehemente viento mezclados con sudor que, día tras día, hacían mella en su rostro como la gota de agua en la piedra, lo que le confería un aspecto duro y, a la vez, de respeto, ese semblante que tienen las personas pobres pero honradas, que a simple vista tienen una imagen de respeto que achantan a los malvados, pero la mente de un zorro y el temperamento de un gato montés. Las hirsutas manos de un labriego que ha cavado muchos kilómetros de zanjas para plantar sus hortalizas, árboles frutales y cómo no, también las tumbas de sus familiares, que poco a poco se fueron yendo al reino de Alá el Restrictivo. Sus ojos escrutadores, cautelosos y ávidos de saber, parecían estar pendientes de todo, ansiosos de escudriñar cada detalle que la vida nos dejaba al paso y que, había que dilucidar para no perder el ritmo del compás que nos marca cada día, cada hora, cada minuto. Como persona mayor y avezada en las líderes de la vida siempre tenía un refrán para cada situación. Su padre y su madre, según nos dijo se los enseñaron y él, con el pasar de los años, viviendo y leyendo amplió ese refranero particular que era tan útil en muchas ocasiones. No tenía hermanos ni otra familia, que él supiera, pues todos habían fallecido. Tenía esa calma y paciencia de la persona sabia por experiencia, que la vida le ha enseñado a golpe de martillo y que ha visto tanto que no le sorprendía ninguna conducta atrabiliaria del género humano. Solía leer mucho cuando sus obligaciones se lo permitían y, le encantaba sentarse en invierno mirando al resplandor de la

hoguera bebiendo una infusión o un café templado y, en verano, en la arcada de la casa, donde el sol no llega a colarse y cambia de rumbo con el tiempo.

Mi madre era una mujer dura, más inclinada a los hechos que al cariño, aunque con nuestra familia era amable, casi siempre sonriente o con una ligera mueca de sonrisa no pronunciada del todo. Su cara irradiaba amor y paz y, si la mirabas como yo lo hacía, de dentro de la casa hacia fuera, cuando se encontraba tendiendo la ropa o echando de comer a los animales, parecía tener un halo aurífico como Jadiya, la primera esposa del mensajero de Alá el Constante. No había vivido otra rutina que la azada, el pastoreo y el fogón. Ni había conocido a otro varón salvo a mi padre, esto es reseñable y memorable, máxime en los tiempos que corren con la promiscuidad sexual que hay hoy en día. Había estudiado muy poco, lo justo para saber leer y escribir, pero era aficionada a la lectura, leía todo lo que le caía en sus manos: revistas de moda, de cultura, de arte, de ciencia, de geografía; periódicos de sociedad, de deportes, de economía, se los traían mis hermanos de la ciudad, de los que sus jefes tiraban para reciclar o antes de que fuesen a la basura, no le importaba. Reflexionaba a menudo sobre la vida y de cuanto le rodeaba. Un día le pregunté:

- Madre, me gustaría que me dijeses qué es para ti la vida, qué opinas sobre el mundo, qué esperas del futuro. No te he oído mucho hablar de eso, siempre te he conocido tan abnegada con nosotros y con padre y muy sacrificada en el trabajo de casa, con los animales, con las plantas, árboles frutales, los vegetales, en fin, siempre a disposición nuestra y, nosotros no nos hemos dado cuenta o no hemos querido darnos cuenta. Hemos sido muy egoístas, siempre que necesitábamos tu ayuda, tú nos la ofrecías a cambio de nada. Nunca he escuchado a ninguno de nuestros hermanos o hermanas preguntarte si necesitabas algo. Tan sólo cuando alguna vez estabas enferma, te preguntábamos asombrados por saber cómo te encontrabas, porque nos extrañaba verte así.

Entonces se me quedó mirando con esa humildad, bondad y sencillez que siempre la caracterizó y cautivaba a la gente, juntó las piernas sentada en su silla preferida de madera y pita, cruzó los dedos de las dos manos y me dijo:

- Hijo, tu padre y yo siempre os hemos querido educar en la fe y el amor a Alá, en hacer el bien a los demás y respetar a tus padres y familia, que os quisierais siempre por encima del bien y del mal.

El amor con la familia y a Alá ha de estar por encima de cualquier interés, de cualquier circunstancia, porque si a tus seres más cercanos no quieres, ¿a quién vas a querer? Tu padre y yo siempre hemos pensado que "la belleza de la persona está en el interior" como dice la película de "la Bella y la Bestia". Porque sabemos que se vuelven cadenas lo que fueron cintas blancas y mueren los deseos por la carne y por el beso. A veces el tiempo tiene grietas y grietas tiene el alma, pues el sentimiento es humo y ceniza la palabra y llega a ser rutina la caricia más divina. Puedes estar casado con la mujer más bella del mundo, pero si solo hay atracción, hasta la belleza cansa; la pasión pronto o tarde se acaba, muere, se marchita, como lo hace una bella flor que no riegas, no abonas, o no la cuidas como deberías. La vida en la tierra es un paso, pero el amor y la amistad es un "hilo de oro" que sólo se rompe con la muerte. La infancia pasa, la juventud la sigue, la vejez la reemplaza, la muerte la recoge. La más bella flor del mundo pierde su belleza, pero un amor verdadero y una amistad fiel dura para la eternidad. Vivir sin amor y sin amigos es morir sin dejar recuerdos.

Sin el timón y el ancla de ambos, de nuestra madre y de nuestro padre, en un entorno como el de aquella descarnada ciudad hubiésemos, estados perdidos.

SAMI

Era el mayor en todos los sentidos, alto y corpulento, más que corpulento era grande y le llamaban, el Gordo, así era mi hermano SAMI, que significa alto en árabe. Casi siempre estaba recostado hasta para dormir, porque si llegaba a tumbarse del todo no podía casi respirar y, luego le costaba mucho enderezarse. Siempre estaba pendiente de sus enfermedades y de su corpachón, pues estaba comiendo casi todo el día y, según me contaban, casi toda la noche. Su enfermedad la presentan las personas que comen mucho, es decir, aquellos quienes más abusan de la carne y otros alimentos.

Un médico amigo de mi padre vino un día de máxima angustia y Sami tenía dolores fortísimos. Estuvo reconociéndole y haciéndole preguntas sobre sus achaques. Lo primero que le preguntó fue por la forma de sus dedos de la mano, pues tenían las yemas anchas y gruesas y las falanges estrechas.

- ¿Desde cuándo tienes así de hinchados los dedos de la mano?

- Desde hace años, cuando empecé a tener los problemas de gota.

- Si no me equivoco tienes lo que llamamos dedos hipocráticos, debido a la mala circulación de tu sangre. Al pasar tanto tiempo sentado o tumbado y no hacer ejercicio, andar o moverte, la sangre se hace espesa y no circula como debería. Te recomendaré que tomes infusiones de miel con yerbabuena. Y, por supuesto, no comer casi carne y sí fruta y muchas verduras.

Una mañana al levantarse e intentar ponerse de pie aparecieron los dolores de la gota, estos le dejaban cansado, irritable y tenso, con un humor que lo pagaba con todos aquellos que estuviésemos a su lado. Nosotros, comprendíamos su situación angustiosa y dolorosa por lo que no prestábamos mucha atención a su mal humor. Desde que habían comenzado a aparecer sus achaques, tenía más problemas para dormir y se encontraba en un estado de ansiedad. Su sumisa mujer, le cuidaba todas las noches la pierna que debía tenerla en alto para poderle untar la pomada, lo que en numerosas ocasiones le producía dolor y mal humor.

Estaba casado con Yasmin, una mujer hermosa y soñadora, a la que nunca había sabido comprender, pero a la que quería a su manera, la trataba como la hija pequeña que nunca tuvo. Ella siempre había utilizado a su hijo como escusa desde su nacimiento y así, no tener que obedecer a sus obligaciones de mujer casada. Sami se había casado con ella porque era hija de un comerciante de rancio abolengo entre los mercaderes del lugar, y a la que conoció en una transacción comercial y, debido a ese atisbo de ingenio, pudo entrar a comerciar con lo más distinguido de la plaza. Ella como hija sumisa tuvo que acatar el destino que su padre le tenía preparado. Con ella tuvo a su hijo Amir, que significa príncipe. Era espigado y paliducho con el que su padre no tenía mucho trato, pues prefería leer libros que le traía algún tío de la biblioteca o los jueves del mercado, a enfrentarse con su padre en unas discusiones o diatribas que no conducían a ninguna parte y que, por estas y otras circunstancias más, como el no querer continuar con el trabajo de alfarero o pastor. No obstante, su padre nunca le había dedicado una muestra de afecto, más allá de la natural.

Cuando Yasmin, con un doble significado islámico, por un lado "jazmín", y por el otro, "amigable", que era joven, sentía la llamada del sexo rápido, lascivo y necesitaba aliviarse fornicando, dejaba el cuidado del dedo del pie y acariciaba la entrepierna de Sami por encima de la camisola que siempre usaba, ya no sólo para dormir, sino para trabajar y estar por la estancia, pues su cuerpo no permitía más florituras textiles. Sami cerraba los ojos y sentía cómo los dedos de su mujer rodeaban su pene aún fláccido pero sensible, que pausadamente respondía a las caricias provocadoras e insinuantes de su compañera. Esta, a su vez, susurraba a su oído palabras que le provocaban un escalofrío de placer, entonces, la respiración de ambos de desbocaba y él la envestía como podía y ella le facilitaba la ocasión.

Vivían, como todos nosotros de sus jarrones y figuras de cerámica o arcilla y del pastoreo, en una aldea cercana a mis padres. Ambos hablaban a menudo mientras amasaban la arcilla. Como no tenían más hijos que Amir, al que no le gustaba las maravillosas obras de arte de sus padres, regalaban a todos sus sobrinos, nuestros hijos, toda clase de animalillos de colores, y vasijas para que las guardasen si algún día formaban una familia. Casi siempre los regalos eran por Año Nuevo, durante la primavera, es decir, en la Ruptura

del Ayuno. Un regalo muy especial fueron las jirafas, de las que llegué a tener una colección, y las guardaba con un cariño especial porque era un animal que yo nunca había visto, e incluso dudaba de su existencia.

Sami no era tonto, bueno sí, pero no tonto. Él veía en su preciosa mujer una tentación para el resto de los mortales, pues su belleza, gracia y dulzura al hablar eclipsaban a cualquier otra mujer que estuviera a su lado. Su presencia era de una dignidad casi divina, su porte y su semblante eran idílicos e impresionaban a cuantos hombres la mirasen. Su vida era, en verdad, casi de retiro espiritual, no salía casi a la calle, pues estaba pendiente de la faena de la casa, de las necesidades de mi hermano Sami, de su hijo Amir y de los preciosos trabajos de alfarería que ambos hacían y que había que dejarlos secar o meter en el horno para que terminaran de hacerse. Toda esta faena extra la llevaba ella, ya que Sami no podía a consecuencia de su enfermedad e imposibilidad de moverse.

Sami era consciente de la atracción que provocaba su mujer en los hombres. Hasta el pestañeo de sus pestañas era cautivador, lo hacía como una artista de cine, los entrecerraba de una manera sensual que llamaba la atención a propios y extraños.

Solía ir los jueves, que eran días de mercado, a comprar a la plaza Real con alguno de mis hermanos, a los que acompañaba mi madre y alguna de mis hermanas. Pasándose antes por su casa, la recogía en algún carromato o carro tirado por algún caballo. Luego, una vez en el mercado, ella a veces iba con mi madre y mis hermanas y, otras iba sola a ver los puestos de preciosas telas que venían de la India; las especias que traían de América y las Indias Orientales; los pájaros y exóticos loros de África, tan llamativos por su colores como por su manera parecida a nuestro habla, pues son capaces de reproducir nuestros sonidos con gran precisión, gracias al órgano vocal que poseen, en la base de la tráquea, llamado "siringe"; sombreros tejidos a mano por artesanos ecuatorianos con 100% paja toquilla; zapatos y botines de Francia que le encantaban por su terminación y calidad de la piel; vestidos de Italia; dátiles de Iraq y Arabia Saudí. Decían que era el mejor mercado de Siria y de zonas colindantes, pues allí se daban cita los mejores comerciantes y sus productos eran admirados por su calidad y buen precio.

Yasmin, la mujer de mi hermano Sami, al pasear por la plaza Real y pararse en algún puesto del mercado, los comerciantes le piropeaban y educadamente le decían halagos de su belleza, a lo que ella siempre respondía con una sonrisa, no más. Aunque siempre estaba el maleducado que se pasaba de listo y quería intimar más con Yasmin, a lo que ella se echaba el velo por la cabeza y se tapaba la cara en señal de respeto.

Una mañana de primavera un acaudalado comerciante, a juzgar por la calidad y variedad de rollos de telas, con buena presencia y con una lengua viperina capaz de cautivar a una virgen, se le acercó y, le estuvo susurrando un rato al oído, de inmediato ella se fue a la parte trasera de su tienda que estaba cubierta con telas gruesas y allí permaneció alrededor de media hora; con la coincidencia que, mi hermano Rafiq, que era quien la había llevado ese día al mercado, se encontraba en una tienda de la esquina y, estuvo a punto de acercarse a decirle que en media hora se tendrían que ir pero, lo pensó mejor y esperó a ver qué hacía, pues le llamó la atención tanto la conducta de él como la transigencia de ella. Esperó unos diez minutos sentado en la poyata de una ventana baja de un edificio que bordea la plaza y luego, se dirigió sigilosamente a donde él había visto que había entrado. Corrió ligeramente la cortina y vio al comerciante de espaldas, tenía a Yasmin cogida con ambas manos de la cadera y la estaba envistiendo por detrás, tenía su falda echada sobre su cabeza y sus manos estaban apretando unas barras que sujetaban varios vestidos colgados. El comerciante tenía los pantalones bajados hasta los tobillos y ella gemía suavemente. Rafiq durante los segundos que presenció la escena, se quedó perplejo e impotente y no supo cómo reaccionar, de repente el comerciante se volvió hacia donde estaba él e inmediatamente, dejó caer la lona y se fue a paso acelerado a donde había quedado con mi madre y mi hermana. Esperamos a Yasmin una media hora más, aunque mi madre insistía en que fuésemos a buscarla por miedo a que le hubiera pasado algo, mi hermano, como sabía la realidad, hacía oídos sordos a sus peticiones, hasta que, por fin, vieron llegar a Yasmin a unos metros de nosotros.

- Pero Yasmin, ¿dónde estabas? Nos has dado un susto de muerte, creíamos que te había pasado algo. ¿Estás bien? – preguntó inocentemente mi madre.

Montaron en el carromato y mi hermano Rafiq no dijo ni una palabra durante el viaje. Mi madre, mi hermana y Yasmin iban hablando de las cosas tan bonitas que habían visto en el mercado. Rafiq de vez en cuando, miraba a Yasmin por el espejo retrovisor para ver si había algún indicio en

su cara de culpabilidad, pero sólo podía vislumbrar una cara angelical y un rostro inmaculado, tan solo vilipendiado por el recuerdo de la escena tan horrible que acababa de presenciar.

Cuando llegaron a casa de Yasmin, ella se despidió de mi madre, hermana y de Rafiq, aunque él no quiso despedirse.

Ya en mi casa, Rafiq estuvo toda la tarde pensando en qué hacer. No sabía a quién contárselo, ni tan siquiera tenía claro si debía contárselo a alguien. Después de devanarse la sesera en qué sería lo correcto, me lo contó a mí como hermano mayor, a lo que yo le respondí que, de momento, no se lo dijera a nadie más y que, pensaría qué hacer para que aquella situación no se volviera a repetir y, de no ser así, tendríamos que decírselo a nuestro hermano Sami.

A la semana siguiente, Rafiq y yo establecimos un plan, como él era el que iba a llevar a mi madre, hermana y Yasmin al mercado, yo me apunté en ese viaje con la excusa de tener que visitar a un cliente nuestro, me dejarían a la entrada de las calles que bordean a la plaza Real, luego yo me situaría en una de las esquinas que dan al puesto donde supuestamente ella iría y comprobaría si acude o no.

Al llegar a los alrededores de la plaza yo me bajé y les dije que dentro de dos horas nos veríamos en este mismo sitio, Rafiq dijo que le parecía bien, pues así podía aparcar en un descampado al lado de un huerto cerca de allí, al estar todas las calles atestadas de gente y no poder entrar por otro lugar.

Yo fui recorriendo algunas calles hasta llegar a la plaza Real, busqué una esquina donde poder controlar el puesto de ese comerciante y esperé alrededor de una media hora, cuando vi aparecer por la calle deambulante enfrente a Yasmin. Ella iba con la cabeza un poco baja y su mirada casi en el suelo, tan embebida en sus pensamientos que, pasó una bicicleta casi rozándole y, ni tan siquiera se percató de que la podía haber atropellado. Cuando llegó al puesto en cuestión, el comerciante le sonrió, a lo que ella respondió con otra sonrisa, seguidamente el comerciante haciéndose a un lado y levantando ligeramente la lona que hacía de separador con la calle y el puesto de al lado, dejó pasar primero a Yasmin para acto seguido hacerlo él.

Me encontraba a unos treinta metros de separación del puesto, mirando los ademanes y e intentando desentrañar la personalidad y perfil del jefe de dicho comercio ambulante. Era de estatura media como la mía, no era muy alto y sí sobrado de kilos, traje gris claro sin corbata, casi a juego con el color de su pelo y, se adornaba con una barba recortada grisácea tirando a blanca que, aunque le destacaban los rasgos, le hacía parecer más mayor, yo diría que tendría unos cuarenta o cuarenta y cinco años. Esa edad peligrosa donde, tanto los hombres como las mujeres, quieren hacer alarde de su ya lejana juventud, pues cada día que pasa está más lejos ese divino tesoro, a sabiendas que ya no volverá y, no quieren rendirse ante la evidencia, pues el tiempo es nuestro sempiterno juez. Siendo además la edad en la que más separaciones se dan, debido a que muchos de ellos y ellas quieren recuperar, bajo su criterio, el tiempo no aprovechado, en cuanto a relaciones sexuales se refiere.

Esperé unos quince o veinte minutos enfrente y me acerqué al puesto, el ayudante que se encargaba de la venta, en ese momento, se me quedó unos segundos mirando, pero yo casi ni le miré e hice como que estaba viendo el género de algunos puestos, di un rodeo a la calle y me acerqué al puesto por el lado que debía de estar Yasmin y el jefe, levanté la lona y allí estaban los dos fornicando. Yasmin estaba encima de una mesa de madera y él con los pantalones en los tobillos, la sujetaba con ambas manos las dos piernas separadas y la poseía con gran vehemencia. De repente, el ayudante dio un grito dirigiéndose a mí, lo que provocó que Yasmin levantase su cabeza que tenía apoyada en un cojín y ambos se volvieron hacia donde yo me encontraba, Yasmin se quedó mirándome un brevísimo instante con cara de sorpresa y, yo creo de culpabilidad. Su cara estaba sonrosada y el pelo algo alborotado, pues no tenía el velo en ese momento, rápidamente solté la lona y me fui a paso ligero.

Me fui buscando el coche donde debía de haber aparcado Rafiq, él no estaba, me quedé sentado en una piedra pensativo por lo ocurrido. A los pocos minutos vino Rafiq y le conté lo sucedido, a lo que me contestó pensativo:

- Hermano, tenemos que decírselo a Sami, es nuestro hermano. No podemos ocultar este pecado. Alá lo sabe y esto no lo permite ni él ni el Corán, es una injuria a nuestro hermano.

- Lo sé Rafiq. Sé que esto no lo podemos consentir, pero sabes como yo que, si se lo decimos a Sami, lo sabrá todo el pueblo, las noticias se corren, ella será ajusticiada y seguramente morirá apedreada. Tenemos que pensar cómo decírselo. Estoy pensando que voy a hablar primero con ella y luego, dependiendo de lo que me diga, haremos. – Le expuse consternado.

Mi madre, hermana y Yasmin se presentaron a la hora acordada y jun-

tas nos montamos en el carromato y nos fuimos. Mi madre y mi hermana hablaban entre ellas sobre las compras que habían hecho y sobre los pájaros de colores tan bonitos que había allí. Yasmin no dijo una palabra. Mi madre la preguntó si se encontraba bien, y ella respondió:

- Estoy bien gracias, no se preocupe. Solo es un dolor de cabeza. En cuanto llegue me tomo una aspirina y se me pasará en seguida.

Cuando llegamos a dejar a Yasmin, yo me bajé también arguyendo que tenía que hablar con Sami, por un encargo que me había hecho un cliente de la zona. Les dije que ya me acercaba yo, pues me apetecía dar un paseo.

Cogí a Yasmin del brazo y la llevé junto a un árbol con el fin de que mi hermano Sami no pudiera vernos desde sus grandes ventanales:

- ¿Qué estás haciendo engañando a mi hermano? Él te quiere y te respeta. Si se entera él o las gentes, ¿eres consciente que te pueden ajusticiar y puedes morir? – le espeté gritando.

- Lo sé. Soy consciente de ello y lo siento, pero tu hermano no me quiere como tú crees que lo hace. Él solo me tiene para su alivio y consuelo, para sus cuidados. Desde que nos casamos nunca me ha dicho una palabra de cariño que no sea lasciva. Podríamos decir que nos consolamos el uno a otro, sin más pretensiones que cuidar de nuestro hijo y vivir para trabajar. No tenemos más aspiraciones ni más esperanza de futuro, que no sea la cercanía entre nosotros evitando la soledad. – Añadió afligida y llorando.

- Espero que no se repita más, si no tendré que decírselo a mi hermano. – Le recriminé.

Nos fuimos andando a su casa que estaba a escasos diez metros de donde habíamos estado hablando, cuando se abrió la puerta y mi hermano Sami salió con su magnífico bastón hecho por sus propias manos.

- Hola hermano, ¿cómo estás? – Le pregunté algo nervioso.

- ¿Ha vuelto a pasar, verdad hermano? – Me replicó mirándome serio a los ojos, sabedor de la respuesta.

- Hermano lo siento, yo no sabía… - Pero él me cortó de inmediato y no me dejó terminar la frase.

- Déjalo, no te preocupes. Es algo que tengo asumido. Yasmin y yo conocemos cada uno nuestros sueños, nuestras expectativas personales y de futuro y, tenemos como un acuerdo tácito, mediante el cual cada uno vive su vida sin molestarle al otro y respetándonos como personas, no así como el amor que deberíamos de tenernos el uno para el otro, pero así somos felices, a nuestra manera, sin más explicaciones ni subterfugios ni dobleces. En la vida no es todo felicidad. Ella me cuida, yo la cuido, trabajamos juntos y ella, de vez en cuando, tiene esas relaciones esporádicas que a mí no me importan siempre que vuelva conmigo. Así que hermano, vete a casa, no te preocupes, ni cuentes nada a nuestros padres, hermanos y hermanas, pues no lo deben saber. – Concilió su respuesta tranquilamente.

Pero no tuvo suerte ni en el amor ni en la vida. Una noche mi hermano Sami se encontraba con sudores, dolor de cabeza y con mal estado en general. Su mujer, Yasmin, llamó por teléfono a nuestro padre para comunicarle en la mala situación que se encontraba mi hermano. No sabíamos de dónde podían provenir sus problemas corporales, pues eran tantas las afecciones que tenía que no podíamos vislumbrar ni anticipar su procedencia, por lo que mi padre y dos de mis hermanos, se desplazaron a su casa para llevarle al hospital de Alepo. Después de sentarle en una silla de ruedas más grande de lo normal, un doctor y una enfermera le pasaron a una habitación y le perdieron de vista. De repente entró en el hospital un grupo de militares israelíes de cierto rango algunos, a juzgar por las estrellas que colgaban en sus camisas y gorras, seguidos de unos diez militares de bajo rango que supusimos que serían escoltas del militar que se encontraba en la camilla. Salieron tres doctores y cuatro enfermeras para recibir al militar de alto rango y que, según oímos era un general israelí que recibió un balazo en el estómago de un francotirador apostado en un edificio ruinoso durante una inspección a la ciudad de Alepo después de una batalla con el estado yihadista. Le dispusieron en una camilla y según vimos le pasaron a la habitación de al lado en la que estaba mi hermano. Cuando entraron los doctores a la habitación del militar herido, el resto de militares que le escoltaban se quedaron en la puerta, entraron un grupo de unas seis mujeres, a lo que mi padre dijo:

- Son posibles "shahidas" a juzgar por su indumentaria, pues varias van tapadas con burka.

Uno de mis hermanos le preguntó a mi padre qué significaba esa palabra.

- Padre, ¿cómo ha dicho, shash…qué?

- "Shahidas" – repitió nuestro padre -. Mujeres suicidas, aunque son también conocidas como "novias de Alá" – apostilló nuestro padre.

- ¿Mujeres suicidas? – exclamó mi hermano, llamándole la atención de tan impresionante apelativo.

- Sí – afirmó contundentemente nuestro padre -. Es un fenómeno que surgió durante la Segunda Intifada. Esto tuvo lugar entre los años 2000 y 2006, cuando unas cien mujeres palestinas decidieron suicidarse con explosivos pegados a su cuerpo matando a muchos civiles israelíes en las calles, en los mercados, cines, en los autobuses. Venía a ser una forma de martirio con la que piensan ganar la vida eterna e ir al cielo. A esto hay que sumarle los fanáticos radicales del Corán, que las empujan a ver en el suicidio la vía más rápida para ir al paraíso con Alá.

- ¿Y por qué hacen eso? – preguntó mi otro hermano.

- Es un modo de justificación, una respuesta a la ocupación y represión israelí y su válvula de escape. No olvidéis que muchos palestinos viven en campamentos de refugiados o en poblaciones aisladas por Israel sin medicinas, casi sin agua ni comida y, por supuesto, sin trabajo, como una larga pesadilla sin esperanza ni futuro y, lo más penoso, dentro de un conflicto sin solución. Viven en una auténtica humillación la ocupación israelí y el destierro forzoso de los que, según ellos, consideran sus territorios. Toda esta sinrazón comenzó el 14 de mayo de 1948. Ese día para los judíos fue la fundación del Estado de Israel que estaba amparado por la ONU, que significó, por fin, el fin de dos mil años de diáspora y exilio. La diáspora judía (en hebreo: Tfoot'za, הצופת) o el Exilio (hebreo: Galut, תולג; yiddish: Golus) se refiere a la dispersión de los hijos de Israel y los judíos posteriores fuera de lo que se considera su patria ancestral (la Tierra de Israel) y de las comunidades construidas por ellos en todo el mundo. Para los palestinos, significó el inicio del desastre o nakba, la expulsión de sus hogares, pueblos y ciudades y la huida masiva de ellos. Desde entonces palestinos y judíos están luchando y sufriendo por esta tierra, que tanto unos como otros la consideran como suya. A todo este problema se han unido diferentes partes como los yihadistas o islamistas radicales que hacen de su capa un sayo y lo que les interesa y viene en gana con sus semejantes y contrarios– continuó nuestro padre.

Casi sin darnos cuenta todas estas "Shahidas" salieron corriendo emitiendo gritos guturales y ensalzando a Alá hacia la habitación del general israelí interponiéndose los militares que le estaban custodiando, inmediatamente escucharon una explosión cuya onda expansiva les derribó de sus asientos. Pasaron como un par de minutos cuando mi padre y mis hermanos recobraron plenamente el sentido, y al preguntar por el estado de nuestro hermano Sami, nos dijeron que todas las personas de la habitación: el general, los militares, los doctores, enfermeras y las dos personas que estaban en las habitaciones colindantes fallecieron. No se podían creer que ellos hubieran ido para solucionar sus problemas de salud y nuestro hermano Sami perdiera la vida en un acto terrorista.

Su entierro lo hicimos en el lugar que mi padre destinó como cementerio en la parte trasera de las tierras de su casa para cuando ocurriesen estos contratiempos de la vida por los que todos, tarde o temprano tendríamos que pasar.

RAFIQ

Mi hermano RAFIQ, cuyo significado es compañero, amigo, era, en verdad un pedazo de pan, dulce, agradable en el trato con la gente y más con sus hermanos. Por tener bueno, hasta su olor era especial, suave, pero a la vez denso. Era un olor como la dama de noche o del nardo o la diamela. Y todo esto contrastaba con su aspecto físico, era de estatura media, joven, tuerto de un ojo, aunque el pelo empezaba a ralearle la frente, formando una pequeña isla castaña donde otras personas llevan flequillo, y llevaba muleta. Su indumentaria no era la apropiada, sus ropas eran discretas y humildes, de colores parduscos, muchas veces llevaba los pies descalzos en unas zapatillas de corcho para protegerse de la humedad. Nunca llevaba pistola, ni cuchillo, ni armas a la vista, ni tan siquiera un palo, pero siempre portaba velas y resmas de papel que llevaba a su habitación, donde escribía su querido diario. Podía permanecer encerrado en ella un par de días, o no presentarse a dormir durante el mismo tiempo. Cuando aparecía, si la persona no era de su agrado o había escuchado algún comentario que no le gustaba, saludaba con un movimiento de cabeza y se esfumaba escaleras arriba o fuera de la parcela. Era de la opinión, al igual que mis padres, que "la belleza de la persona está en el interior" y, en verdad, él la tenía. De vez en cuando -canturreaba –

Mis cualidades se corresponden
con las de un palacio real:
por fuera, manchas y desconchones;
por dentro, un jarrón ideal.

Pero tenía un don especial para trabajar la arcilla y la cerámica. Hacía todo tipo de imágenes, de animales, jarrones, elegantes vasos y jarras y luego los pintaba con un colorido que resaltaban a la vista como si fueran de verdad. Cuando alguna vez no podía ir a venderlos los jueves al mercado de la ciudad, algún pudiente enviaba a alguno de sus criados para comprar alguna de aquellas joyas de colores.

Como no salía mucho a la calle ni iba a la ciudad, mi padre un año, en su cumpleaños, le regaló un portátil y le instaló internet en su habitación y, a través de su mundo virtual conocía a personas y mantenía contactos con gentes de todos los países y de toda condición. Él era como todos nosotros, abierto y gentil con todas las personas con las que nos encontrábamos en nuestra vida, fuesen de la categoría social que fuesen y tuvieran o no dinero, o más o menos cultura, en lo que sí hacíamos distingos era en cuanto a su educación, eso era algo muy inculcado por nuestros padres, debíamos de juntarnos, si era posible, con buenas personas, con gentes sencillas, humildes o de rancio abolengo, pero que tuviesen buen corazón, buena masa, porque todo lo demás es superficial, pues la bondad, la humildad y la gentileza es una impronta, una huella de orden moral que siempre permanece en el carácter de las personas y, por ende, en su comportamiento, lo que hace a esas personas dignas de alabanza y de querer estar con ellas.

Un mediodía de domingo, siendo las tres de la tarde y, estando todos mis hermanos y hermanas sentados a la mesa para disponernos a comer, nos comunicó que había conocido, a través de internet y las redes sociales a una chica que vivía en Damasco. Estudiaba en la Universidad primero de Derecho y su padre era enfermero en un centro de salud de la ciudad, su madre maestra en un colegio de primaria; tenía un hermano mayor y una hermana pequeña y, quería pedirle a mi padre autorización para ir a verla en autobús el viernes siguiente. Él se quedaría en una pensión y pasarían el fin de semana juntos para conocerse. No había más que mirarle la cara exultante de alegría para concederle el permiso, cosa que mi padre se lo dio, además de cien libras sirias para el billete y la estancia en Damasco con su amiga. Todos estábamos muy felices pues, además de ser un ser excepcional, no tenía amigos o amigas más allá de nosotros y, pensábamos que esta era una buena oportunidad para él. Sabíamos que, si no era a través de las redes sociales, le sería muy difícil confraternizar con alguien del sexo contrario, pues no era su atractivo físico lo suficientemente atrayente para otras personas, pero su bondad, saber estar y gentileza, suplían otras carencias.

Llegado el día fuimos casi toda la familia a despedirle al autobús, era una mañana en la que estábamos todos tiritando, llevábamos ropa de invierno y aunque los nimios rayos de sol hacían acto de presencia, su insuficiencia era tan notoria como el vaho de nuestro aliento y como el rechinar de nuestros dientes. Llegado el momento de la salida del autobús, le dimos todos un beso, deseando en todos nuestros pensamientos y corazones que se cumpliera su sueño, porque en verdad era merecedor de eso y de cuantas cosas buenas se le presentasen en su vida. Le enseñó el billete al chófer y se subió al autobús, sentándose en el primer asiento que daba a la ventanilla y mirando a la carretera para poder disfrutar de su gran viaje y de todo lo que no había visto en sus años de retiro y asueto.

Rafiq iba disfrutando del viaje, pensado ensimismado en todas las cosas que iba a visitar con ella y posibles lugares que ver en Damasco. Se había hecho un itinerario para ese fin de semana junto a su amiga. Tenía puestas tantas expectativas en esa cita que estaba algo más que ilusionado.

Cuando llegó el autobús a la estación de autobuses de Damasco, ella le estaba esperando. Bajó y se dieron dos besos. Cogió la bolsa y la mochila que llevaba y ella le acompañó al hostal donde él había reservado a través de internet una habitación. Dejaron todo y se fueron a comer a una bonita pizzería en la Plaza de los Naranjos que estaba en pleno centro de Damasco. Durante la comida hablaron de su día a día, de sus posibles planes de futuro, de sus familias, padres y hermanos, de sus respectivas casas. Una vez terminados los postres se fueron a tomar un té a una famosa tetería de la ciudad, luego fueron a un cine a ver la película del momento que era "El Diario de Noah". Fue en ese mismo instante y lugar cuando al unísono de los acordes de la banda musical, sus manos se juntaron y pasaron el resto de la película cercano el uno con el otro sin hablarse, tan solo y como muestra de cariño tenían el calor de sus cuerpos ensamblados en un abrazo. Cuando terminó la película, los nombres de los actores pasaron, las luces y la mirada de las personas desalojando el cine, les devolvió a la cruda realidad, levantándose y yéndose a cenar a un restaurante muy coqueto donde la especialidad era el loncheado de Kebab en todas sus variantes: pollo, ternera, Lahmacun, que básicamente es una pizza turca con una mezcla de carne picada, cebolla, perejil, morrón y especias, pero ahí estaba el secreto en saber coordinar el sabor de las especias.

Terminada la cena y los postres y, ante el viaje tan largo de Rafiq, se fueron al hostal donde se sentaron en una especie de porche que había a la entrada. Se besaron, se abrazaron y decidieron terminar su instinto humano dentro de la habitación, pasando toda la noche juntos, amándose y viendo caer la lluvia en los cristales de la habitación. Ella llamó a su madre excusando su ausencia, diciendo que se quedaba en casa de una amiga.

Después de pasar un fin de semana de película, que nunca hubiera imaginado ni en sus mejores sueños, llegó el momento de la despedida bajo el paraguas porque la lluvia era intensa, con besos, abrazos y quedando para el mes siguiente, cuando ella devolvería la visita a Al Raqa.

A mitad de camino de vuelta a casa de Rafiq, el conductor dijo por megafonía a los pasajeros que pararían diez minutos a tomar un café e ir al cuarto de baño. En esa misma parada se bajaron pasajeros y subieron otros. Cuando todos hubieron subido, reanudaron el viaje. En un momento del trayecto y, cuando el autobús se tambaleó por un gran bache, unos pasajeros que estaban en los asientos junto a las ventanillas vieron que se abrió el portón donde estaban las maletas, cayéndose dos maletas. El conductor ante las voces de los pasajeros puso los cuatro intermitentes y paró a la derecha, pero como era ya de noche y estaba lloviendo, mi hermano se ofreció para bajar a recoger las maletas, tropezó en una piedra que ocultaba un charco y cayó en medio de la autovía con la mala fortuna que en ese momento venía un BMW 750 conducido por un hombre de setenta y cinco años que iba acompañado de su mujer y, debido a la oscuridad, la lluvia y su no muy buena vista, le atropelló arrastrándole cinco o seis metros bajo el coche. El conductor pidió una ambulancia, aunque para cuando vino, Rafiq estaba muerto.

Mis padres estaban en su casa, pues era de madrugada, cuando en la ventana de su dormitorio, mi madre oyó un ruido leve pero constante, se levantó y corrió el visillo, quedándose estupefacta cuando vio una mariposa blanca con una gran calavera en su cuerpo. Durante unos segundos mi madre se quedó pensativa, intentando dar sentido a esa mariposa con su calavera y saber el porqué de su llamada.

A los pocos minutos llegó la policía y despertando a todos los miembros de nuestra casa. La noticia nos dejó impactados para varios días, preparamos su entierro y mis hermanas se pusieron en contacto con aquella chica que, aunque sólo por unos días fue su único anhelo. No quedaron recuerdos ni se hicieron ninguna foto porque no tuvieron más tiempo que de disfrutar de su amor. Sus recuerdos quedaron en su pupila y en sus corazones, pero el destino no quiso que estuvieran juntos el resto de sus días.

En su tumba y con el consentimiento de mi padre, el único amor que tuvo en su vida, trajo una lápida blanca con una inscripción que decía: "El tiempo pasa, pero el recuerdo perdura. Hasta siempre amor".

Para todos nosotros fue una historia de amor de las más bellas que hemos conocido, pero la tristeza y tragedia de su final nos hace llorar solo con pensarlo.

NADIA

NADIA era la mayor de mis hermanas, que en árabe significa la primera. Siendo niña decía que cuando fuese mayor quería ser la primera bailarina del harén del jeque, para así disponer de todo lujo de vestidos, joyas, y caprichos que se le ocurriesen. Mis hermanos decían que era el ojito derecho de mi padre, su preferida. ¡Qué poco sabía de la vida y de cómo funcionaba el mundo! Para ella la pobreza era un yugo incómodo y etéreo. Era morena, de ojos oscuros, con una preciosa sonrisa, pelo negro ensortijado, esbelta y con curvas en sus caderas y posaderas. Hubiera sido verdaderamente una preciosa bailarina. Cuando celebrábamos algún cumpleaños o fiesta en casa, ella salía ataviada con velos y ropa al uso para el baile y nos deleitaba con su movimiento sensual de caderas, el arqueo de su cuerpo y espalda, maravillándonos a propios y extraños. Su porte era tan llamativo al pasearse por la ciudad con mi madre al lado, que eran muchos los jóvenes y mayores, pudientes o ricos, los que la acechaban y le regalaban flores que ella recibía con una sonrisa colocándoselas en ese pelo enredado, haciendo sus cabellos más llamativos aún.

Nuestra madre dijo que tuvo una ocasión única para haber salido de aquella telaraña de podredumbre, degradación y mediocridad, cuando una mañana de mercado un joven de piel canela, bien vestido, barba recortada, que desprendía un perfume a nardo y a dama de noche, vestido con Jilabah que es una vestimenta larga y holgada común en Siria y otros países islámicos, abierta de enfrente con botones hasta el medio, al que acompañaba un sirviente de color, se paró delante de nosotras, haciendo una genuflexión antes de empezar a hablar. Sus hechuras, correctos ademanes y porte altivos denotaban un aire superior. Se dispuso delante de Nadia y le propuso, mirándole a los ojos, si era de su agrado, con el beneplácito y aquiescencia de sus padres visitarla e invitarla, siempre en presencia de algún familiar, a tomar una taza de té para conocerse un poco mejor.

Cuando ya en mi casa y en presencia de todos nosotros hablamos del tema, nos parecía genial, una buena salida de nuestra casa, pasando de la miseria y decadencia, a la felicidad económica y amorosa, algo difícil de conjugar hoy en día, por todos los males que rodean al mundo, al cariño, al amor, al deseo, a la paz, a la bondad y a la gratitud. Le hicimos ver, cada uno a nuestra manera, que el pretendiente era, en verdad, buena persona y de buena familia, que todos conocíamos a sus padres, aunque de vista, pues sus amistades, sus zonas de influencia y sus posibilidades no eran las nuestras. Sus antepasados procedían de buen linaje y estirpe. Nosotros sabíamos quiénes éramos, conocíamos nuestros valores y posibilidades y, estábamos orgullosos de ellos, pues veíamos que, con el paso del tiempo, tanto nuestro comportamiento ante los demás, fuesen de la condición y nivel social que fuesen, costumbres, amistades y actitudes llevados en nuestra vida y transmitidos de mis padres a nosotros, nos había granjeado la admiración de personas que sin conocernos y, al preguntar por nuestra familia, les daban una buena opinión y una reputación de respeto que, muchas de las veces, vale más que todo el dinero del mundo.

Pero nuestra querida Nadia se echó a llorar, diciendo que esa no era su idea de la felicidad, que ella era feliz cada día con sus libros y quehaceres diarios, echar de comer a los animales o asear la casa, sin más preocupación que terminar la lectura entretenida de un libro donde se fuese tejiendo y desenvolviendo una historia de amor, una lucha entre barcos piratas, o un viaje a una isla desierta llena de caníbales. Que le gustaba estar más tiempo con Samira que con aquél joven, por muy apuesto que fuese. Después de dar sus argumentos se hizo un silencio sepulcral en la casa tan sólo perturbado por el ruido de dos de mis hermanas preparando la cena en la cocina y el continuo y monótono ruido del agua de la fuente golpeando sobre sí misma como queriendo hacerse oír. Mis padres en contra de su pensamiento, aunque otorgándole el beneficio de su voluntad, mandaron con mi hermano Rafiq a transmitirle su irrevocable decisión.

Cuando tenía ocasión, tiempo y algo de dinero (que era la menos de las veces) se iba con algún hermano a la biblioteca de la ciudad, pues le encantaba perderse entre las páginas de aquellos libros que, antes de empezar a leer, limpiaba con los trapos que colgaban de las estanterías, pues estaban llenos de polvo que provocaban las bombas y se colaban entre los cristales rotos, por las rendijas de sus ventanas deterioradas y por el desconche de la cal de sus paredes: "Pueden cerrar todas las bibliotecas si quieren, pero no hay barrera, cerradura ni cerrojo que puedan imponer a la libertad de mi mente". Así de categórica y persistente era mi hermana cuando citaba a Virginia Woolf. Luego cuando se metía en sus miles de historias soñaba con los mundos que allí se encontraba, unas veces con finales felices y otras con desgarros de vidas, a los que ella estaba acostumbrada.

Pasó un mes desde aquella reunión familiar donde hablamos de Nadia y del futuro prometedor que le ofrecía aquel buen pretendiente, pero un día gris de invierno, las nubes se deslizaban por el cielo a más velocidad de lo normal, con el frío colándose por algunas rendijas de los marcos de las ventanas y a través de alguna cerradura de las puertas que dan al porche, cuando mi hermana Nadia se presentó con su amiga Samira. Estaban las dos muy serias, tiritando de frío y atenazadas por su presencia ante nosotros. Les invitamos a pasar y a sentarse ante la chimenea, que estaba en su punto más álgido. Mi madre les preparó un par de tazas de café con leche y, les ofreció un trozo de pan dulce que había elaborado mi hermana Nadia con harina, leche y huevo, pues tenía manos de oro para cocinar. Se bebieron a sorbos despacio el café y mirando de soslayo a todos los que estábamos junto a ellas y alrededor de la chimenea.

A todos nosotros nos extrañó un poco la presencia de Samira en nuestra casa pues, aunque sabíamos de la amistad entre ambas, era la primera vez que Nadia la traía a nuestra casa y máxime con aquel frío aterrador. Mi madre, como siempre tan amable, le preguntó a Samira por sus padres:

- ¿Cómo está tu padre Samira, está mejor de la neumonía? Me enteré en el mercado al ver su puesto cerrado dos semanas y pregunté a tu hermano por él.

- Bien, gracias, ya está casi recuperado. Ahora ya sale a dar un paseo los días soleados por la calle y come mejor. Dentro de poco volverá a los mercados. – Respondió Samira sonriendo con calidez, aunque con voz floja.

- ¡Cuánto me alegro! Tu madre estará más tranquila, me la encontré en el mercado la semana pasada y le pregunté por tu padre y la mujer estaba un poco desconcertada.

Nadia levantándose de la silla y mirando a mi padre, que había permanecido en silencio y, leyendo un libro en un rincón junto a la chimenea, levantó la cabeza y quedó esperando a la noticia que nos iba a dar mi hermana.

- Padre quiero decirte delante de mi madre, de mis hermanos y hermanas que estoy enamorada de Samira, que queremos vivir juntas y que, si para eso tenemos que irnos fuera de la ciudad porque no tengo tu consentimiento y bendición, nos iremos. Estamos dispuestas, si fuese necesario, a irnos fuera del país, – le instó Nadia nerviosa y algo temblorosa por todo lo que acababa de decir.

Todos nosotros nos quedamos perplejos y en silencio ante la información que nos acababa de dar nuestra hermana Nadia. Nunca hubiéramos imaginado a Nadia en aquel estado y menos, exponiéndole a mi padre su relevante situación.

Mi padre levantó la vista, se quitó las gafas y la miró con un rictus circunspecto y le respondió:

- Nadia, eres mi hija, como todas tus hermanas y siempre lo seréis. Tu madre y yo hemos hecho en esta vida todo cuanto estaba en nuestras manos, nuestro corazón y nuestra voluntad por sacaros adelante y, lo volveríamos a hacer mil veces que naciéramos, lo sabe Alá. Pero ante esta situación que tú me haces saber ahora y que, creo que ninguno de los presentes sabía antes, al menos tu madre y yo desconocíamos, no puedo otorgarte mi bendición. Alá no permite estas situaciones ni este tipo de relación entre mujeres ni entre hombres, va contra natura. No admite que personas del mismo sexo mantengan una relación ni amorosa ni de cualquier otra circunstancia.

Nadia, aunque aún nerviosa por el transcurrir de la conversación, parecía un poco más sosegada, su rostro daba a entender que ya sabía y presentía la respuesta de mi padre y, lo había casi asumido, pero su respuesta no se hizo esperar:

- Padre lo puedo entender debido a su mentalidad y bajo su punto de vista y de Alá, pero no lo comparto. No me deja otra opción que marcharme de casa – replicó mi hermana.

Nuestros rostros serios lo decían todo. Pero ella dirigiéndose a mi madre le preguntó:

- Madre, ¿puedo subir un momento y coger algunas de mis ropas de mi habitación, por favor?

Mi madre que hacía buen rato estaba llorando en silencio con un pañuelo en las manos, le contestó:

- Pues claro hija, coge todo lo que quieras, esta casa siempre estará dispuesta para cuando tu vengas cariño.

Nuestra madre se quedó mirando a nuestro padre y le preguntó con los ojos rojos de llorar: - ¿No podemos hacer nada para que se quede?

Mi padre, también con lágrimas en los ojos, le contestó: - A quien amas dale alas para volar, raíces para volver y motivos para quedarse.

Nadia cogió de la mano a Samira y subieron las dos las escaleras que daban al piso de arriba donde estaban las habitaciones, cuando bajaron con dos bolsas cada una se acercó a todos nosotros, sus hermanos, hermanas y a mi madre, nos dio dos besos y un fuerte abrazo. Cuando llegó a donde estaba mi padre, se le quedó mirando y mi padre le dio un abrazo y un beso y le dijo con una voz entrecortada por la congoja que le afloraba en los ojos:

- Ten cuidado y cuídate mucho Nadia.

A los pocos días nos enteramos que por consejo y, mediante una carta de recomendación de Amina, Nadia y Samira se habían ido a Copenhague (Dinamarca), donde Amina había dejado buenas amistades para que empezaran una nueva vida, y dar rienda suelta a su amor, lejos de las habladurías, los prejuicios y el ojo acusador de las mentalidades retrógradas de gente de pueblo y de la ciudad, que sin más criterio que su juicio inquisidor, no permiten otras formas de amor que las preestablecidas desde el comienzo de la Creación.

Mi hermana Nadia mantenía contacto con todos nosotros, sus hermanas y hermanos a través de correspondencia y, pasados unos años, en unas de esas cartas tan tranquilizadoras, emotivas y llenas de amor que Nadia nos enviaba, incluyó unas fotos de su boda con Samira. En ella nos dijo lo que nos echó de menos en aquel momento y durante todo este tiempo, pero que, en cierto modo entendía que, por nuestro trabajo y cuidar a nuestros padres no hubiéramos podido ir. Y especialmente mandó muchos besos a nuestra madre y a nuestro padre, que no quiso ver las fotos, pero se alegró mucho de que estuviera bien. También nos dijo que Samira y ella, tenían pensado adoptar a algún niño o niña de esos tan necesitados que hay en las inclusas o casas de expósitos donde hay muchos niños que son abandonados o repudiados por sus progenitores, pues veían mejor esa opción que hacerse la Fecundación In Vitro (FIV).

NAMIR

Mi hermano NAMIR que en árabe significa hombre de buen corazón, puro y, como un presagio del destino, era el más valiente de todos. Si algún niño se metía con nosotros, él enseguida iba y le amenazaba para que no lo volviera a hacer. Creía tener la razón, y rechazaba cualquier forma de control que no fuera la de mis padres, a ellos les tenía un respeto sin parangón, solía decir "el respeto se gana con el ejemplo y la actitud y no con las palabras".

Mis padres temían por él, pues era muy bueno de corazón, aunque sus compañías no eran lo aconsejables ni las que su afable talante merecía, pero mi padre siempre nos decía "uno no escoge a la familia, pero sí a los amigos", y además añadía, "dime con quién andas y te diré quién eres".

De tan bueno e inocente que era, "aquellos amigos" le llevaban por donde y a donde querían, por lo que mi padre estaba cansado de que fuese una víctima en manos de los designios de otros.

Un día que estábamos cenando, nuestro padre dejó de cenar y llamó a mi hermano Namir por su nombre, todos dejamos de cenar y nos quedamos expectantes, pues nuestro padre no solía hablar mientras estábamos sentados a la mesa y, mirándole a los ojos le dijo:

- No busques personas con tus mismos gustos, busca personas con tus mismos valores. – Y sin mediar más palabra, siguió cenando a lo que los demás le seguimos.

Mi padre hombre benévolo y gentil, pero con carácter, no podía con las injusticias, al igual que mi hermano, en eso eran tal para cual, por lo que no toleraba ni consentía, si estaba en su mano, que lo utilizasen a su voluntad y antojo, que sirviese como pago de las apuestas que hacían otros por él.

Un día mi padre, pasada la hora de la cena y ante la tardanza de Namir, fue en su busca cuando comenzó a llover chuzos de punta, yendo mi padre derecho a una taberna donde alguna vez hablaba él de sus encuentros con amigos. Aunque el agua caía en tromba rugiendo sobre el asfalto, mi padre iba enfrascado en sus pensamientos y en los peligros que se podía encontrar, aunque el único ruido que percibía era el golpeo de las gotas sobre los tejados de pizarra o teja en aquellas calles solitarias pasada la medianoche. Cuando por fin se encontraba a unas decenas de pasos de la taberna, se percató que no era más que un antro oscuro y lleno de humo. La taberna se hallaba perdida en un dédalo de callejones. Ningún cartel en el exterior anunciaba el establecimiento, ni tampoco era un lugar donde un transeúnte despistado quisiera parar a tomar un vaso de vino.

Namir había estado allí en más de una ocasión, siempre llamado por sus malas amistades. Pero él haciendo alarde de su valentía nunca había rehusado a sus citas, pues no era hombre al que arredraran a la mínima de cambio. Su valentía la magnificaba con su fuerza. Era fuerte como un toro y además avezado luchador de artes marciales y de lucha libre, siempre estuvo en contacto con los luchadores de la zona desde temprana edad, pues le atraía el doblegar a sus contrincantes. Su valentía provenía de varios factores, yo diría que el más importante era la falta de temor a cualquier situación por muy peligrosa que fuera.

De inmediato mi padre advirtió la figura de su hijo y seguidamente dos sigilosas figuras negras que lo seguían de cerca. Mi padre les siguió a suficiente distancia para saber a dónde iban. En el momento en que se desvió de las calles principales, yendo a parar a la calle del Rabal, los dos tipos lo agarraron y lo tiraron al suelo. Como no era medroso, intentó dar una patada sin ver mucho e impactó en la pierna de uno de ellos. Seguidamente le dio un puñetazo en la cara al otro, pero sin mucha contundencia.

- ¿Qué queréis? – preguntó sobresaltado. ¡No llevo dinero!

Inmediatamente uno de ellos se abalanzó sobre Namir, pero éste, aunque era un poco más alto, se vio sorprendido por una inmovilización en su brazo y con la cara contra la pared de cal mojada. Aunque él se encontraba tranquilo, veía en sus rostros que no tenían más intención que hablar con él y amedrentarle.

- ¡Os he dicho que no tengo dinero! – repitió.

Y el que tenía la cara contra la pared, le respondió,

- ¡Suéltame, no es dinero lo que queremos de ti!

De repente detrás de ellos salió una figura oscura con una voz ronca y de ultratumba que dijo:

- ¡Entonces qué queréis de mi hijo!

- El jefe quiere que le hagas un trabajo para él.

A lo que mi padre con voz más altisonante que antes añadió:

- Mi hijo no tiene ningún jefe, ni tan siquiera yo o, mejor dicho, su único jefe es Alá, al que obedece y escucha, a nadie más.

Seguidamente el más fuerte expresó con una cara muy extraña, como la de un perro cuando le arrebatas un bocado de las fauces:

- Viejo, sólo somos hombres efímeros como flatulencias de una novicia el día de su pedida de mano en casa de sus suegros. -dijo emitiendo una carcajada. A lo que su otro compañero contestó.

- ¿Qué te hace tanta gracia, imbécil?

- Nada, no te enfades. Se nota que no has conocido a ningún caso en esa situación tan comprometida porque sus ventosidades no son tan efímeras. -Se explayó riéndose a carcajadas.

- Macho, tienes un aspecto bochornoso, parece que te hubiera vomitado un camello. – Le correspondió a su amigo sonriendo.

Los dos empezaron a andar y uno de ellos se volvió para decir:

- Tranquilo viejo, tendréis noticias de mi jefe.

Los dos individuos se fueron por una callejuela sin luz, hablando entre ellos y soltando alguna risotada para que la escuchásemos.

Luego mi padre preguntó a Namir de qué se trataba ese trabajo y quién era ese supuesto "jefe" que le solicitaba un favor, mi hermano le contó en una larga explicación que duró más de una hora, toda su relación con aquella gente.

La mirada anhelante en los ojos de Namir fue demasiado para mi padre, que sonrió y no dijo nada. Su opinión era la misma, pero no pretendía herirle sin necesidad.

De camino a casa nos sorprendió una tormenta y nos cobijamos en un soportal con balcón, fuera el chaparrón arreciaba, de forma que se oída el rugido del agua al caer en diluvio, pero una señora mayor de edad nos preguntó con malos modos:

- ¿Quién anda ahí?

- Gente de paz, señora – respondió mi padre con una mueca burlona hacia Namir.

- Idos a vuestra casa si no queréis que llame a la policía. Os advierto que tengo amistad con el sargento jefe.

- No hace falta señora que se ponga Vd. así, ahora mismo nos vamos. Sólo queríamos guarecernos de la tormenta.

- ¡Qué tormenta ni qué ocho cuartos si ya no llueve!

Y como la mujer llevaba razón a pesar de que se encontraba en casa y no lo podía saber con seguridad, mi padre le dijo:

- ¡Tranquila señora que ya nos vamos!

- ¡Eso, idos de aquí si no queréis que llame a la policía!

Hubo en la corta vida de mi hermano, varias muestras de su no transigencia a la infamia. Era intolerante al descrédito, al deshonor, la ignominia y la canallada. No toleraba a los malvados ni sus afrentas.

Al criarse en una granja con nuestras cabras, ovejas, y resto de animales como palomas, gallinas, pájaros, no tenía más ocupación que la que le ocasionaban éstos y aquellos que capturaba como zorros, ratones y ardillas. Mi padre no sabía muy bien de dónde provenía aquella fortaleza tan agrandada respecto a sus hermanos, aunque todos eran muchachos sanos y fuertes, Namir con catorce años era capaz de levantar el carro y colocar la rueda de éste cuando se rompía o se salía de su eje por culpa de los baches. Su corpulencia bien definida le hacía aparentar cinco o seis años más de los que tenía, por lo que, durante el tiempo que estuvo en el colegio nadie de su curso ni de otros mayores se metían con él ni con nosotros, sus hermanas y hermanos. Cuando tenía diecisiete años, una noche fue a hacer la mudanza a casa de un comerciante, tres granjeros jóvenes que habían bebido más bebida alcohólica de la cuenta se metieron con un compañero que acarreaba una mecedora y fatigado tuvo que hacer varias paradas hasta la furgoneta. Cuando mi hermano se dio cuenta de la ignominia a su compañero fue a pedirles que se disculparan. Al primero que vino con ínfulas de bravucón, le dio un puñetazo en la nariz y ya no se levantó, al segundo le rompió un brazo cuando quiso golpearle con el puño y al tercero, le hizo una inmovilización y le pidió que se disculpase y se rindiera o le pasaría lo mismo que a sus otros dos amigotes. Una tarde que estaba haciendo flexiones y abdominales mi padre se sentó en una silla a su lado y cuando terminó exhausto le observó: - De un caballo aprendí que la fuerza se complementa con la nobleza y lealtad. Mi hermano se le quedó mirando, asintió con la cabeza y siguió haciendo abdominales.

La grandeza de su fuerza y valentía se extendió por la ciudad y, los comerciantes, especialmente de joyas, le contrataban para que se desplazase como guardaespaldas con ellos cuando tenían que llevar mercancía valiosa a otras ciudades o a casas de personas pudientes que habían comprado. También solicitaban sus atenciones cuando tenían que llevar dinero al banco o hacer algún pago en metálico.

Un día le tendieron una trampa, un comerciante al que Namir no le quería hacer dichos servicios por ser mala persona, estafador y usurero. Este comerciante no pudo robar ni estafar a otro del gremio porque en la reyerta intervino mi hermano en defensa del comerciante acosado, al que tenían rodeado los matones del estafador, pero uno, que era extranjero, con acento egipcio, se atrevió a lanzarse a quitarle la bolsa de joyas que llevaba en la cintura. Viendo la porra de madera que tenía mi hermano en su mano derecha, dejó que le golpease en la espalda para que inmediatamente se presentase el jefe de policía y al grito de "yo soy la justicia", se le unieron sus correligionarios a detener al culpable, pero la gente que vio lo ocurrido, no estaba por la labor de una nueva injusticia y le salvó de haber sido conducido a la cárcel.

Otro día en el mercado fue testigo de un acto indigno y mezquino de las personas que lo llevaron a cabo. Cruzaba un niño la Plaza Real con un mono, que daba nombre a la más importante de las plazas que había en el lugar y principal foco de comercio, cuando una yegua haciendo una extraña cabriola le dio una coz al niño tirándolo contra la fuente y dejándolo inconsciente al pequeño del que manaba sangre de su cabeza. Cuando mi hermano Namir, que estaba como ayudante en un puesto vio la escena, salió corriendo a asistir al niño y le cogió en brazos. Al ver que el noble ni se inmutó ante el acto cometido por su caballo y mantuvo su expresión hierática e imperturbable, dejó al niño en brazos de una mujer que rodeaba al pequeño, cogió las riendas de su yegua parándolo de golpe, ante la incredulidad del notable y la sorpresa de los presentes.

- ¡Aparta de ahí rata callejera si no quieres que te ensarte con mi bastón esas pordioseras ropas y llegue a tu vacío e inmundo corazón! - espetó el noble sin miramientos ni subterfugios en un conato de soberbia.

Mi hermano que poseía una sensibilidad especial para detectar los insultos, incluidos los más velados, se había dado cuenta que estaba enfrentándose con un hombre cruel, sin escrúpulos ni humanidad.

El noble, que todo en él resultaba desagradable, su rostro circunspecto, sus maneras refinadas, sus sarcasmos hirientes y sus arrebatos incontrolados, había nacido como muchos otros, en familia de alcurnia y adinerada, con título heredado de cuna, riqueza basada en la propiedad de la tierra, las cosechas y las rentas que cobraba a los campesinos. Era el primogénito de la familia y, por las costumbres ancestrales, le correspondía quedarse en casa, heredar todo el patrimonio y administrar la hacienda. Había vivido toda su vida sin preocupaciones y sin molestarse por aumentar su fortuna y riqueza y que, tanto en su semblante rubicundo y su prominente estómago contrastaban con sus delgadas piernas y brazos, propio del que no ha necesitado hacer ningún esfuerzo para mantenerse. Además, se veía por su indumentaria, iniciales y escudo bordados en oro en su montura, que venía de gozar recorriendo sus latifundios en su imponente yegua zaina de estampa fina y que, según chisteaban en el corrillo, podía estar todo un día oteándolo y no llegar a su fin. Miró a mi hermano como perdonándole la vida, con la misma cara de asombro como si le hubieran salido moscardones de los agujeros de su cara y, en un delirio de grandeza sacó su bastón y le puso la punta, del que había salido una hoja afilada, en el cuello a Namir, manteniendo con su mirada a raya a los pilluelos y mendigos que se arremolinaron a su alrededor. Mi hermano enarcando las cejas y con una sangre fría que dejó helados a todos los espectadores de la escena, le dijo:

- Después de la canallada que has hecho con este niño, si te crees que tus bravuconadas e infamia me van a asustar, estás muy equivocado. Si tan valiente eres, ¿serás capaz de degollarme delante de esta gente que ha visto tu vileza tan inmunda?

- ¿Qué hace un advenedizo como tú en esta parte antigua, orgullosa y suntuosa de la ciudad con sus afables y pudientes gentes y no limpiando en las recónditas letrinas y nausebundas alcantarillas de una cárcel a la que te voy a mandar? – increpó el noble.

GHALI

Namir sabía en el jardín espinoso que se estaba metiendo. Ofender y desafiar a un noble de aquella posición y vileza en esa parte de la ciudad y por mucha razón que llevase, no era rival para tan fuerte y abigarrado guante y, encontraría la forma de resarcirse de aquella afrenta tan imperdonable y, si es posible centuplicarla.

En silencio como una sombra gris apareció Ghali, que significa hombre valioso, querido y muy amado, un ciego que siempre se encontraba al lado de la fuente de la plaza Real a la que siempre iba a pedir limosna, especialmente los jueves que había mercado y venían gentes de toda la provincia. Era un hombre anodino, ni bajo ni alto, su personalidad la había pulido la vida, la calle, la gente y, sacaba su carácter en función de la persona que tenía enfrente. Unas veces era cauto y respetuoso como un notario otras, era dicharachero, festivo y alegre como si no hubiese penas en su vida. También podía aparentar intranquilo y nervioso, si la faena lo requería. Su comportamiento era como un junco que el viento zarandea de un lado a otro y él, consciente de eso se deja vencer. Era un ser hecho a sí mismo. Él tenía una cantinela que recitaba y parodiaba muy ajustada a lo que le sucedió en su vida, aunque no podía decir el nombre del hombre por el que se encontraba en ese estado de oscuridad total para la gente mortal, pero que, para la inmensa mayoría, tenía una visión más allá de los ojos de la razón. Desde que yo era un mequetrefe y me acercaba a él en silencio, pensando que no me había oído, hicimos buenas migas. Él me contó su historia. Su visión no se limitaba a lo mundano y cercano, sus consejos, dichos y reprimendas eran seguidas, alabadas y tenidas en cuenta hasta por los grandes potentados y políticos de la provincia. Decían de él que, podía por su naturaleza penetrante y sutil predecir el porvenir, que era capaz de leerte hasta el alma, que tenía un poder sobrenatural, aunque él a solas cuando contaba el dinero que le habían dado esos gurús del comercio y la política, sonreía y pensaba que, aún en su estado, era más listo que ellos. Conocía, a pesar de su ceguera, tanto al género humano que cuando hablaba con alguien sabía cuál era su forma de vida, si llegaba a tocarle sus manos y cara sabía "del pie que cojeaba", a qué se dedicaba, cómo se ganaba la vida, aunque se hubiese echado crema en las manos y su olor fuera a rosas y jazmín. Si hablaba con él cinco minutos, podía casi hacerle una biografía de sus últimos diez o veinte años, si tenía amante o si iba de "picos pardos". Los "nuevos ricos" o comerciantes pudientes de última generación, a los que conocía bien, le hacían imponer sus manos sobre la cabeza, cara y todas las extremidades de sus recién nacidos, para que les augurasen si iba a ser inteligente, culto, con habilidades comerciales y otras incongruencias a las que él sabía sacar pingües beneficios. A veces era requerido en comidas o cenas de los mandamases de la ciudad como si fuera "el bufón de la corte", se le solicitaba para "poner en evidencia" y de paso alegrarles la vida a aquellos que su vida era triste y monótona, aunque no carecieran de nada mundano.

Ghali se acercó a mi hermano y cogiéndole del cosido de la manga de la camisa le atrajo hacia él y hacia la boca del caballo para que el noble no oyera lo que hablaban.

- Muchacho, deja esta batalla que no puedes ganar. Te lo dice un ciego que ha visto mucho y tiene más noches que la luna. Además, el hijo de mala madre este es el que me dejó ciego. ¡La juventud es la potencia de la vida y la vejez es la sabiduría! Le conozco demasiado para dejarte seguir en tu empeño. Piensa que, para ser viejo y sabio, primero hay ser joven y estúpido y, yo he sido las dos cosas. – Le dijo el ciego susurrándole las palabras al oído y evitando que el de la montura le oyese.

- Anciano agradezco tus sabios consejos que son de viejo y avezado en las líderes de la vida, pues mi padre nos enseña que por "edad, saber y gobierno" se debe hacer caso a la experiencia. Sin embargo, mi instinto y realidad me dicen que hay que perseverar y no volver la vista para otro lado cuando se da la injusticia y las protervas acciones, aunque mi contumacia me perjudique.

El anciano que era viejo zorro le dijo a mi hermano:

- Piensa que cuando llegue el momento de la verdad, nadie se va a implicar ni a participar. La vida es muy peligrosa. No sólo por las personas que hacen el mal, sino por las que se sientan a ver lo que pasa. La diferencia es como la misma que un plato de jamón, con

huevos y patatas, donde la gallina participa y el cerdo se implica. Del mismo modo harán éstos que están aquí observando la escena.

Dando un fuerte tirón de las riendas para que la yegua no se moviera, el noble quería deshacerse de todos aquellos que le rodeaban y a los que miraba por encima de la cabeza de su magnífica yegua, espoleándola de vez en cuando para cambiar de posición y para hacerles saber quién mandaba ahí. Había algo más en la mirada de aquella mala persona, eran los ojos de quien siente que ha quemado todas sus ilusiones.

- Apartaos de aquí y soltad las riendas de mi yegua mierdas secas. Tengo que proseguir mi camino y no puedo andar perdiendo el tiempo con perros callejeros. – Increpó el noble altivo e hiriente.

- Una mañana en la que había llovido y este mal hombre e hijo de meretriz facilona ya se había cansado de amenazar a algún sirviente con el látigo, yo le pillé violando en las caballerizas a la hija de un vecino al que tenía mucha envidia pues nunca había podido comprar sus tierras y así acrecentar sus latifundios que, aunque eran enormes, su codicia y su ego no podía aplacarlos. Me quiso dar un escarmiento para que no me chivase de lo que había visto. Le juré y perjuré que no diría nada, pues le dije que no había visto nada ni a nadie, pero a este imprestable no le valían coplas. – Le insistió el ciego a mi hermano para que desistiera de su cometido.

- Yo me encargaré de que no puedas decir lo que has visto a nadie, de eso tenlo por seguro. – Dijo el latifundista con malicia y sarcasmo.

De repente nombró a cinco hombres que se presentaron de inmediato allí y a los que con un gesto de cabeza les indicó a Ghali.

- Me voy al bar de Las Jarras a celebrar la nueva realidad de este cerdo y a no escuchar sus quejidos. – Graznó el hijo de siete madres señalando a Ghali.

Sin mediar palabra, le esposaron y le llevaron a una habitación que previamente habían preparado para la ocasión o así le pareció a Ghali.

Los cinco hombres le sentaron en una silla, le sujetaron las piernas, los brazos y la cabeza y, uno de ellos, que llevaba una pequeña aguja, sacó un encendedor y la puso unos segundos a quemar. Una vez esterilizada la aguja, el que la tenía en sus manos se puso delante de Ghali cogiendo una linterna de la mesa cercana a él para diferenciar el iris y la córnea.

Durante días se debatió entre la vida y la muerte por las heridas infectadas.

Cuando ya recuperado salió a la calle, como no podía ver nada, tuvo que recorrer varias decenas de veces y memorizar el trayecto a la plaza Real y sus aledaños, haciendo un alarde de memoria, palpando todas las puertas y esquinas y, así poder mendigar y contar su historia incontable, esperando que aquellos que tuvieran tiempo y voluntad de echar limosna, escuchasen su historia a medias, nunca toda la verdad, pues su malhechor estaba cerca y tenía oídos y ojos por todo Siria.

Si se encontraba con algún amigo o conocido y éste le saludaba, que no era siempre, para no tenerle que ofrecer limosna o socorro en alguna necesidad que pudiera tener, Ghali le palpaba cada comisura, saliente, o recoveco de su cara a fin de hacerle una nueva fotografía pues la original no la podía ver ni la recordaba.

Dicen que "el tiempo todo lo cura", pero no es cierto, el tiempo puede disminuir nuestra pena, aminorar nuestro dolor, e incluso olvidar algún agravio baladí, pero los grandes acontecimientos de nuestra vida, la muerte de un ser querido de verdad, de una buena hija, de unos padres buenos, o una fechoría y maldad de esa envergadura, pueden llegar a insertarse en lo más recóndito de nuestra memoria, pero olvidarse, nunca, jamás. Con el pasar de los años olvidó los cientos de colores de los pájaros, el cobrizo de un atardecer, los almendros en flor en primavera, los peces de colores cuando buceó en aquellas calas con su roca caliza incrustada, a la llegada de su barco a Lampedusa desde Libia, con doscientas setenta personas, que al menos cien eran de Siria, entre los que se encontraba Muayem, un palestino de treinta años del campo de refugiados de Yarmuk, en Damas cuya familia es oriunda de la localidad palestina de Safed, que a partir de 1948 pasó a ser de Israel. Y dos amigos sirios que le acompañaban, Ahmad y Jamal, que llegaron en la misma embarcación, y que la Guardia Costera italiana los interceptó en alta mar y los condujo hasta el puerto de Lampedusa, donde disfrutaron buceando de los quince días que estuvieron allí de las maravillas del mar y de aquella amalgama y mezcolanza de vivos colores que, se le quedó impregnado en la retina y en el disco duro de su memoria. Se especializó en agudizar los matices del silencio.

De repente, el jefe de policía se personó en el lugar de los hechos y preguntó lo que había sucedido. Era un hombre de gran estatura, robusto, de tez oscura; lucía una barba larga y espesa que se acariciaba melifluamente y tanto la barba y el bigote eran de un brillante pelo negro, supuestamente igual que el cabello que no se le veía por la gorra de plato que llevaba.

- A ver, ¿qué ha sucedido aquí? Que alguien, por favor, me explique - dirigiéndose al noble en tono afable y pusilánime.

El noble tergiversando lo ocurrido y haciendo poder de su altivez y arrogancia, le contó que el mono que llevaba el niño sin correa se encaró al caballo provocándole una caída y, por ende, un empujón al niño, y que él, al ver lo ocurrido paró a comprobar el estado de éste. El odio flotaba en el aire como humo malsano. Namir al oír la malversación de los hechos y la soberbia del noble, se abalanzó sobre él y le dijo:

- ¡Cómo eres tan ruin de mentir de esa manera tan repugnante y no decir que yo fui el que paré a tu caballo cogiéndole las riendas, y que me sacaste tu bastón con un puñal escondido colocándomelo en la yugular!

El jefe de policía hizo sonar su silbato para llamar a sus esbirros y que se llevasen al calabozo a Namir, pero al ver la cara de indignación del gentío que allí se fue congregando, con el pasar de los hechos, el jefe de policía se dispuso, con premura, a colocar los grilletes en torno a sus muñecas.

- ¡Esperad! - gritó la mujer que unos segundos antes sostenía al niño y que ahora estaba en brazos de Namir.

- ¿Qué sucede, señora? – replicó el jefe de policía sin mirarla a la cara y siguiendo colocando el último grillete a Namir.

- No podéis llevároslo- contestó.

- Esto no es de su incumbencia, señora.

- Pero eso que dice este joven es verdad, yo lo vi. Él no tiene la culpa de nada de lo sucedido.

- Fue él – dijo la mujer señalando al noble del caballo.

- Se te acusa de intento de robo, agresión, intimidación, extorsión, intento de muerte, insultos a la autoridad, y alguna cosa más que se me ocurrirá por el camino – le espetó el jefe de policía.

En ese mismo instante fue conducido hasta la cárcel que estaba a unas manzanas de allí. Nunca antes había visto, ni estado en un edificio tan grande y hacinado de gente. Había reclusos en los pasillos que, a su vez gritaban unos a otros desde las ventanas de sus celdas a los reclusos que estaban en el patio. Las peleas allí eran continuas.

Nada más entrar uno de los presos, un hombre con barba canosa, muy corpulento, con gesto y ademanes propios de un cura y, con una voz que no se correspondía a su envergadura, le cacheó más contundentemente que lo había hecho el guardia de la puerta de acceso a la cárcel, pero ni uno ni otro encontraron nada relevante.

Namir casi toda la noche se la pasó pensando en nuestro padre y en nuestra madre, que estarían desconsolados con lo ocurrido. Nadie de su familia ni antepasados suyos, que él hubiera oído, había estado en ninguna prisión. Para él esto era una bajeza, una injusticia y un despropósito. Estuvo con remordimientos de conciencia y lamentándose de su mala suerte, pero todos estos pensamientos se desvanecían cuando sufría el picotazo de los piojos y las chinches que vivían en su colchón y manta.

Ya en la mañana, se acercó a un guardia que estaba apoyado en una puerta fumándose un cigarro que acababa de sacar de un paquete que le había dado disimuladamente un preso, para preguntarle:

- ¿Cuánto tiempo estaré aquí?

- Hasta que se celebre tu juicio. – Respondió el guardia mirando a las ondas que salían de su boca al echar el humo al aire.

- ¿Y cuánto tiempo puede ser eso? – Le preguntó de nuevo Namir.

- ¿Para qué te preocupas en eso, no eres tú el que insultó y se enfrentó con el noble del caballo? Entonces no te preocupes, de todas las maneras te declararán culpable.

Un preso con cicatrices y tatuajes en la cara a modo de círculos y puntos geométricos pasó por detrás y, como había estado escuchando la conversación, apoyado en la pared, le dio un susto diciéndole: - "Si Fortuna te da la espalda, tócale el culo". ¡Fortuna cariño, baja que este quiere tocarte el culo y de paso le hagas una felación con final feliz que está un poco mustio! – le agregó guasón y sonriendo.

Namir durante unos segundos reflexionó las palabras y el significado que el guardia había querido transmitirle, y se vino abajo. Durante días aque-

llas palabras afloraban a su mente como el herrero golpea con el martillo seguida y puntualmente la fragua, sin retraso.

Él sabía que no había obrado del todo bien, pero no podía entender cómo no iba a tener la oportunidad de explicar con claridad lo ocurrido y las circunstancias a que dieron lugar. La inmundicia de la injusticia era tan notoria que se llenó de indignación.

- Pero eso no es justo, yo no hice nada.

- Pues deberías habértelo pensado antes de enfrentarte a aquel noble, chaval. Y ahora vete de aquí, no quiero más sermones esta mañana – le contestó el guardia en tono displicente.

Para mantener la inteligencia entretenida y no atraer pensamientos impuros ni nocivos para la mente y el espíritu humanos, todos los días del año, sin excepción, los presos tenían que hacer trabajos para bienes de la comunidad, como era moler piedra, talar árboles, recoger escombro y picar cantera.

A los tres días le sangraban las palmas y las yemas de los dedos, y no sabía cómo detener la hemorragia. Se le ocurrió orinar su propio orín en las manos, había oído algo acerca de eso, pero cuando ya se había bajado el pantalón, un preso negro enorme, con unos dedos como plátanos, unos brazos como piernas, con apariencia de boxeador de lucha libre y con venas desde las manos hasta los hombros como rabos de lagarto, le tocó la espalda. Su cuello era el doble que uno normal. Su mandíbula parecía desencajada y prominente y, debido a su altura, tenía unos enormes pies y, llevaba dos pares de calcetines con muchos remiendos de colores, que se distinguían de la sobriedad de sus ropas grises y malolientes. Le ofreció un ungüento consistente en orines y vinagre. Sus palmas eran muy claras, casi blancas y duras como la piel de elefante por el constante roce con el pico y la pala. Mi hermano, al principio, no le gustaba la idea de tenerse que extender esa pasta maloliente y espesa por sus manos, pero en cuanto se la untó notó un alivio tan grande e inmediato que el olor pasó a otro lugar en sus prioridades. A las pocas semanas, las manos de Namir empezaban a tener un callo y textura similar.

Namir preguntó a otros presos quién era aquél gigante negro y, según le dijeron, era un inmigrante que salió huyendo de Guinea Ecuatorial, donde las tropas de Teodoro Obiang Nquema, que es el presidente africano que más años lleva en el poder, exactamente 37 años, desde que se levantó en armas contra su tío, Francisco Macías, entraron en su poblado de noche y masacraron a todo su pueblo. Su padre que era un gran gobernante y mejor guerrero luchó primero

sin armas, matando a dos con sus propias manos, y luego con lanza y machete, haciendo lo mismo con otros tres, pero uno de los intrusos le mató de un
disparó por la espalda. A Biya como se llamaba esa muralla de músculos, venas
y mayor corazón, cuando era conducido a la cárcel en un camión, acusado de
rebeldía, sedición, asesinato y, unas cuantas protervas acusaciones que no se
correspondían, en absoluto, con la realidad, vio a su padre muerto en el suelo,
tuvieron que parar el camión, pues derribó la jaula de aluminio de la furgoneta
cayendo en el camino, y en la que le habían metido como si fuera un animal salvaje, intentaron reducirle entre diez hombres y, como no podían con él, le dispararon una inyección de la que ponen a los elefantes o gorilas para calmarlos.

Toda esta parte de la historia de Biya y de su pueblo la contó Dagna,
que significa juez, el mejor soldado y más fiel que su padre tuvo en vida, que
también fue apresado, pues Biya no podía expresarse al cortarle la lengua
aquella noche, ya que no dejaba de llorar y de alentar a la lucha a las sombras
que veía en la noche.

Una tarde de verano y a la sombra de una pared del patio un recluso
apodado "el tuerto", se acercó a mi hermano con la excusa de que le diera
fuego, pero mi hermano le respondió:

- No tengo, no fumo.

- No es ese fuego el que pretendo de ti. Creo que me entiendes –
  añadió irónico y enfadado. - Pero tú chaval de qué vas, tú perte-
  neces a alguien aquí dentro, cómo se llama tu grupo o tu chulo
  que yo hablaré con él para que te quedes conmigo, necesito carne
  fresca y tú me gustas. – Le preguntó el preso con voz chulesca.

- Yo no tengo grupo ni chulo, no pertenezco nada más que a Alá y
  a mis padres, – observó con prudencia.

- No puede ser que estés aquí solo. Aquí hay que hacerse querer por
  alguien o estás muerto. A ver si ahora estamos ante un lobo solitario
  que no necesita cariño ni que le cuiden. De esos, muchacho ya no
  hay. Aquí todo el mundo necesita a alguien que le cuide, que le proteja y tú no vas a ser una excepción. – Le recriminó a mi hermano.

Mi hermano que no se atemorizaba a las primeras ni a las segundas de
cambio, añadió en tono guasón y altisonante para que lo escuchasen los que
les rodeaban y observaban:

- A ver si me he explicado bien nenaza, serías guapo a los veinticinco, pero a los treinta y tantos ya estás para echar a los cochinos, el cabello te ralea, tiendes a acumular grasa en las caderas y te canta el aliento, por todo eso y mucho más no eres mi tipo.

"El tuerto" tenía ese apodo porque le faltaba el ojo derecho que se lo sacó otro preso apodado "anaconda", en una pelea con cuchillo nada más llegar a la cárcel, para establecer la jerarquía y marcar el territorio. El apodo de "anaconda", le venía dado por el gran atributo que tenía en su entrepierna; tenía una pena de muerte sobre su repleto expediente por matar a tiros a un guardia de seguridad de un banco, una mañana de un caluroso agosto presentándose con un disfraz del expresidente nº 42 de los Estados Unidos, Bill Clinton, acompañado por otro "lumbreras" también preso por el mismo delito y misma condena, "el sortijas", cuyo disfraz era de Mónica Lewinsky, la becaria no remunerada que admitió que su relación con Clinton consistió simplemente en practicarle sexo oral en el despacho Oval de la Casa Blanca y que, finalmente culminó con una acusación penal en contra del presidente por un delito de perjurio. Ambos presos se habían desafiado mutuamente a que no eran capaces de simular una felación como la que hizo Mónica Lewinsky a Bill Clinton durante diez segundos delante de las cámaras del banco, con la mala suerte que el reloj del sortijas llevaba el cronómetro mal y, fue justo el tiempo que les faltó para escapar de la policía.

"El tuerto" tenía sobre su cabeza tres penas de muerte, la primera por robo violento y asesinato; la segunda por violación y la última por pertenecer a los Hermanos Musulmanes.

Para aquellos que no sepan cuál es el origen y el objetivo de la Sociedad de los Hermanos Musulmanes, les informaré que fue fundada en el año de 1928 en la ciudad de Ismailía, centro administrativo del canal de Suez en esa época, por Hasan al-Banna. Al-Bana contaba con apenas 21 años cuando formó la Sociedad Religiosa, era un destacado profesor de su comunidad dotado de una gran habilidad para la oratoria y una profunda fe en los preceptos islámicos. De igual manera, tras varios viajes por el norte de Egipto y su estancia en la ciudad de Ismailiya, se había percatado de la pérdida de valores a la que era sometida el pueblo egipcio debido a la fuerte influencia que ejercía sobre éste el poder británico. De esta forma, la preocupación principal de al-Bana se centraba en la restitución de los valores islámicos en la sociedad egipcia y la independencia de cualquier injerencia colonial. Su lema principal fue: "El Islam es la solución". Tras su formación, se fueron agregando varias secciones a lo largo de la zona del Canal de Suez y, conforme el movimiento fue adquiriendo fuerza y notoriedad en Egipto, se fue expandiendo a lo largo de todo Egipto. El objetivo de esta sociedad, en un principio, era extender los principios morales islámicos y hacer obras de beneficencia; su carácter era meramente religioso.

Hermanos Musulmanes o Hermandad Musulmana (en árabe: جمعية الإخوان المسلمين *Yami'at al-Ijwan al-Muslimin*, literalmente *Sociedad de los Hermanos Musulmanes*; frecuentemente llamada الإخوان المسلمون, *Al-Ijwan al- Muslimun* (*Hermanos musulmanes*) o simplemente الإخوان *Al-Ijwan* (*Los Hermanos*) es una organización islamista, esto es, una organización política con un ideario basado en el islam y considerada terrorista por los gobiernos de Rusia y Egipto.

El objetivo declarado de esta organización islamista es inculcar el Corán y la Sunna como el "único punto de referencia para...ordenar la vida de la familia musulmana, el individuo, la comunidad y el Estado...". La organización busca hacer de los países musulmanes califatos islámicos, que incluyan el aislamiento de las mujeres y de los no musulmanes de la vida pública. El movimiento es conocido por participar en actos de violencia política. También fueron los responsables de la creación de Hamas, una organización declarada terrorista por los Estados Unidos, que creció a la par de sus atentados suicidas contra civiles israelíes durante la primera y segunda intifada. Los partidarios de la Hermandad Musulmana también son sospechosos de haber creado el conocido grupo terrorista Al-Qaeda y por el asesinato de opositores políticos como el primer ministro egipcio Mahmoud an-Nukrashi Pasha.

Originalmente era un grupo fundamentalista, en la actualidad es una organización de amplia base social cuya minoría de dirigentes optó en tiempos modernos por una metodología no violenta en la Yihad mundial. Tras producirse el golpe de Estado en Egipto de 2013, en la actualidad la hermandad y sus organizaciones satélites se encuentran ilegalizadas por las autoridades egipcias.

Cuando Namir entró en las duchas desnudo, tan sólo con una toalla y una pastilla de jabón, le golpeó de lleno una vaharada fétida a suciedad de los más nauseabundos fondos de la especie humana. Fue un olor que nunca había respirado ni de los vapores fétidos cuando era verano, no había llovido en varios meses y se encontraba algún animal descompuesto en las alcantarillas. Ese olor mefítico era aún más repugnante.

Una vez todos los días el carcelero jefe llamaba a un par de presos novatos, para que echasen cubos de agua y así limpiar las inmundicias de las duchas y letrinas, además de ese cálido y pestilente vientre de porquería que se formaba en los desagües que iban a parar a las tuberías.

De repente, sin darle tiempo a ver de dónde salieron, tres hombres estaban delante de Namir sonriéndole y mostrando sus asquerosas dentaduras, a dos de ellos les faltaban la mitad de la dentadura delantera y el otro tenía la mayoría de los dientes negros debido a la cantidad de caries. Uno llevaba un tenedor, otro un trozo de madera punzante y el tercero la toalla blanca entre las dos manos. No pasaron ni cinco segundos cuando los tres se le echaron encima, Namir al estar dentro de la ducha, no tenía espacio para salir y casi para golpear por las dimensiones que ocupaban los cuatro cuerpos en el espacio entre los azulejos blancos y rotos de aquella ducha. Uno le puso la punta de la madera en el cuello, el otro intentaba ponerle la toalla en la boca y alrededor del cuello para que no gritara y el tercero les daba instrucciones para que le diesen la vuelta y poder penetrarle analmente. Cuando pensaron que le habían doblegado, mi hermano le dio un talonazo con el tendón de Aquiles en la parte que tenía más excitada para penetrarle al que tenía en la espalda, al de la madera punzante le dio un cabezazo en la nariz rompiéndosela y arrancándole un diente de los pocos que le quedaban en su cariada boca.

Se oyó el silbato del jefe de prisiones llamando a filas a la patrulla que estaba de guardia esa mañana. Entraron en las duchas y se habían ido los dos presos mejor parados, tan sólo se encontraba encogido en el suelo el agredido en sus partes pudendas. Sin hacer preguntas cogieron a mi hermano y le llevaron al "agujero" cuatro semanas, como llamaban allí a un foso aislado, sin luz, sin agua, y con un agujero como letrina y, de vez en cuando, era visitados por alguna rata que venía a recoger los restos de comida.

Namir nos contó que en aquella "otra prisión" apartada de la convencional, donde le llevaron cuatro semanas y en la que estaba parte de la escoria y los más pusilánimes de aquel infierno, por las noches, los carceleros como diversión hacían jugar a los presos a la "ruleta rusa". Cogían a un preso al azar, generalmente a aquellos que sabían que les quedaba poco tiempo de vida o mucha estancia allí y que, por lo tanto, nadie les iba a echar de menos y, les sentaban a dos de ellos, uno frente a otro en una mesa en la que había una pistola cargada con una bala. Hacían girar la pistola y cuando se paraba el cañón apuntando a alguno de los dos infelices, ése tenía que dispararse en la cabeza en menos de diez segundos. Si no lo hacía en ese tiempo, el tiro de gracia se lo daban los guardias de la cárcel. Si ambos salían airosos de aquella crueldad, les iban poniendo más balas y elevando la expectación, hasta que uno de ellos notaba su esperanza frustrada. Era tanta la presión a la que se veían sometidos los presos que, el instante en el que disparaba y no se volaba la tapa de los sesos, provocando grandes mofas y risas entre los carceleros, la esperanza que podía quedarle aún se partía en mil pedazos. Aquellos que sobrevivían a tan proterva acción, se dejaban morir o intentaban suicidarse de alguna manera a su alcance.

Algunas noches de calma chicha se acercaba a la puerta de su celda y, a través de la mirilla podía observar la puerta que daba acceso a "esa otra prisión", que estaba abierta porque el carcelero de guardia la había dejado adrede para que corriese algo de aire, entonces notaba una ligera brisa que se colaba por las rendijas e inundaba sus pulmones con aroma de nardos en flor. Como música de fondo estaban las moscas que zumbaban como locas en el caluroso emparrado y el cantar de las cigarras entre los arbustos, y la tranquila noche parecía susurrar al oído poemas con rima que hacían que contuviese el aliento a la espera de su aprobación.

Cuando salió del "agujero" y tras tanto tiempo inmerso en la oscuridad, tuvo que cerrar los ojos de golpe e ir abriéndolos poco a poco hasta acostumbrarse al mundo que ahora le parecía un lugar nítido y extraño, con una amalgama de colores vibrantes y bien definidos, donde el silencio jugaba un papel esencial en el encuentro del ser humano consigo mismo.

Mi hermano Namir se cruzaba por los pasillos y por el patio con otros novatos como él, que llevaban vendadas con trapos llenos de sangre las manos por el esfuerzo del pico y la pala contra la roca. Un día vio morir a un preso porque no fue capaz de resistir el ritmo al que le sometían los carceleros y, el carcelero jefe que, de vez en cuando, se paseaba por las canteras a comprobar cómo iba el trabajo. Si alguno se pasaba de listo, según ellos decían, le colocaban la soga al cuello y le colgaban del pasillo superior de la cárcel como escarmiento y para que todos viesen qué les ocurrían a los que escurrían el bulto. Estaba claro que no había muchas salidas, o te mataba el trabajo duro diario, o bien, tú mismo por el cansancio te ponías la soga al cuello, por no poder cumplir con el nivel de exigencia de trabajo.

- ¡Subidlo más, que así no se muere!

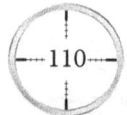

Le dieron otro tirón más hasta que sus pies quedaron colgando de la barandilla de la tercera y última planta.

- Le dejaremos colgado aquí tres días, como recordatorio y escarmiento a los pusilánimes, medrosos y bragazas.

- Dejadle ya, ya está muerto. ¿Es que estáis sordos? ¿No habéis oído romperse la tráquea y el cuello? Aseguraos de que no se cae y mata a otro más, no nos podemos permitir más bajas. El alcalde vendrá esta semana y tiene que estar el Monte de la Pasión ese como una estera. — Dijo el carcelero jefe a los cuatro que estaban tirando del ya cadáver.

El silencio se extendió por los patios interiores de la cárcel y Namir sintió miedo de repente, pues era la primera vez que había presenciado tan cerca una muerte tan horrenda. El desacato era para ellos un crimen imperdonable, nadie podía "irse de rositas" sin pagar un alto precio por ello.

A los dos días se presentó el alcalde y su comitiva de concejales y algún ingeniero de caminos, puertos y canales para inspeccionar y comprobar las obras. El alcalde había conquistado su puesto no por sus méritos sino por su origen aristócrata y a que su familia era "de rancio abolengo". Debido a su soberbia altivez no atendía a razones ni juicios de valor, todo su criterio lo dejaba a sus instintos mundanos y callejeros aprendidos e inculcados en la más grande universidad: la vida.

- ¿Qué diablos ha sucedido? El ministro está furioso. Llevamos semanas de retraso y para colmo, llegan a nuestros oídos que vais colgando a la gente por la cárcel como jamones. ¡Dame una respuesta convincente o mandaré que te cuelguen a ti de los cojones!

- Lo único que pasó es que un recluso intentó evadirse de su obligación de trabajar con la excusa de sus manos y, tuvimos que apretarle los machos. Tenemos que meter en cintura a los desertores, alcalde -respondió el alcaide.

El alcalde miró hacia la planta baja y observó a los reclusos que algunos le miraban con cara de pena y compasión y, otros de rabia y rebeldía, pero casi todos llevaban las manos envueltas en trapos ensangrentados como prueba de sus duros trabajos en las canteras.

- Lo que deberíais hacer es no forzarlos como lo estáis haciendo, dejando que sus manos se desangren por el pico y la pala. No me extraña que rehúyan el trabajo o rechacen el pico.

- Alcalde, no creo comprenderle – dijo al alcaide, confundido ante aquella acusación implícita.

- Ahórrate comentarios inanes, pues creo que me comprendéis muy bien. Si establecieses turnos de trabajo y les proporcionases crema o pomada e incluso sólo limón para curar sus manos en carne viva, trabajarían mejor.

- ¡Pero los reclusos deben ser disciplinados! – El tono del carcelero jefe era angustiado y apocado.

- Por insubordinación o deslealtad, no por cometer un error al que tú mismo les has forzado. – Dijo con autoridad y contundencia el alcalde.

- Y ahora manda a cuatro hombres a que bajen a ese pobre de ahí arriba, que ya está bien.

Sin esperar respuesta ni saludo alguno, el alcalde y su comitiva se marcharon por donde habían venido, olvidándose de los chisgarabises de los protervos carceleros.

De repente sonó el nombre de Namir por los altavoces de la prisión. Le indicaron que tenía una llamada de su padre. Cuando oyó la voz compungida y contrita de su padre, se puso a llorar como un niño chico. Lloró durante unos minutos toda la impotencia, injusticia, e infierno que había en aquel lugar. Cuando se hubo recuperado, escuchó la voz segura y tranquilizadora de su padre diciéndole que estaba a punto de sacarle de allí. Que había hablado con la persona indicada y le había dado su palabra de honor. La indignación y fealdad del acto que habían cometido contra él, le rasgaba el alma y le sumía en la desesperación.

- ¡Sácame de aquí, por favor, papá! – Fueron las únicas palabras que pudo articular con su padre.

Aunque en esos momentos no fuese consciente de lo que estaba viviendo, esos días que pasó en la cárcel fueron las lecciones más constructivas, precisas e instructivas que tuvo en toda su vida, fue una extraña sabiduría regalada en forma de lección contundente. Allí vio la vileza del ser humano, sus bajezas, sus miserias, sus mentiras, sus amarguras; pero también comprobó lo que el

amor de un padre y de una familia, pueden llegar a hacer por un hijo o familiar.

Hay veces en la vida que, aunque aconsejemos a nuestros hijos, señalándoles que tengan cuidado con un profundo hoyo que hay en el camino, casi siempre no sirve de nada, se han de caer, notar el dolor de la caída y la lección aprendida. De hecho, hay cosas que solo suceden en esa etapa desconcertante llamada pubescencia. Cosas que son únicas e irrepetibles, que ya no vuelven a sobrevenir, momentos que no vuelven nunca más. De vez en cuando la vida te gasta una broma pesada e incluso puede llegarse a convertir en un constante sobresalto, y que, a pesar de eso, tenemos que tomar decisiones, y escoger el sendero por el que debemos seguir, pero la perspectiva en que ven ese camino los jóvenes es única e intransferible.

Mi padre acudió a ver a la única persona en la ciudad que le transmitía confianza y en la que podía depositarla, pues la corrupción era moneda continua de cambio. Le expuso los hechos acaecidos. Dos días más tarde mi padre le estaba esperando en la puerta de la cárcel donde le había metido ese comerciante impostor y malasombra. Las acusaciones y denuncias fueron borradas de su expediente y mi padre le agradeció a su valedor con una docena de huevos, un pollo, un cabrito y dos perdices limpias, diciendo las palabras requeridas para la ocasión: "De bien nacidos es ser agradecido".

Para evitar, que lo ocurrido volviera a suceder y que desaparecieran de su vida, en lo posible esas "amistades peligrosas", mi padre pidió uno de los pocos favores que yo le vi pedir en su vida a un terrateniente al que nosotros le vendíamos los huevos, la leche, la carne y la lana de nuestras cabras y demás animales para que le diera trabajo en su casa como "asalariado para todo", pues si algo tenía mi hermano era una voluntad de hierro y una predisposición para trabajar como pocas he visto, y así se alejase de ese inframundo donde se movía, aunque debería decir nos movíamos, lejos de esas amistades de tres al cuarto, amistades con advenedizos que no sabíamos ni de ellos ni de sus familias, ni de dónde eran ni de qué vivían, pues nuestro padre era un hombre de mundo, había vivido mucho y escuchado más y siempre nos advertía, cuando alguno de nosotros le intentaba llevar a su terreno con alguna de nuestras "lindezas" con las que él no otorgaba, diciéndonos, "tengo más noches que la luna" y "he visto, vivido y oído más de lo que debería, no tengo la edad que tengo, tengo cien años más, por lo que te quiero decir que yo ya he pasado por ahí y, mi consejo es que no sigas en tus trece", porque "el talento se educa en la calma y el carácter en la tempestad".

La casa a la que fue a servir era grande y lujosa, pero no en exceso, ya que el sedero egipcio, aunque estaba bien aposentado en comparación con otros terratenientes y ganaderos de la provincia, tampoco hacía ostentación de sus riquezas. Su riqueza provenía de los beneficios constantes de vender los productos que nosotros le procurábamos. Estaba situada en una esquina que daba a la plaza Real, donde decían que el valor por metro cuadrado no se valoraba en dinero, sino en oro, por su gran cuantía. Era el lugar más importante de comercio de la ciudad, el centro neurálgico de las transacciones que se hacían en los escalones de la mezquita. Sobre aquellos escalones se tomaban las decisiones económicas, políticas y sociales de la ciudad, donde nobles, mercaderes, abogados, y enviados de políticos se transmitían acuerdos en su baile de poder donde sus posiciones y reglas no escritas se hacían valer.

A la entrada de la mezquita y coronando un arco califal y con un bajorrelieve impresionante de Mahoma nadie, aunque fuese profano podía dejar de admirarlo, era magnánimo. Su jefe se situaba en el antepenúltimo peldaño de las escaleras, aunque tenía mucho dinero y negocios, los últimos peldaños estaban "reservados" para gente con títulos nobiliarios y para la nobleza, aunque no la hubiesen adquirido por derecho de sangre. No obstante, generalmente los que ostentaban títulos nobiliarios solían tener buen patrimonio y grandes ingresos provenientes de sus tierras. Su jefe, concretamente que había hecho fortuna con sus negocios, aunque su origen fuese plebeyo, tenía la ambición de obtener marquesados o baronías para engrandecer a sus familias.

En los escalones también asistían los abogados que se hacían reconocer por sus togas y birretes y que cerraban los tratos verbalmente que habían comenzado sus jefes o para quienes mediaban. A "esos palcos" asistían aprendices y pasantes de los bancos y casas de empeño donde siempre había quien tenía que desprenderse de alguna joya familiar o de valor para conseguir algo que por sus propios medios no hubiera podido.

De hecho, esa valentía, dignidad y nobleza fue la que mató a mi hermano Namir. Un día una patrulla infiel se adentró en nuestra tierra y se acercó a unos cientos de metros de nuestra granja espantando a nuestras cabras, ovejas y rompiendo jaulas. Mis padres se asustaron y cogieron a todos nuestros hermanos llevándonos por la puerta trasera al campo, evitando que nos vieran. Pero mi hermano cogió la escopeta de mi padre y fue a por ellos. Fue la última vez que le vimos, cuando corríamos, escuchamos dos disparos y ya no volvimos a saber más de él.

SAHIRA

Menuda, blanca, delgada, callada, y con ojos pequeños y vivos, que siempre estaban observando a los demás, mi hermana SAHIRA, cuyos significados de origen islámico son "Tierra", "Luna" y "Primavera" era la más pequeña de las chicas. A veces teníamos, que preguntar si estaba en casa y dónde se encontraba porque aparecía en un rincón oscuro, mordiéndose las uñas, jugando con el pelo de su muñeca de trapo, su princesa como la llamaba ella o cosiéndole vestidos a mis hermanas, tenía unas manos e imaginación prodigiosas para la ropa y la moda. Huía del sol, cuando salía a la granja siempre llevaba un sombrero o pamela grande que le procuraba sombra a toda su blanca cara. A veces cuando mi madre estaba cocinando con harina se untaba la cara para salir a pasear por el campo o sacar a pasturar a nuestras ovejas o cabras. Pero cuando tenía albayalde, la sustancia blanca con la que las mujeres se maquillaban, se la ponía, porque había leído y sabía que una piel pálida era sinónimo de que su poseedora no tenía que trabajar al sol, a diferencia de los tonos tostados, que indicaban que esa mujer trabajaba a la intemperie y la sociedad la consideraba de inferior categoría.

En la parte superior de la casa, teníamos una buhardilla donde ella y mi madre se habían instalado un taller de costura grande y luminoso con todo tipo de utensilios. Brocados, agujas, dedales, hilos de diferentes colores y grosor, puntillas y telas de todas clases y colores estaban apoyados en las paredes, enrollados en grandes listones de madera, aunque la mayoría estaban pasados de moda, ellas recogían muestras y saldos que alguna fábrica y comercio desechaban por cambio de temporada. A lo largo de toda la estancia había una estantería estrecha y alta, a la que se accedía por una escalera metálica, contenía montones de cajitas con botones de hueso, marfil, metal y nácar de varios colores. También tenían varios maniquíes de plástico a los que a alguno le faltaba un brazo, pero que tenían su utilidad para poder sacar patrones y coser los vestidos que les encargaba alguna esposa o amante de algún noble o comerciante acomodado.

Por la calle se veía una creciente brecha entre los pobres de nacimiento y familias que, con la crisis, vinieron a menos y, las clases acomodadas y ostentosas, que querían reflejar su opulencia hasta en los más mínimos detalles de su indumentaria, en los zapatos, coches, relojes, gafas, móviles de última generación y de marcas imposibles para el resto de los mortales. Los niños de clase baja tenían que conformarse con vestidos y ropas cosidas malamente con retales de prendas raídas y viejas de sus padres. Esta era la otra cara de la moneda y de la vida, por no tener, no tenían ni dinero para más ilusiones ni planes que no fuera poner sobre su mesa un plato caliente de comida, con el que disipar sus sueños imposibles.

Anhelaba la libertad, del mismo modo que un león nacido en una jaula podría desear una gacela que ha visto a través de los barrotes. Un manjar en el que jamás había hundido los dientes. Mi madre, si durante el día había tenido que ir a comprar o a la ciudad, cuando regresaba a casa tenía que preguntarnos antes de acostarse si Sahira había comido algo. Las veces que coincidían en conversaciones afables y noctámbulas, mi hermana recibía el consejo de mi buena madre que le indicaba que cruzase el mar, que fuese a otra tierra donde no hubiera rencor, donde los corazones de las personas se pudieran ver. Que abandonase aquel infierno abigarrado y parduzco y regresase al "otro mundo" para luchar por un mundo ideal, en el que solo hubiera amor y paz. Había oído tantas veces aquel consejo que se convirtió en una canción de cuna, suave y tranquilizadora que precedía al sueño. Mi madre quería que fuese a Milán, París, Madrid o tal vez y por qué no, Nueva York, donde dicen que los sueños se hacen realidad, pero por encima de todo quería que saliera de allí, que al menos lo intensase pues tenía habilidades en sus manos y su creatividad estaban fuera de toda duda. Los sueños se Sahira, ahora que era casi una mujer lo veía como si fuera una fantasía infantil, hermosa, inalcanzable, perenne como la luna, pues sus sueños de futuro eran fugaces y poco consistentes, solo tenía la certeza de que hay un cielo sobre nuestras cabezas y tierra bajo nuestros pies y que, si algún día tuviera la suerte y viniese a verla, o apareciese su príncipe azul, podrían sus sueños volverse realidad.

Ya desde muy niña, Sahira supo que había conversaciones que no podía tener con nuestra madre. Pues cuando apenas contaba cinco años, y acompañando a ésta al mercado, como cada jueves, se fijó en una mujer rica que llevaba una pamela con un velo sobre su cara y un negro que iba abanicándola con un gigantesco abanico con plumas de colores de pavo real. Ella le preguntó:

- Madre, ¿no podemos nosotras llevar ese sombrero con ese velo para que las moscas no nos piquen y a ese señor para que nos airee del calor?

Nuestra madre la miró y soltó una risa nerviosa, como solía hacer cuando la pequeña le hacía una pregunta capciosa o aguda.

- Nosotras sólo somos dos pobres pastoras y alfareras, Sahira.

Sahira se encogió de hombros, pues el trabajo era para ella algo ligero u ocasional, como poner leña en la lumbre o tender la ropa a secar. Aún no tenía los años suficientes para entender el dolor de cansancio que se instalaba en la espalda de su madre cada noche o la desesperación que da el levantarse cada mañana, sin poder hacer planes de futuro, pues todo estaba a expensas de que una enfermedad diezmara su rebaño de cabras o que los pudientes dejasen de comprar sus jarrones, vasos y cuencos.

- ¿Y esa mujer del sombrero no trabaja?

- No, Sahira. Ella es rica.

- ¿Y de dónde saca su dinero? Nos podría dar un poco a nosotras.

- Ella no lo saca de ningún lado. Se lo da su marido o su padre que seguramente serán ricos.

- ¿Y mi padre no es rico?

Pero cada vez que Sahira preguntaba a nuestra madre por el dinero, las riquezas o las comparaciones con otras personas pudientes, se le hacía un nudo en el estómago. Aunque cada día hacía menos preguntas de este tema a nuestra madre, porque ella notaba cómo cambiaba su semblante, su humor y su conversación se hacía más monótona y seria y, cuando llegaba ese momento en el que una madre no sabe cómo decirle a su hija lo pobres, pero honrados que son, nuestra madre como consejo de sabia y buena le decía:

- "Vive sin pretender, ama sin depender, escucha sin defender y habla sin ofender".

Esa brillante mañana, de luz esplendorosa y brillante, Sahira estaba contenta, pues para ella acompañar a nuestra madre al mercado era todo un acontecimiento, aunque hubiera muchas cosas que no entendía y que, también no quería que entendiesen. Llevaba un vestido marrón de paño basto y una camisa que había sido remendada demasiadas veces y, que había pertenecido a su madre. Los zapatos eran también viejos, y aunque en su día le quedaban demasiado grandes y tenía que meterse trapos en las punteras para que no se le salieran a cada paso, ahora a veces, le provocaban llagas cuando tenía que ir lejos. Encima del vestido ralo y remendado, vestía su capa gris, que la protegía de la brisa húmeda y fría de las tardes de invierno. Estaba disfrutando del paseo, dejando libres a sus pies para que eligiesen el camino a su antojo. Abandonó las callejas más transitadas del mercado y las que rodeaban a éste. Siguió durante largo tiempo a un hombre que llevaba una enorme cesta de flores de todos los colores y clases, con el único motivo de ver adónde iba. Cuando perdió de vista a ese hombre, que fue recibido por una mujer con un velo oscuro en la cara entrando en un patio lleno de flores y pájaros exóticos, se apresuró corriendo a coger un carro cargado de jaulas con pavos reales, gallos de pelea, y otras aves que no sabía su nombre ni había visto nunca.

De pronto, y al volver una esquina se tropezó de bruces, con un joven con una sonrisa amplia y bien vestido con un traje azul y corbata roja, que llevaba un portafolios de cuero marrón bajo del brazo, y que del encontronazo le tiró al suelo esparciéndose los papeles y, al que le acompañaba otro amigo, agachándose los tres a recogerlos:

- ¡Oh, cuánto lo siento! No me he dado cuenta. – Le dijo mi hermana Sahira mirándole a los ojos.

- Ha sido culpa mía, iba hablando con Mohamed y no me he dado cuenta. – Le respondió el joven con una sonrisa.

- Mi nombre es Karim (que significa generoso, noble) y tú cómo te llamas. – Le preguntó con una sonrisa aún mayor enseñándole la blancura de sus dientes.

- Mi nombre es Sahira y tengo que ir donde he quedado con mi madre y mi hermana. Me he entretenido demasiado viendo los puestos del mercado y llego tarde. – Añadió mi hermana, comenzando a andar.

- Pero me gustaría verte otra vez, ¿dónde te puedo encontrar? – Le replicó alzando Karim un poco la voz ante la distancia que mi hermana iba tomando.

- El próximo jueves en la plaza Real a las 10.00 horas. ¡Adiós! – Le indicó mi hermana.

- ¡Adiós, hasta el jueves que viene, no te olvides! – Le instó Karim alzando la voz.

El mercado, me contaba mi madre, a medida que íbamos comprando, había cambiado mucho con respecto a cuando ella tenía mi edad, algunas cosas para mejor y otras para peor. Los destartalados y viejos puestos de entonces habían sido sustituidos por puestos o comercios de madera, hierro y algunos, los menos y más pudientes, de piedra, donde colocaban sus mercancías para la venta de verduras, frutas, carne y pan, aunque otros estaban construidos como establos, jaulas y graneros para situar a los cerdos, gallinas, cabras y ovejas. Los más antiguos y más grandes escogían las esquinas y las calles principales por donde transitaba más la gente. Existían otros almacenes bordeando el mercado, que se situaban en los soportales de esta plaza rectangular donde se vendían los bienes y mercancías más valiosas del mercado: cuero, cobre, plata, oro, telas de todos los colores y texturas , vidrio, herramientas especializadas para tareas específicas que no se encontraban en toda la provincia, lanas tintadas y especias de todas las partes del mundo y cómo no, la especialidad de la familia: las ánforas, jarrones, botijos, barriles y figuras con unos relieves y colores sin parangón en toda la provincia. Mi padre estaba orgulloso del nivel de nuestras mercancías y añadía, que otras nos podrían igualar, pero no mejorar. Aunque frecuentaban la plaza y se acercaban a los clientes pudientes que, por sus vestimentas, sirvientes y joyas, su presencia era palpable. Los amigos de lo ajeno no eran muy frecuentes en aquel mercado, pues el alcalde y jefe de policía habían establecido un cuadrante para que antes, durante y después del mercado, hubiese varios efectivos de la policía vestidos de uniforme y de paisano, a fin de que no hubiera robos y hacer de aquel mercado lo que era, "el mejor mercado por antonomasia de la provincia".

En medio del mercado y de la plaza había y sigue habiendo, una enorme fuente que servía para beber, refrescarte, mojar tu pañuelo, humedecerlo y acarrear agua para los animales, pues había días que se llegaban a alcanzar temperaturas fuera de lo normal, incluso los cincuenta grados, ocasionando desmayos, lipotimias, etc. El alcalde de la ciudad en acuerdo con el concejal de mercados y sanidad, dispusieron que todos los días de mercado hubiera tres o cuatro médicos, dos ambulancias, y varios enfermeros, con el fin de poder atender todos estos casos de situaciones inesperadas, aunque como es normal ellos no pagaban, sino que eran partidas presupuestarias que, como siempre, salían del erario público.

Pasada una hora más o menos, regresó de nuevo a las callejuelas del mercadillo, donde no fue difícil distinguir a nuestra madre sentada alrededor de una fuente poniéndose agua en la frente y en la nuca probablemente por la subida de tensión o debido al estrés.

Mi hermana, cuando llegó contó lo sucedido a mi madre que le reprochó el entretenerse y el hablar con extraños, concilió con mi madre que había quedado el próximo jueves con Karim para hablar con él y que, le gustaría que ella o algún hermano nuestro le acompañase.

- ¿Pero no os dijisteis nada? – Le preguntó mi madre algo extrañada.

- No, nos dijimos nada, salvo con los ojos, y en los suyos creí ver la posibilidad de pasar una tarde con él o una vida juntos. – Le respondió mi hermana algo turbada y sonrojada.

Llegado el jueves de la cita de Sahira con Karim, le acompañamos mi madre y yo, como hermano mayor a la hora y al lugar acordados. Mi hermana se puso sus mejores galas, mi madre el mejor vestido que tenía y yo un traje que nos lo íbamos alternando mis hermanos y yo porque era el que mejor presencia tenía. Era un traje azul oscuro, con una corbata granate, que le regaló nuestro mejor cliente a mi padre unas navidades en las que trabajó todos los días sin descanso, por ayudarle a sembrar su finca de trigo y melones y, cavar decenas de árboles frutales.

Diez minutos antes de las 10.00 de la mañana, llegamos al lugar donde habían quedado, según mi hermana y, estuvimos esperando hasta las 10.10. Mi madre, pasadas las 10.00 en punto, de vez en cuando, me miraba de reojo y me hacía una mueca o asentía con la cabeza como dudando que viniera, de hecho, yo también empecé a dudar, pero después de la campana del ayuntamiento dando las 10.15, apareció Karim, con un traje de color beige y un ramo de flores en las manos. Mi hermana, al verle, dio un salto y un par de palmadas, en señal de satisfacción y para aplacar los nervios, que supongo tenía. Cuando Karim llegó hasta nosotros se presentó con una leve inclinación de cabeza:

- As-salāmu ʿalaykum (السلام عليكم), mi nombre es Karim y este es mi amigo y compañero de trabajo Jamir (guapo) y vivo en Alepo.

- Wa-ʿalaykumu s-salām Karim, esta señora es nuestra madre y yo soy Ibrahim Abdalá al Haj-Saleh, el hermano mayor de Sahira. ¿Querías ver a mi hermana hoy jueves día de mercado verdad?

- Sí, estaría muy agradecido si pudiese visitar o ver, siempre delante de algún familiar a Sahira, si a ustedes les parece bien.

- Cuéntanos algo de ti, de dónde eres, a qué te dedicas, quiénes son tus padres. Según nos ha contado Sahira, fue un encontronazo en esta esquina y no tuvisteis tiempo para hablar de nada, ¿es así?

- Mi nombre es Karim, soy de Jafa como mis padres y trabajo como abogado para el banco Aresbank de Kuwait y, estoy aquí en viaje de trabajo y negocios. Estamos hablando con el gobierno de Siria para establecer un tren de alta velocidad y, acercar todas las ciudades que circundan el Mar Mediterráneo: desde Alepo, pasando por Latakia, Jablah, Bániyás, Tartus, Hims, Damasco, Al Qunaytirah y As Suwaydá. Mis padres viven en Jafa y yo vivo en Alepo por motivos de trabajo.

- Bueno, pues si mi madre no tiene nada que objetar y, a Sahira le parece bien, por mí no hay ninguna objeción en contrario. Puedes ir cuando gustes a nuestra casa que está en Al Raqa. – Terminé yo la presentaciones y despedidas amablemente.

Me llamó la atención varias cosas: en primer lugar, que un hombre de su posición y mundo se fijase en mi hermana que, aunque hermosa y angelical, pudiera ser tan atrayente y, en segundo lugar, que se presentase con un amigo a la presentación de la familia de su novia, pero no le di la más mínima importancia, hasta que las siguientes visitas seguía viniendo con su amigo, por lo que yo le pregunté:

- Karim, me llama la atención que todas las veces que has venido a ver a mi hermana, venga tu amigo también. – Le interrogué yo suspicazmente.

- Es que él no tiene otra familia ni amigos aquí y así nos hacemos compañía juntos.

Pero eso era algo que yo no podía asimilar muy conforme, no entendía y, además, no quería entender cómo una persona que viene a ver a su novia o prometida siempre le acompaña un amigo.

Pasaron un año y medio viéndose, hablando, tomando té y paseando siempre en compañía de alguien de mi familia. Unas veces iban dos de mis hermanas, otras mis hermanos iban hablando a una distancia prudencial de ellos, para que pudieran comentar sus cosas, rara vez iban nuestros padres con ellos de carabina.

Cuando llegó el día de la petición de mano, sus padres se desplazaron hasta un restaurante de Al Raqa donde Karim reservó tres mesas debido a la cantidad de familia que éramos nosotros, ya que se desplazaron sus dos hermanos y una hermana que también acompañaron a sus padres.

Sus padres nos parecieron buenas personas, de agradable sonrisa, ademanes correctos y, a juzgar por los comentarios regentaban varios negocios, un bar, un restaurante, una peluquería unisex y un puesto ambulante de ropa de niños y niñas. Todos ellos los dirigían sus dos hijos, pero no Karim que él trabajaba para el famoso banco de Kuwait, el Aresbank, del que estaban muy contentos por su formación y entrega en el trabajo, además, según nos contaron los padres, tenía un buen sueldo y gozaba de privilegios superiores a su cargo porque tenía buena amistad con el Director General del Aresbank.

En esa misma comida se acordó que la fecha de la boda sería en dos meses, pues según nos comentaron los novios, tenían prisa por casarse, como era normal. Mi padre estuvo conforme y mi madre que habló lo justo, añadió: "Es normal, el casado quiere casa". Terminados los postres y, acompañados por unos tés o chupitos de licor para aquellos que lo prefirieron, salimos a la puerta del restaurante y nos despedimos de la familia de Karim, acordando el día de la boda.

El día de la boda todos estábamos contentos y expectantes por ver el vestido que habían cosido entre mi madre y mi hermana Sahira. Cuando salió de la habitación nos quedamos todos estupefactos de lo guapa y bien vestida que iba. Llevaba un vestido blanco con bordados en el pecho hasta la cintura, los brazos cubiertos hasta la muñeca llevaban los mismos bordados del cuerpo, la cabeza cubierta de raso a modo musulmán, acompañado de un velo de tul blanco que se echaba de atrás hacia delante, en la cintura llevaba una cinturilla con forma de lazo blanco. La cola magnífica del vestido era de cinco metros de largo.

Él llevaba un smoking gris, con pajarita negra y camisa blanca.

Cuando estaban de novios, ella se había dado cuenta de que andaba en alguna cosa ilegal, pero como nunca tuvo líos, no le dio mayor importancia al estar tan enamorada, pero el día de su boda recibió algo totalmente horrible.

El día de su boda recibió un hermoso vestido y un cinturón de explosivos, muchas chicas hubieran salido de allí corriendo como locas, pero Samira, demostrando su amor hacia Karim y decidió permanecer a su lado y vivir una historia de amor que evidentemente no duró mucho.

Yo descubrí que Karim, era un conocido terrorista a nivel internacional, muy conocido por sus actos sangrientos en Siria, su nombre era "el decapitador de Castillejos", una ciudad marroquí muy próxima a Ceuta, y era famoso por las imágenes suyas que difunde por internet rodeado de cabezas humanas. Este individuo, que en las redes sociales es conocido como "Kokito, el matarife de Castillejos", se llama en realidad Mohamed Hamduch, y lleva tiempo combatiendo con el Estado Islámico en Siria. Desde unos meses antes de conocer a Sahira, estaba en situación de célula durmiente, a la espera de que Alá El Eterno, le encomendara su misión como buen soldado y buen hijo. Se casó con Samira para mantener una imagen social normal y, su trabajo era una tapadera para no llamar la atención. Como es normal su matrimonio duró muy poco, dieron con él y lo mataron. Mi hermana Samira todavía sigue pagando las consecuencias por haberse enamorado de un hombre de tal calaña.

Al intentar volver a nuestro país de origen, fue acusada de pertenecer a un grupo terrorista y detenida de inmediato. Y por haber tomado las decisiones equivocadas por amor, ahora sufre en la cárcel. Lo que puede llegar a hacer la gente por amor, a veces, es totalmente increíble. La última vez que llevamos a mi madre a la cárcel a verla, mi madre lloraba sin consuelo, sin poder articular palabra ni hablar con ella.

Cuando pasaron algunos años y, yo empezaba a escalar a los puestos que me llevaron a donde ahora estoy, pude sacarla de aquella cárcel. Al salir le estábamos esperando todos mis hermanos y hermanas menos Sami, debido a su enfermedad y todos nos fundimos en un único abrazo, mi padre estaba llorando y no dijo nada, mi madre con su pañuelo en la mano, le dijo: Samira, hija, en la vida, hay que saber a quién sonreírle y a quién llorarle, no todo el mundo se merece ambas cosas. Se fue a vivir en paz y tranquilidad con mis padres, con ella y el mundo.

Durante dos años estuvo casi sin salir de casa de mis padres, ayudándoles en los quehaceres diarios a mi madre, y con los animales y el campo a mi padre. De vez en cuando iba con mi madre al mercado a comprar porque mi madre, aprovechando la ocasión, le pedía que le ayudase a traer la compra, pero en realidad mi madre lo que pretendía era que saliera de entre aquellas cuatro paredes frías y oscuras y viera el mundo tan maravilloso que le rodeaba y que, a pesar de lo ocurrido tenía la casi obligación de disfrutarlo en su máximo esplendor.

Mi madre, a través de las cartas que me enviaba, me contaba cómo iba mejorando psíquica y anímicamente, y que también, cuando algún día la acompañaba al mercado, el hijo de un comerciante que tenía varios puestos en el mercado de especias, telas y herramientas para labrar, y al que acompañaba a su padre algunas veces al mercado, siempre quería atendernos y hablaba muy educadamente con ella.

Como ya me encontraba trabajando en el puesto relevante que ocupo en la Comunidad Europea, delegué en mi hermano Riabal para que primero se informase de la familia, pues no quería que mi hermana tuviera que sufrir otra decepción, ya que no sé si lograría superarla y que, a continuación, hablase junto con mis padres, para establecer el protocolo a seguir en las visitas que haría ese joven a mi hermana.

Riabal a las dos semanas me llamó por teléfono que se había informado a través de amigos del pueblo donde vivían y comerciantes que nos compraban a nosotros que era una buena familia trabajadora, seria y que nunca habían dado problemas. El pretendiente de mi hermana, además de ayudar en algunos mercados los días festivos a su padre, estudiaba medicina en la Universidad más grande y antigua de Siria, ubicada en la ciudad de Damasco. Pasado un año de noviazgo, tras terminar su carrera, el novio de mi hermana Sahira, Omar, (en árabe, عمر 'Umar) que significa en árabe "El de larga vida", se casaron y se fueron a vivir a Damasco donde él trabaja como pediatra.

RIABAL

Mi hermano RIABAL, que significa león en árabe, era muy buen hermano, siempre dejaba lo mejor para el resto de nosotros, sus hermanos, cuando había que repartir comida, él era el que se quedaba sin su parte. Era un atleta, corría, nadaba, saltaba y hacía toda clase de piruetas. De hecho, fue contratado en una temporada por un mercader para que hiciera todo tipo de cabriolas en el suelo y en el aire, para llamar la atención de los compradores de fruta, quesos, verduras, dátiles, y jaulas para los pájaros de colores llamativos que llevaba en sus grandes furgones y que vendía por todo el país. Cuando al día siguiente era fiesta y, debido a su estresante trabajo estaba realmente cansado, solía dormir hasta entrada la tarde, y no le apetecía quedarse recluido en el angosto espacio de su habitación durante tantas horas, con una ciudad con montones de encantos por descubrir, además salía a pasear y ejercitar corriendo con su precioso pastor alemán de raza al que puso de nombre Kelbi que en árabe significa mi perro, un ejemplar de tamaño mediano-grande, cuerpo robusto, orejas erguidas, patas traseras más cortas que las delanteras y pelo de color pardo con zonas negras en el lomo, el cuello, el hocico y la cola; tenía una gran capacidad de aprendizaje, por lo que mi hermano le adiestró como guardián de nuestra casa y cada vez que alguien se acercaba a las inmediaciones de la parcela, él nos lo hacía saber con unos ladridos y posturas que eran naturales desde su nacimiento. Se lo regaló su jefe un día que fue un comerciante de animales y los padres de Kelbi tuvieron una camada a cambio de unos pozales de agua para sus ovejas y caballos.

Durante más de diez años estuvo como aguador para un comerciante que tenía varios negocios, entre otros comprar mano de obra esclava y barata y ordenar que fuera por la ciudad vendiendo agua en jarras y embotellada. Según las necesidades del servicio y de la temporada, le mandaba a una dedicación u otra. Pero él, como era tan servicial, prudente y humilde, aceptaba los cambios con agrado y sin acrimonia.

En una ciudad con las temperaturas tan altas como si trabajasen en las herrerías, donde muchas personas trabajaban a la intemperie a pleno sol, en gran parte del año, era un buen negocio. Si algún trabajador se ponía enfermo o llegaba a una edad que no podía ya escanciar el agua sobre las jarras sin derramarla al suelo, o andar tantos kilómetros voceando su oficio, el dueño no tenía ninguna obligación ni de curarles, ni socorrerles, ni tan siquiera propiciarles un retiro digno de jubilación, simplemente se desentendía de ellos, dejándoles a su suerte. Además, como la necesidad laboral era tan grande y estaba tan magnificada, enseguida unos a otros se decían de boca a boca que se presentasen a su dueño y les cogerían para trabajar. Le gustaba su trabajo y dar de beber a la gente, porque suponía aplacar la sed y angustia de los necesitados.

Todos los años por las fiestas de la ciudad se organizaban competiciones deportivas a las que asistían todos aquellos que se sentían con la fuerza suficiente para competir e imagino la inquietud de ganar alguna competición.

Fue hace unos pocos años, cuando mi hermano Riabal se presentó a las competiciones en las que él tenía posibilidades, sino de ganar, sí de quedar en una buena posición. Se presentó a natación, salto de longitud, la maratón y su especialidad, los cuatrocientos metros lisos. Ganó en todas menos en natación que quedó cuarto, después de dos atletas de un metro noventa y cinco y otro de casi dos metros que se desplazaban a todas las competiciones de las provincias aledañas, porque según nos contaron después de las pruebas, era la forma más exigente para prepararse físicamente para opositar a la policía de Siria.

Una especie de cazatalentos que se encontraba entre el público y, que se acercó a mi hermano después de recorrer las tres copas como ganador de las tres competiciones en las que participó, le ofreció pagarle los estudios en la universidad y competir para ella. Mi hermano se me quedó mirando, me sonrió y le dijo, que él era un simple aficionado al deporte que lo practicaba siempre que sus obligaciones diarias en el trabajo con la granja y animales de sus padres se lo permitían y como había hecho toda su vida, pero que no se podía permitir el lujo de no ayudar a su familia. Su moral y conciencia de hijo honesto y agradecido con sus padres, no le autorizaba el no aportar dinero y trabajo para dar de comer a sus hermanas y hermanos, pues no sabía hacer otra cosa, y no se veía estudiando algo para lo que él sabía que no estaba preparado y que, nunca había deseado ni aspirado. El ojeador muy educado y al que se le veía con mucha experiencia en esas líderes y con habilidades sociales como para llevarse al huerto a una monja de sesenta años y sin dentadura, le dio una tarjeta con su teléfono por si cambiaba de opinión y de futuras expectativas. Como persona pragmática que era, nos dio la mano y sin más dilación se fue a hablar con los otros dos campeones de natación.

Un día que estaba de descanso en su trabajo, se fue con su perro en bicicleta a la ciudad a comprar comida para nuestra familia. Se llevaba la bicicleta porque tenía cesta en el volante y una caja para transportar las compras. Kelbi iba atado en la parte trasera de la bicicleta cuando un Mercedes 500 negro se saltó un stop y atropelló al perro, salvándose mi hermano por los pelos. Mi hermano fue al suelo, pues el Mercedes llevó arrastrando al perro unos metros bajo su coche. Riabal, a pesar de haberse lastimado la rodilla izquierda, la palma de la mano y el hombro derecho salió corriendo a ver cómo se encontraba su amigo más querido, pero cuando lo tuvo en brazos, Kelbi parecía quererse despedir con su mirada tierna y dulce, la que siempre tuvo para todo el mundo, especialmente para él. Su respiración era fatigosa y no se podía mover, mi hermano al ver sangre en sus orejas no quiso transportarle a ningún lado de inmediato.

El chófer del Mercedes se bajó del coche, se dirigió a mi hermano y le preguntó:

- Muchacho, ¿estás bien? Perdóname, ha sido culpa mía, siento mucho lo de tu perro.

De inmediato el dueño del coche bajó la ventanilla diciéndole al chófer:

- Vámonos es otro chucho de esos que se creen que la calle es suya.

El chófer al oír eso se acercó a la ventanilla y le dijo a su jefe:

- Señor, ha sido culpa mía, no he visto el stop y me lo he saltado sin darme cuenta. Señor yo debería, si a usted le parece bien, resarcirle de los daños ocasionados o socorrerle llevando al perro a algún veterinario cercano.

- Arranca y vámonos, necio. A ver si ahora te has hecho de Greenpeace. – Le espetó su jefe.

Riabal no quiso separarse de Kelbi y así sentir los últimos suspiros de su vida, pero sí se quedó con el coche y la matrícula. La matrícula no era una matrícula normal, llevaba las iniciales del propietario y en la derecha de ésta unas iniciales en oro grabadas dentro del escudo. No iba a ser difícil dar con la dirección ni con el propietario de aquel coche, pero lo que sí que se quedó grabado en su retina, fue la cara de tirano del dueño del coche y de su infeliz chófer.

Cuando se repuso, las personas que presenciaron el atropello le ayudaron a levantarse por el traumático sock que sufrió, y a llevar su bicicleta hasta la casa de su jefe que estaba unas calles más allá. La gente le instó a que fuese a un hospital para que le hicieran unas pruebas y así, comprobar su estado físico y anímico, pero mi hermano no soltaba a su perro, sólo quería ir a su casa con él. Su jefe le prestó un carromato pequeño que tenía para acarrear el agua en su bidones, tinajas y botellas por esas calles y callejones angostos y estrechos, donde no cabe ni un coche ni una furgoneta y echaron la bicicleta y el cuerpo sin vida de Kelbi.

Al oír el ruido de un motor, mis padres se alarmaron, ya que nosotros no teníamos ningún vehículo, por lo que salieron a la puerta esperando una mala noticia, no estaban equivocados. Riabal con lágrimas en los ojos, bajó del coche sin decir palabra y se fue directamente al maletero donde estaba su amigo muerto, lo cogió en brazos y fue dentro de la casa, mi madre y mis hermanas cuando le vieron, se echaron a llorar y a mi padre se le saltaron las lágrimas. Sin embargo, ninguno emitimos una palabra en señal de respeto al momento. Pasó toda la noche en su habitación donde dormía Kelbi junto a él, unos días a sus pies en su cama, otros a su lado, los dos estaban tan unidos como hermanos. Siempre se dice que "el perro es el mejor amigo del hombre", en este caso su amistad era superior, su comunión entre ellos era algo fuera de lo normal; crecieron, corrieron, nadaron, saltaron y jugaron juntos, nunca se separaron.

Al día siguiente, al contarle un hermano nuestro lo que la gente le había contado de lo sucedido y con quién, mi padre habló con mi hermano, continuando con los patrones que tiene mi padre de la vida, y le añadió:

- Hijo, "la palabra convence, pero el ejemplo arrasa". – Eso es lo que hemos pretendido toda la vida hacer tu madre y yo con vosotros, hablaros sí, pero daros ejemplo con nuestra vida, nuestro trabajo, nuestros comportamientos, que siempre os hubieseis sentido orgullosos de vuestros padres; pero hay ocasiones que es mejor perder que luchar contra el viento y la marea, ocurre muchas veces que tanto el uno como el otro son tan sumamente fuertes que, debes renunciar a una lucha que de antemano está perdida.

A continuación, entre los dos prepararon una tumba en nuestra parcela, cercana a la sombra del pino donde se tumbaban oteando las estrellas las noches de verano, donde pasaban las horas de calor hablando de mil cosas por hacer y, a veces en pequeños comentarios, llegaba a amanecer. Prepararon todo el ritual al estilo musulmán, consistente en asistir al moribundo, siempre que ello sea posible. Una vez producido el deceso, lo ideal es enterrarlo en las primeras 24 horas.

Para ello siguieron el siguiente procedimiento: lavaron el cuerpo completamente de Kelbi (se perfumó con determinados productos naturales) y se realizó la ablución mayor con él. A continuación, le envolvieron en un sudario (tela blanca sin costuras, similar a la que se utiliza para hacer la peregrinación a la Meca) y, sin volver a tocar la carne del fallecido, lo enterraron directamente en tierra, sin ataúd y orientado hacia la Meca.

El procedimiento de lavado y purificación debe hacerlo una persona musulmana del mismo sexo que el fallecido, pero en este caso se encargó mi hermano y del enterramiento propiamente dicho se encargaron los hombres, como era uno más de la familia todos mis hermanos participaron en el enterramiento. Una vez enterrado hay una serie de días clave en los que se visita la tumba: el tercero, el noveno y a los 40 días. Esto es lo habitual y común y lo que hicieron sin ningún cambio.

Le pusieron una inscripción en una tabla de madera tallada por mi hermano Sami que, al no poder desplazarse por su mal estado físico, quiso participar y como tiene unas "manos de oro", la hizo tallada en plano a color de una delicadeza y una expresión artística sin parangón, donde se ve a mi hermano Riabal con su amigo Kelbi corriendo los dos juntos. La inscripción, que la meditó él y se la hizo llegar mi hermano a través de mi padre dice: "Amigo, siempre estaremos juntos. Hasta pronto hermano".

Después de unas horas de sosiego y de meditación, mi padre fue a la habitación de mi hermano Riabal a preguntarle qué sucedió. Después de que mi hermano le expuso la concatenación de los hechos tal cual ocurrieron, mi padre mirando a mi hermano a los ojos le dijo:

- ¿Sabes quién es ese hombre? ¿Sabes lo que le hizo a tu hermano Namir? Le metió en la cárcel y si no es porque una buena persona y amigo me ayuda, no hubiera salido nunca de allí, no le hubiéramos visto más. Hazme caso, no te enfrentes a él.

- Pero tú siempre nos has enseñado que hay que hacerle frente a la ignominia y a las malas acciones. Que hay que luchar y no doblegarse ante la injusticia. – Le replicó mirándole a los ojos y cerrando los puños en señal de repulsa.

- Sí, es cierto, y así debe ser siempre. Pero en este caso este hombre es muy mala persona, todo el mundo lo sabe y de lo que es capaz. Además, es amigo íntimo del jefe de policía y tiene muchas e importantes influencias en las altas esferas de la política con quienes juega a las cartas y se va de caza los fines de semana. – Le volvió a recriminar mi padre.

- Pero padre piense que Kelbi era uno más de la familia, no un simple perro, era mi hermano. ¿Usted consentiría y se cruzaría de brazos si nos hace eso a uno de nosotros? Yo no lo creo. – Le argumentó mi hermano, esperando su aquiescencia.

De repente entró mi madre, que por lo que añadió había estado escuchando, al estar la puerta semi abierta.

- Riabal, hijo, haz caso a tu padre, no queremos más enfrentamientos con ese mal hombre. Es muy mala persona, no tiene sentimientos ni con su familia, ni con sus sirvientes ni con nadie. Deja que el tiempo te cure su pérdida y visita su tumba, llévale flores y habla con él como hacías antes, pero no te enfrentes a ese Shaitán.

Era una mañana con un sol de justicia, mi hermano anduvo varios minutos bordeando la valla hasta acercarse a la puerta de entrada a aquel fastuoso palacio. Su portero automático y puerta de entrada a la residencia imponían su presencia nada más verla a cualquier transeúnte que pasara por allí. Se acercó al precioso portero automático donde le respondió una voz femenina grabada que le dijo:

- Espere un momento, por favor. Enseguida le atienden.

De inmediato, de la puerta de madera de cedro con incrustaciones en marquetería y las iniciales forjadas en letras de bronce dentro de un escudo en relieve, salió un hombre engominado, con traje negro a juego con su corbata y zapatos y camisa blanca que, mostraba un bigote a lo Clark Gable en la película "Lo que el viento se llevó", aunque amarilleaba por el tabaco. Tras su sonrisa refulgió su diente de oro más que un brillante en una sala de cine;

llevaba gafas oscuras para que no vieran qué está mirando y en su caminar hacia la puerta tenía ese tumbao que tiene los creídos al caminar.

- ¿Qué quieres chaval? – preguntó el guardaespaldas frunciendo enfadado el ceño, y abriéndose la chaqueta lo suficiente para mostrarle su pistola, que llevaba colgada de una funda de cuero negra en su axila izquierda.

- Quiero hablar con el dueño de esta casa – respondió mi hermano Riabal secamente y sin mirarle a los ojos.

- No puede ser. Está ocupado. – Añadió el guardaespaldas.

- Necesito urgente hablar con él, es muy importante – replicó mi hermano.

- No sé, espera que lo comunico a ver qué dicen. ¿Quién debo informar que está aquí? – replicó el guardaespaldas.

- Diga que soy el dueño del perro al que atropelló y no paró. – Instó mi hermano mirándole a los ojos fijamente y sin titubear.

Se separó un poco de Riabal y, dándose la vuelta sacó un walkman de su chaqueta y recibió la respuesta afirmando a que pasase.

Al entrar se quedó un poco absorto por la cantidad de cuadros que colgaban de las paredes de la entrada, pero le llamó la atención uno en especial que, a juzgar por la pose, el rictus y el lugar que ocupaba en el centro de todos debía de ser el retrato del que venía a buscar. Posaba sentado, cruzando la pierna y con las manos sobre las rodillas, no llevaba traje, parecía un uniforme de algún ejército que desconocía y también tenía medallas y condecoraciones en su pechera. Le acompañaban un perro negro y otro marrón a cada lado.

El "Clark Gable" le hizo pasar a mi hermano a un salón que sería como toda nuestra casa contando la parte del porche y sumando la parte de arriba de las habitaciones y, que parecía un museo de cacería, por todos los lados había cabezas disecadas en toda su manifestación salvaje de jabalís, ciervos, patos disecados y, hasta unos cuernos de elefante hacían de arco a un sillón de piel de cebra, a cuyos pies había una cabeza de león unida a la piel de su cuerpo y mostrando sus fauces con todo el poder que tendría en su día. Alrededor del salón había unos muebles oscuros con incrustaciones de marquetería y unas vitrinas que dentro había placas de plata, con marcos de nácar en donde se apreciaban fotos de gente de alcurnia y de poderío social y político, en unas abrazándose en cacerías y mostrando sus trofeos, otras en salones con trajes de etiqueta y con copas brindando por sus negocios y conquistas, aunque mi hermano no conoció a ninguno de ellos. Frente a la entrada había una colección de escopetas de caza, que no sabría decir qué brillaba más si su madera o su acero, todas tenían el escudo que vio en la puerta de entrada con sus iniciales incrustado en su culata e inscripciones en la empuñadura del acero. También vio unas copas dispuestas en una vitrina de nogal y unas medallas en un cuadro del mismo material perfectamente colocadas. Pero lo que más le llamó la atención fueron las cuatro lámparas colgadas del techo; la del medio tenía el diseño de una tela de araña y sus cristales eran tan brillantes como diamantes que desprendían una luz blanca y nítida como rayos en la oscuridad; cada una de las otras cuatro tenía una forma y disposición distinta; una tenía forma de flor con unos brazos a modo de tallos hechos de colores con una graduación del beige al marrón oscuro, terminando en rosas blancas, rojas, negras, verdes y amarillas; otra asemejaba a una palmera colgada del tronco y con las palmas hacia abajo, el tronco lo componían cristales de marrón oscuro y claro, finalizando las palmas con cristales verdes claros y oscuros; la tercera la formaba una hortensia con cristales lila, una dalia con cristales naranjas, un lirio con cristales amarillos y orquídeas moradas; la figura de la cuarta y última, estaba formada con cristales simulando claveles rojos, narcisos blancos y flores de cerezo rosas y flores de loto azules, rosas, rojas y blancas.

Después de hacerle esperar unos diez minutos y, habiéndole hecho tomar buena nota de quién era el dueño de ese palacio, entró el guardaespaldas abriendo la puerta al dueño de la misma que, iba en pijama de color azul, unas zapatillas negras con sus iniciales en color oro, una bata granate con sus iniciales en el mismo color en el bolsillo izquierdo superior y un pañuelo en el cuello excesivamente vistoso, para opinión de mi hermano, en disonancia con el resto de su atuendo. Se paró unos segundos en la puerta y tras una leve sonrisa burlona y un chasquido de su boca, pasó. El guardaespaldas se quedó de pie en la puerta, pero ya con las gafas en el bolsillo de su traje.

Mi hermano Riabal me confesó que delante de ese trapacero, que al fin y a la postre era lo que era por mucho postín que se diera, le asaltó un sudor frío por la espalda y comenzaron los temblores en sus piernas.

- ¿Y tú qué quieres chaval? Te dejé bien claro aquel día que fue un accidente y ya está. ¿Es que pretendes sacarme el dinero por un

chucho? – le espetó a Riabal sentándose en un sillón de marquetería en cuero verde botella y tras una mesa de igual terminación.

- Eso no fue lo que sucedió. Su chófer se saltó el stop y nos atropelló, él se lo dijo, pregúntele a él. – Le recriminó mi hermano gritando.

El dueño abrió un cajón y sacó una caja de puros Montecristo que dejó abierta para dejar constancia de la marca en su tapadera, cortó parte de la boca con un cortador que mi hermano diría que era de oro, y empezó a encenderlo con ceremoniosa parsimonia echando el humo de su boca sin agobios ni prisas, se le quedó mirando y frunciendo el ceño como si estuviera jugando una partida al mus y tuviera que envidar a órdago, apagó la cerilla de un soplido sutil y le dijo con desdén:

- Chaval, en primer lugar, que sea la última vez que me levantas la voz o mi gente te echará a patadas o de otra forma más contundente y, en segundo lugar, el chófer ya no puede decir nada porque ya no trabaja para mí, yo no tolero ni la insubordinación ni la deslealtad.

- Pero él, lo único que le dijo, es que fue culpa suya por haberse saltado el stop y que nos ayudase a llevar a Kelbi a un veterinario, nada más. – Le respondió con una indignación que se subía a las paredes.

- Mira chaval, me importáis una mierda tu perro y tú y, no se te ocurra venir más a mi casa a molestarme, bastante problemas tengo yo ya para que me ande parando con cualquier perro que me ladra. – Le añadió enfadado, levantándose airoso, casi solemne, y abrió la puerta con un gesto lleno de parsimonia, engullendo unas uvas que tenía en una bandeja de plata.

- Nos volveremos a ver. La gente llevaba razón, es usted el más malo y perverso que pisa la capa de la Tierra y al final, quien mal anda mal acaba. – Le añadió Riabal excitado.

- Lleva a este mequetrefe a la puerta de la calle y no le quiero ver nunca más en esta casa. Esta casa no está hecha para ratas callejeras. – Le instó a su guardaespaldas que, en ningún momento le perdió de vista.

Cuando llegó a mi casa, mi madre estaba rezando con la estampa de Alá el que siempre tiene la razón, entre sus manos. Nada más verle mi padre se calló y no dijo nada y, mis hermanos empezaron a preguntarle por la conversación con aquel miserable. Después de contarle y darle los pormenores con pelos y señales, mi hermano se fue a hablar con Namir.

Mi padre le advirtió a Riabal, como lo hizo Ghali, de la malvada persona que era y de sus protervas acciones para todo aquel que tropezaba en su camino. Le indicó a mi hermano que reflexionase sobre la expulsión de su chófer, un hombre que lo único que quiso era rectificar su error de la mejor manera posible, socorriendo a un accidentado por su culpa y no solo se negó, sino que jactándose con ínfulas de bravucón insultó a mi hermano y a su chófer.

De inmediato fui a hablar con mi hermano, pero él era un hombre de palabra y honor, como nos había enseñado mi padre y, a él no le toreaba ningún pendenciero por muy noble, de alta alcurnia y cuna que sea. Nuestros valores son otros distintos. No nos reímos, ni jactamos, ni nos vanagloriamos de nadie ante lo malo que les ocurran a las personas, pero a cambio exigimos el mismo respeto y comportamiento. Nuestros padres nos han enseñado que hay que ser humildes y trabajadores, que el dinero va y viene, aunque siempre hay que ahorrar y gastar menos de lo que se gana, sino al final la caja está vacía, pero la educación, los buenos modales y el buen comportamiento se aprenden desde la cuna, sea alta o baja. Que la justicia debe ser para todos igual y, quien la hace la debe de pagar porque, de no ser así, habría un agravio comparativo y esas desigualdades llevarían a un caos y, el mundo se convertiría en una anarquía imposible de controlar, con lo que ello conllevaría.

Pero mi hermano Riabal tenía urdido su plan, sabía que ese mal hombre recorre sus grandes latifundios en su yegua zaina tres días a la semana y, lo hace solo para no compartir con nadie su grandeza patrimonial, además almuerza a mitad de camino de sus innumerables hectáreas, en una casa de campo enorme y muy bien acondicionada, exactamente en una de las enormes bodegas donde durante sus cacerías va a allí con sus invitados, que son de lo más granado de la sociedad, la política y la banca y, donde en sus noches lascivas e indecorosas, lleva a niñas y niños menores de edad que son su debilidad. Aunque claro, todo esto que es un secreto a voces, se le permite por su linaje y alianzas sociales. Es tal su egolatría que no permite que nadie pueda disfrutar de sus posesiones. Por ese motivo, mi hermano Riabal habló con nuestro hermano Namir, a quien ese canalla había hecho tanto daño enviándole a la cárcel por otro suceso que también él fue culpable y, de nuevo mintiendo y tergiversando los hechos, haciendo valer su progenie. Le preguntó que, si en ese tiempo que pasó en la cárcel, hizo amistad con algún recluso que le inspirase confianza, él tras unos segundos pensando, le dijo que no, que ninguno de los que conoció allí era digno de fiarse de él, pero pensó en Ghali, que él sí sabría de alguien a quien poder recurrir. Mis hermanos Namir y Riabal, la mañana del domingo fueron en busca de Ghali para hablar con él y ver si les podía ayudar.

- Buenos días Ghali, somos Namir y Riabal y hemos venido a pedirte información para que nos ayudes. – Le expuso mi hermano Namir al ciego que se encontraba a la puerta de la mezquita pidiendo limosna.

- Os conozco a los dos desde que erais unos mocosos con pañales y vuestro padre os traía a oír la palabra de Alá. – Les contestó el ciego.

- Queremos pedirte una información muy confidencial y personal que no la puede saber nunca nadie. Necesitamos que nos digas algún nombre, que sea de tu total confianza, para dar algo más que un escarmiento al sinvergüenza, altanero y mala persona que a nosotros tres nos ha hecho la vida imposible, a los tres nos ha hecho cosas muy graves y no ha pagado por ello, así que nosotros tenemos que ponerle las peras a cuarto a ese hijo de siete madres.

- Bien, estoy de acuerdo. Ya es hora, que alguien pare los pies a ese miserable que, lo único que le interesa son sus posesiones y cómo aumentar su patrimonio, sin importarle ni sus sirvientes, ni familia ni nadie que le rodea. – Les concilió el ciego. – Creo que tengo a la persona adecuada, se llama Zafar (Significa "victoria" y se relaciona con un hombre de éxito) y es una persona con la que yo alguna vez hice algún trabajo fino para otros, pero esta persona es muy seria, si ve cualquier indicio de mentira o falsedad, lo deja sin más. Yo creo que nos ayudará. Aún tengo credibilidad entre mis antiguos amigos, aunque muchos se fueron desmarcando ante mi adversidad, los verdaderos se cuentan con los dedos de una mano y muchas veces te sobran algunos. Siempre he sido de la opinión de William Shakespeare que decía: "Ama a todos, confía en pocos y no hagas daño a nadie".

ZAFAR

Zafar era un hombre gris, estaría entre los treinta y los cuarenta años, yo diría que, más que fuerte era algo fibroso, aunque tenía la barriga pronunciada propia del que bebe cerveza sin medida. La cara la tenía marcada de cicatrices de haber pasado la viruela; cuando vi su rostro por primera vez, además de impactarme, me motivó para informarme acerca de qué clase de virus podría provocar aquellas hendiduras y agujeros tan profundos en la tez de un ser humano y comprobé que los científicos compararon y contrastaron la cepa del siglo XVII con las de un banco de muestras moderno, fechadas entre 1940 y 1977. De manera sorprendente, el trabajo demostró que la cronología evolutiva del virus de la viruela es mucho más reciente de lo que se pensaba con anterioridad, pues se halló que todas las cepas disponibles del virus tienen un ancestro no anterior a 1580. La OMS declaró oficialmente erradicada a la viruela en el año de 1980. Zafar, casi siempre iba vestido de colores oscuros o negros a juego con su sombrero de ala. Francis Ford Coppola podría haberle escogido para hacer un papel de guardaespaldas en la película "El Padrino", película que en 1973 fue acreedora de tres Premios Óscar. De familia muy humilde, tuvo que sacarse las castañas del fuego desde que tenía ocho años, tras morir su padre por un infarto de miocardio, tuvo que empezar a trabajar. Empezó trabajando de frutero, pescadero hasta llegar a tener comercios propios. Estuvo casado, hasta que un día que se fue la luz en el mercado donde trabajaba, regresó a casa antes de tiempo sorprendiendo a su mujer y su mejor amigo en la cama, gozando de la postura que más le gustaba a ella. Él, con una sangre fría no común, estuvo sentado fumando un cigarrillo rubio con los guantes puestos en un sillón del salón, desde el que, a través del espejo del armario de la habitación, se podía ver a los dos copulando como si no hubiera un mañana. Cuando terminaron, ella se dirigía al aseo, pero de pronto, vio a su marido reflejado en el mismo espejo, se fue hacia él, que seguía sentado en el sillón con las piernas cruzadas, fumando y, como excusa graciosa y mítica, ella le dijo:

- No es lo que parece, ha sido un accidente.

Él comenzó a reírse por la desfachatez y el atrevimiento de su mujer ante una situación tan atípica. Apagó ese cigarro, encendiéndose otro y se levantó con parsimonia, yéndose hacia su hasta entonces mejor amigo, que se encontraba sentado en la cama con las sábanas en las manos tapando su atributo ya reducido por el susto y los nervios. Y le preguntó, y tú qué dices:

- Lo siento, te pido perdón, aunque sé que no lo merezco. – Le respondió asustado y candoroso.

- Es un insulto a mi inteligencia y mala leche que me intentéis engañar, tengo curiosidad y me vais a contestar, así que quiero que me digáis la verdad, sin intentar mentirme, desde cuándo lleváis este tejemaneje y cuándo y dónde fue la primera vez. – Les instó Zafar con un rictus impasible y una mirada asesina.

- Desde hace dos años. Fue un día que tú tenías que ir a repartir género después del mercado, me dijiste que le trajera a tu mujer una caja con carne, fruta y pescado. – Le respondió el amante balbuceando un poco.

- Ya, pero quién incitó a quién, tengo curiosidad, mi mujer sabe que soy muy curioso, ¿verdad nena? – Le preguntó Zafar algo más conciliador.

- La mujer asintió ligeramente con la cabeza y respondió: - Fue él quien empezó. Yo me encontraba en la cocina preparando la comida cuando él llamó a la puerta con la caja de comida en las manos. Le dije que la dejase, por favor, en la cocina, una vez que dejó la caja en la cocina, me preguntó por el cuarto de baño para lavarse las manos, yo le acompañé para encender la luz que, está un poco escondida. Entonces al salir yo del aseo y él querer entrar, nos chocamos, él me cogió de la cintura, me dio un beso y así empezó todo. – Le respondió ella envuelta en una toalla y algo más tranquila por lo distendida que le parecía que iba la conversación.

- ¿Y tú no te opusiste, te dejaste llevar o mejor, fue un accidente verdad? – Le preguntó él con una sonrisa burlona y un gesto chulesco.

Los amantes permanecieron en silencio y él seguía terminando su cigarro con una tranquilidad ceremoniosa, andando alrededor de la cama pensativo y, como si no hubiera ocurrido nada.

Zafar, que era un hombre avezado en situaciones límite y, especialmente en peleas, no le temblaba la mano ni la valentía en estos menesteres, empezó a mirarlos con una mirada escudriñadora. Cuando hubo paseado unos dos o tres minutos alrededor de ambos, les pidió que, por favor, continuasen sus ejercicios concupiscentes mientras él miraba sentado en el orejero de la habitación. Tras varios gritos de apremio y ánimo de Zafar a las envestidas del amante a su mujer que, ante su presencia, se encontraba algo flojo, llegaron a la terminación de los ejercicios lujuriosos con final feliz. Una vez terminada la faena, se acercó a ambos y, les aconsejó que no se movieran, orden que llevaron a rajatabla al estar la mujer de espaldas al amante debido a la última postura ejercitada. Sin más miramientos, les dijo: esto por ningunearme hasta el escarnio más supino y, ni corto ni perezoso, sacó del bolsillo interior de su cazadora un machete dentellado de montaña con empuñadura de madera y le cortó a ella primero el cuello y a él después. Seguidamente, empezó a abrir los cajones y armarios, tirando la ropa al suelo, simulando un robo. Terminada la preparación de la escena del robo, abrió el bolso de ella y la cartera de él llevándose el dinero de ambos. También y para dar más verosimilitud a la escena, abrió el joyero de ella y cogió casi todas las joyas que consideró de valor y, las de bisutería las dejó para dar a entender que los ladrones sabían lo que llevaban entre manos. Antes de irse forzó la cerradura con su gran machete dejándola destrozada casi por completo.

Hizo una llamada a su casa para que quedase constancia que había llamado, simulando que lo hizo para decirle a su mujer que se había ido la luz, que iba a ir y que preparase la comida antes de tiempo. Después se tomó una caña en el bar que hace esquina en el mercado, para que todo el mundo le viera y tener una coartada ante las posibles pesquisas de la policía. Seguidamente compró el periódico, cosa que casi siempre hacía, para reforzar su coartada.

Dejó todas las joyas y dinero en un apartado de la cámara frigorífica que fabricaba el hielo y que, se encontraba en un almacén al lado del puesto de la pescadería donde trabajaba y, donde ningún policía buscaría allí nunca por dos motivos claros, en primer lugar, porque estaba al lado del motor que fabricaba el hielo y, en menos de media hora estaría cubierto por una capa de varios centímetros de hielo invisible al ojo humano y, en segundo lugar, por el gran frío de esa cámara frigorífica que podría a llegar a los 30º bajo cero.

Se fue a su casa desde donde llamó a la policía para dar aviso del doble asesinato. El Ejército Árabe Sirio y la científica, se personaron allí en dos minutos y tres minutos, respectivamente. Después de un riguroso interrogatorio de dos horas en la Comandancia del Ejército Árabe Sirio, le dijeron que no abandonase el país y, que si recordase algo que pudiese servir a resolver el doble asesinato o recibiese alguna llamada, se lo hiciera saber.

Después de varios interrogatorios más, al no variar la primera versión de los hechos ocurridos, y habiendo pasado dos años, al final se dio el caso por cerrado al no encontrarse ningún culpable.

Decidieron que iban a llevar a cabo el encuentro con el impresentable ese el miércoles siguiente. Para ello planificaron cada uno el arma que iban a llevar, acorde a su gusto y a su manera de hacerle frente por si se ponía respondón. Ghali se preparó un puñal que perteneció a su abuelo y se lo regaló su padre, tenía una forma peculiar con dos hojas en la punta, si esa hoja entraba en el cuerpo cuando salía, la hoja más pequeña mutilaba todo lo que cogía a su paso; Riabal llevó un machete de cortar las ramas y hojas de los árboles y cañas del campo; Namir escogió un hacha de doble filo a ambos lados, la solía usar para cortar árboles y arbustos para hacer leña; Zafar llevaría una pistola que guardaba a buen recaudo en la casa de su madre, por si algún día registraban su casa.

Aquella noche refulgían las estrellas con más brillo que otras noches, había luna llena que iluminaba como la lámpara del firmamento. Cada uno llevaba sus armas en su macuto o mochila junto a algo de comida y una botella de vino. Cuando llegaron no vieron a nadie por allí, ni tan siguiera un fuego declaraba la presencia de ninguna otra persona. Se escondieron detrás de unas tinajas perfectamente alineadas y superpuestas a otras donde nadie podía ver a alguien escondido a no ser que saliera al pasillo o calle central de la bodega. Vieron la mesa, sillas de madera y una alacena que estaba cerrada con llave y que, imaginaron que es donde tendría él su almuerzo que, le deja la tarde anterior su capataz y donde él y sus amigotes se sientan a reponer fuerzas después de las cacerías, como lo hace él después de cabalgar por sus campos.

Ghali fue el que primero hizo la guardia de la noche pues, aunque ciego, tenía un oído como el de un murciélago, se le había agudizado tanto el sentido del oído que podía escuchar el deslizarse de una serpiente por la hierba o el correr de un roedor. Yo hice la segunda guardia hasta que amaneció y Zafar y Riabal la última y más importante, pues había que estar pendiente para cuando él fuera a entrar.

Antes de que se aproximaba la hora, Zafar nos despertó y Ghali comenzó a hablarme de su vida, de las diferentes personas y mujeres que ha conocido pues, aunque el sentido de la vista era nulo, esa parte de su ser la tenía muy despierta. Me contó pormenores de las mujeres a quienes amó y poseyó, de las rarezas, excentricidades y las obscenidades de algunas. De pronto, Zafar entró en la bodega y nos gritó:

- Que viene, esconderos todos. Nos repartiremos, Ghali y yo aquí a la derecha y Namir y Riabal a la izquierda. ¡No olvidaros de coger las armas, no vaya a ser que luego no nos dé tiempo!

A los pocos minutos entraba por la valla de la bodega con su yegua zahína al paso. Bajó, cogió la escopeta de caza de dos cañones que siempre llevaba en su montura, ató a su yegua a una olivera, y entró en la bodega. Se fue directo a la alacena donde cogió una jarra, medio queso, media hogaza de pan y un cuchillo y se dirigió a una barrica más pequeña que las otras y con una terminación estética más elegante y fina que las demás. Puso la jarra en el grifo de la barrica y la llenó, se fue a sentar. Cuando ya llevaba cinco minutos y parecía más relajado, salió mi hermano Namir con su hacha y pegó un hachazo a la mesa, dejándola clavada, tirando la jarra de vino al suelo y levantando todo lo demás de la mesa. Al escuchar el golpe de la jarra rompiéndose contra el suelo, salieron Ghali y Zafar llevándole del brazo y Riabal con su machete en mano.

- ¿Pero esto qué es? ¿De dónde habéis salido vosotros? ¿Qué queréis? Si venís buscando dinero aquí, no tengo nada. Además, ahora mismo llamo a la policía y os vais a enterar. – Dijo el terrateniente con cara amenazadora y sacando el móvil de su chaqueta.

- Ni se te ocurra llamar a nadie. Dame el móvil ahora mismo si no quieres que coja de nuevo mi hacha y te lo diga de otra manera. – Le recriminó mi hermano Namir mirándole a los ojos y apretando los maxilares, cogió el móvil y lo estampó contra el suelo haciéndolo añicos.

- Tranquilo chico, déjamelo a mí. – Le observó Zafar a mi hermano Namir.

- ¿Pero vamos a estar hablando toda la mañana? Vamos a acabar con este hijo de siete madres que me hizo esto. – Añadió Ghali.

- Vaya os habéis juntado lo más miserable de Siria. ¿Os creéis que me dais miedo? Cuando se lo diga al jefe de policía, os va a meter con lo más cariñoso de la cárcel para que allí os cuiden muy bien. – Dijo el malasombra con una sonrisa burlona.

- No vas a tener ocasión hijo de mil madres. Alá nos ha enviado a castigarte, por ser un mal hijo que no hace caso de su doctrina ni de sus palabras. – Le instó Zafar sacando su pistola del bolsillo de su chaqueta.

De inmediato se abalanzó sobre la mesa e intentó coger la escopeta, por lo que Zafar le dio un tiro en la mano. El dueño de la finca se agarró la mano izquierda a la mano derecha, que había recibido el disparo. Cogió un trapo de la mesa y se envolvió la mano que sangraba bastante.

- Eso no es nada con lo que tú nos has hecho a nosotros. A mí me dejaste ciego; a Namir le metiste en la cárcel sin ningún motivo; a Riabal le mataste a su perro y casi a él sin socorrer a ninguno de ellos; al hermano de Zafar le enviaste a una encerrona, como justificación del robo de unos cuadros que se te antojaron y que se trasladaban del museo de Palmyra al museo de Damasco, pero como hubo un chivatazo, pensaste que había sido el hermano de Zafar y, como al día siguiente tenía que testificar ante la Magistratura, pagaste a un sicario que estaba en la cárcel para que le matase y no contase quién fue el cerebro del robo y la logística del mismo y, con ninguno tuviste piedad -Añadió excitado Ghali.

- ¿Pero qué decís? ¿Sabéis en el lío que os estáis metiendo? No tenéis ni idea de quién soy yo. Tengo amigos de mucho poder y en altas instancias de la política. No podéis hacerme nada, soy intocable. – Dijo gritando el muy iluso.

- Sabemos de sobra quién eres y hasta dónde puede llegar tu maldad; de hecho, nosotros hemos sido testigos en primera persona de tus protervas acciones. – Replicó Ghali alzando la voz.

Mientras Ghali estaba hablando, Zafar le estaba apuntando con su pistola en la cabeza y le hizo sentar en la silla. Le pidió a Namir y a Riabal que

cogiesen todas las cuerdas que encontrasen. Namir y Riabal entraron en la caseta que estaba un poco más afuera de donde se encontraban y se las acercó a Zafar. Zafar que se notaba que no era la primera vez que había atado a una persona, primero le puso un pañuelo en la boca para que dejase de gritar y llorar, le ató las manos a la espalda, luego echando las dos piernas hacia atrás las ató a las manos, con lo que todos sus miembros, tanto los superiores como los inferiores, quedaron detrás de su espalda. Le llevó arrastrando de la cuerda, como si fuera un saco de patatas, hasta situarlo debajo de una viga de hierro que sostenía el techo de la bodega, le ató la cuerda al cuello y, le colgó un letrero que decía: "A todo cerdo le llega su San Martin". "Lo que hacemos en la vida, tiene su eco en la eternidad". Le pidió a Namir que le ayudase a tirar de la cuerda, pues aquel cerdo estaba bastante relleno y pesaba lo suyo. A los treinta segundos de estar colgado, vimos sus últimos movimientos agonizantes y oímos su tráquea romperse. Recogimos todo lo nuestro y nos cercioramos de no olvidarnos de nada. Nos fuimos por donde vinimos y procurando que nadie nos viese.

En la tarde, en todo Siria se hablaba de lo mismo, de la suerte que tuvo aquel tirano de no haber muerto de peores maneras. De vez en cuando, se oía algún cohete tirado desde alguna parte a modo de celebración por la justicia hecha realidad. Pasados unos meses la gente no hablaba ya del incidente, pero había como un cierto bienestar en la ciudad, si salía el tema de dicho asesinato por algún motivo, la gente decía su opinión y, aquí sí que era generalizada, que le estaba bien empleado. A nosotros, por supuesto, nunca nos llamaron a declarar, ni nos visitó la policía. Fuimos cautos, responsables y no dejamos huellas en ningún sitio.

AMINA

La más alegre, risueña y jovial de todos era mi hermana AMINA que en árabe su significado es mujer calmada, leal, sincera, fiel y en quien se puede confiar. Decían que tenía un ángel dentro de ella. Su cara irradiaba nobleza, paz y tranquilidad. Ojos de india y cuerpo egipcio, era hermosa y sencilla como una canción de cuna. Decía frecuentemente una frase que había leído en el envase de papel de un azucarillo: "La sonrisa es una línea curva que lo endereza todo". Siempre estaba rodeada de chicos y, de buenas amigas, aunque no todas las chicas querían estar con ella, ya que era la líder, sin proponérselo, sólo por su presencia, seducción y encanto humano, lo que los franceses llaman "charme o glamour". Le encantaba el dibujo y, en verdad, dibujaba de maravilla, sobre todo retratos a lápiz o carboncillo, aún guardo el que me hizo a mí un día que estuve enfermo y no pude salir a pasturar con mis hermanos. La mente y el corazón de Amina eran como una virgen temblorosa abierta de piernas la noche de bodas, sin malicia, ni rencores, con una actitud positiva ante la vida y ante el ser humano. Amina no había hecho el viaje que había hecho nuestra madre. No había conocido el temor de ser arrebatada de su hogar en llamas, ni los soldados le habían roto los dedos con la culata de sus kalashnikov para que soltase los cadáveres de sus hermanos, abatidos por los soldados. No la habían encadenado en la húmeda y oscura bodega de un barco junto a decenas de cuerpos putrefactos y malolientes. No había aguantado la sed insoportable, ni comido las galletas podridas. No había dormido en el vómito de los enfermos durante semanas. No había llorado con desesperación al ver que los otros que formaban su cadena estaban muertos y los gusanos salían de sus bocas. No había sentido la sensación de ceguera al salir al sol, después de haber pasado alguna semana enjaulada en algún calabozo insalubre. No la habían bañado desnuda ante los ojos de los guardias sonriendo a su paso.

Una mañana de mercado donde mi madre iba acompañada de Amina y de Sahira, un joven y su padre con el que nos habíamos cruzado otras veces acompañando a mi madre en sus compras de comida para nuestra granja, nos dio los buenos días:

- As-salam aleikom السلام عليكم – nos dijo el padre parándose delante de nosotros.

- Wa aleikom as-salam وعليكم السلام - le respondió mi madre.

- Estamos interesados, mi hijo y yo, en hablar con usted y con su hija Amina.

- ¿Es que conocen a Amina?

- No, pero nos gustaría conocerla, especialmente mi hijo Jabir.

(Significa "el que sabe consolar").

- Estaríamos muy agradecidos si viniera toda su familia y, por supuesto, Amina a nuestro humilde hogar el domingo a la hora de comer y después charlaremos tomando un té. – nos dijo Jabir con una inclinación vehemente de cabeza y torso.

- Será un placer. – Respondió mi madre con otra inclinación suave de cabeza.

Cuando mis hermanas y mi madre llegaron a nuestra casa y nos lo contaron, mi padre sonrió al igual que mis hermanas y hermanos. Sabíamos que era una oportunidad muy importante para que no tuviera preocupaciones económicas, de comodidades y de futuro en toda su vida y, a lo mejor, también esa mejora podría extenderse a alguno de nuestros hermanos o hermanas. Pero a mí no me hizo mucha ilusión ni alegría, más allá de la que pueda expresar ver la cara de alegría de mis padres y hermana. Yo tenía otra opinión sobre ese joven. Había oído comentarios sobre él que no eran de mi agrado, como que frecuentaba algunas casas de lenocinio donde apostaba y dilapidaba el dinero y caballos de su familia y herencia, deudas en definitiva a las que su padre tenía que hacer frente. Por no gustarme, no me gustaban sus dedos largos, finos, llenos de sortijas de oro y con piedras preciosas, como no me gustaba sus uñas tan sumamente bien cuidadas. Su rostro serio y altivo se confundía con sus cejas depiladas y sus ojos con raya de color azul o negro, le inferían un halo de feminidad que me resultaba repugnante. Jabir, según tenía noticias fidedignas de conocidos suyos, era conocido por su afición a la bebida y a los placeres y perversiones más propias de un degenerado que de un musulmán piadoso y temeroso de Alá el Único. Pero la felicidad de mi querida y buena hermana Amina, yo su hermano mayor, no la podía arruinar por unos comentarios de gente de mal vivir o por mi inquisidora impresión, aunque no los podía disipar de mi mente.

Me enteré del día que iba a celebrar su despedida de soltero, yo yendo un poco más tarde me presenté, en aquel lupanar que había escogido él y sus amigotes para así poder espiar en la distancia. Decían que en aquella mancebía las mujeres que allí se encontraban eran traídas por engaño, amenazando a sus familias y a las hijas de éstas si tenían, que a punta de pistola de otros países y de otros continentes las hacían embarcar incluso con sus familiares presentes, como recordatorio de lo que les podía pasar.

Tras llamar golpeando una aldaba de bronce con forma de mujer desnuda y cuyo trasero se introducía en un prepucio de bronce incrustado en la puerta, apareció un hombre alto, con la barba cuidadosamente recortada y en punta con unos ojos tan vivos que parecían atravesarte al hablar y, me saludó preguntándome con cuidado y voz delicada, como para no sobresaltarme:

- Buenas tardes señor, ¿desea entrar en nuestra humilde morada?

- Buenas tardes – contesté yo, por no ser grosero y, además porque me causaba respeto su presencia.

Cuando abrió la puerta, en dos segundos me asomé y oteé hacia dentro del prostíbulo, con una ligera mueca de sorpresa al escuchar ese matiz de "humilde". La entrada estaba compuesta por diez columnas de mármol arabesco y la cubierta formada por vigas oscuras y recias de madera de nogal. En el recibidor había un par de candelabros de plata y un reloj con escenas concupiscentes pintadas de varios colores. De las paredes de la entrada colgaban varios tapices preciosos con adornos dorados y de mucho colorido, donde se veían escenas orgiásticas en distintos lugares (campiñas, salones, escaleras, terrazas, coches…). Me llamó la atención una lámpara que juraría que era de jade de un verde intenso con manchas rojizas. A medida que iba andando y siguiendo a ese hombre se podría decir que estaba en un museo, en un anticuario o en un bazar: espejos repujados de plata en las paredes, lámparas de cristal de murano y flores de bohemia de todos los colores, cojines con motivos de caza y pesca, mesas con incrustaciones de marquetería, bandejas y cubiertos de plata en algunas mesas, tapices con motivos libidinosos, escudos de apellidos, marcos y mapas de seda y cuero repujado. Allá por donde ibas te impregnaba un olor a azahar, dama de noche y rosas.

El prostíbulo era el mejor de la ciudad, la ornamentación excesiva y suntuosa de sus paredes, sillas, sofás, lámparas saltaban a la vista. No se veían aparatos de aire acondicionado, pero todas las habitaciones, pasillos y estancias por las que fui pasando hasta la sala de estar donde me llevaron estaban caldeadas.

Yo me senté como si fuera un cliente más, pidiéndome un té. No los veía, pues nos separaba un muro y un biombo, pero sí oía sus chistes, bromas y risas, también alguna grosería que soltaba alguno e incluso alguna vulgaridad corporal de muy mal gusto. Cuando el sol caía y se adentraba la noche, el vino empezaba a hacer efecto y las frases fluían sin sensatez ni criterio. Varias sirvientas ligeras de ropa y ataviadas como bailarinas empezaron a traer viandas de carne seca, pan caliente, cordero asado, pescado frito, queso añejo y vino, sobre todo vino. Según mi curiosidad y mi oído me permitía, empecé a oír los compases de un grupo de músicos que salieron de otra habitación. Dos mujeres muy atractivas con un velo que cubría su cabeza y su pelo se sentaron una a mi lado y otra en mis rodillas, haciéndome carantoñas, masajes en mis hombros y en mi entrepierna, aunque yo no dejaba de prestar atención al propósito que me había llevado allí. Ellas, al ver mi actitud un poco distante, empezaron a palparme con mucho más cariño que al comienzo para animar mi sentido más varonil. Una de ellas dejó caer el velo para mostrar un pelo con capas alternas de castaño rojizo y azabache intenso, aunque en la sombra parecía un negro-azul, cayendo en crenchas, se veía muy cepillado, brillante y desenredado que no parecía de ella, pues contrastaba con la piel morena de sus brazos y cuello. Empezó a bailar delante mía y sus ojos grandes de iris oscuros miraban a los míos, pero a veces los cerraba en una postura e inclinación sensual. Llevaba unas pequeñas perlas nacaradas en su cuello. Su cuerpo proporcionado hasta en el más mínimo detalle se contorsionaba, moviendo su pelo y manos al ritmo cadente de la música. Sus uñas llamaban la atención no solo por su color rojo carmesí, sino por la forma cóncava que tenían debido a su largura. Seguidamente la otra bailarina con complexión menos estilizada pero no menos sensual, empezó a bailar moviendo las caderas y posaderas a un ritmo frenético, al que se unían sus manos y sacudidas de pelo más oscuro que una boca de lobo, pero igual de brillante. Y viendo que me estaba alejando de mi propósito de espiar a mi futuro cuñado, debido a

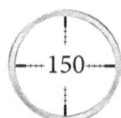

la proximidad femenina, con el corazón acelerado me levanté rápidamente, sobresaltando a ambas a las que agradecí con mi mejor sonrisa y unos billetes que coloqué en los coloridos pañuelos de sus cinturas, a lo que ellas se fueron riendo y mirando de vez en cuando hacia atrás. El burdel estaba ideado todo él para gozar el placer.

Cuando llegó el domingo e ir a casa de Jabir, todos nos pusimos nuestras mejores galas, para causar buena impresión, aunque alguno como mi padre y yo tuvimos que pedir prestado un traje a un amigo más apropiado para la ocasión.

El caserón estaba construido en una de las cuatro esquinas de la plaza Real y daba la vuelta a la otra calle. Su puerta tachonada con bronce pulido llamaba la atención y era demasiado ostentosa y rica, con un arco ojival blanco que tenía inscripciones en el frontispicio de mármol del Corán y debajo de estas había un bajorrelieve de Mahoma en mármol arabesco que resaltaba por encima de todo lo demás, alrededor de la puerta. Tanto su interior como las estancias estaban dispuestos a la manera de los árabes; al dejar atrás la puerta se encontraban dos patios, un huerto con parras de vides y las estancias de las mujeres en la parte trasera, incluso tenían baños subterráneos, donde acudían cada día a asearse. El patio más grande tenía una fuente en el medio que desprendía agua de la boca de dos caballos blancos. El patio lo rodeaban varios naranjos, limoneros y melocotoneros que, si te fijabas bien, estaban en perfecta armonía. Alrededor del patio estaban los arcos de medio punto y en sus bases había montones de macetas de colores con plantas aromáticas diferentes. Los geranios, jazmines y madreselva colgaban de las paredes y ventanas con celosías de la parte superior de la casa como plantas colgantes y enredaderas de flores. Alrededor del patio y ya debajo de dichos arcos se disponían en perfecta simetría tinajas, maceteros, barricas de madera y grandes troncos de árboles rellenos con plantas aromáticas diferentes como hierbabuena, anís, tomillo, espliego, romero, eneldo, laurel y albahaca para deleite y orgía de nuestros sentidos. A media tarde quemaban incienso, romero y otras hierbas aromáticas en ambos patios. El color blanco de las paredes encaladas contrastaba con las puertas y marcos de madera que en algunas eran de vivos colores. La preciosa y resistente buganvilla, especialmente para climas cálidos colgaba de pérgolas y del techo donde había un tragaluz. Ese patio, a través de unos jardines y de un camino ancho flanqueado por cipreses, pinos, de varios cedros y, ese magnífico árbol que proporciona madera tan valiosa para la construcción de casas, templos y palacios, llevaba al otro patio donde detrás se hallaba la fortaleza de la familia que, a pesar de los tres siglos de antigüedad de sus altos muros, permanecían escoltados por sus columnas de mármol.

Un sirviente de color con guantes blancos nos invitó a pasar y sentarnos en el salón sobre innumerables cojines de diferentes colores y texturas para comodidad de los invitados.

Jabir era como aquellos antiguos romanos, propio de los patricios de entonces, donde tanto los hombres como las mujeres eran pusilánimes y delicados que vivían en el lujo y la abundancia, con el único acicate de dedicarse a la vida contemplativa y no hacer frente a ningún problema o adversidad que se les presentasen, lo que aquellos romanos llamaron el "taedium vitae", sin mayor interés que las fiestas, las charlas con los amigos, los paseos sociales, las reuniones con conocidos, pero al fin y al cabo era lo que los primeros cristianos llamaron "acidia", lo que viene a ser el pecado de la pereza, aunque Séneca lo nombraba como "náusea". Los ropajes que usaba Jabir eran muy coloridos, largos y anchos, con caídas y pliegues estudiados, laminillas doradas, bordados, broches y aderezos de gemas. Cuando lucía vestidos de esa guisa tenía una estampa relevante y poderosa, lo que al fin y a la postre él buscaba. Siempre vestía a la antigua usanza de lino de varios colores, para darse más notoriedad ante conocidos y especialmente desconocidos, aunque eso en algunos pueblos no era muy extraño. Existían familias de "rancio abolengo" a las que les gustaba seguir vistiendo y comportándose como sus ancestros, pues sus padres y sus abuelos les habían enseñado ese "modus vivendi", por lo que tanto sus vestimentas como sus accesorios resultaban llamativos y suntuosos en el siglo XX y XXI. Llevaba un cinturón alrededor de su cintura distintivo de su familia donde se ceñía las espadas o puñales con sus empuñaduras repujadas de piedras preciosas, adornos y escudos familiares donde se realzaban sus riquezas. Los días de frío en invierno iba cubierto con unas finas capas por encima de sus hombros de distintas pieles de animales adornadas con brillantes o piedras preciosas. Para más motivo de mi duda y sufrimiento de quien iba a ser el marido de mi hermana y, por tanto, pariente mío, lo que menos me gustaba de él, además de su indumentaria llamativa, ostentosa y a mi modo de ver inapropiada para un hombre serio, era que siempre iba acompañado de dos hermanos gemelos de mediana estatura, barba recortada y cabellos lisos y negros, cuya indumentaria era muy parecía a la suya y, otro pimpollo más con las mismas trazas de quienes empiezan a gallear y presumir su lozanía.

Una vez dentro de aquel palacio, las alfombras cubrían completamente el suelo, había a la entrada de los pasillos columnas de alabastro que sostenían a modo de capitel y efigies de reyes y antepasados, las paredes estaban revestidas con telas adamascadas y púrpuras, lámparas de bronce con cristal de murano, las vajillas de plata y porcelana fina, las bandejas de oro y las copas de vidrio labrado. Era palpable y evidente que aquella exhibición de objetos y adornos, daban suficientes muestras de sus pretensiones: decirles a sus anfitriones quienes reinaban allí y cuán grande era su linaje. Pero ni los endulzados elogios, ni las manifestaciones insólitas de tanto cariño, ni la fastuosidad de que me rodeaban, me hacían cambiar de opinión con respecto a Jabir.

Inmediatamente entró Jabir detrás de sus padres y dos hermanos menores que él. Sus padres nos hicieron una reverencia y un ademán para sentarnos frente a ellos. Jabir hizo lo propio con Amina que se sentó frente a él. Yo no dejaba de observar y analizar el comportamiento de Jabir.

Una esclava joven entró sigilosamente y se puso a encender las lamparillas de aceite y las velas que faltaban, también encendió unas lámparas que se situaban en las esquinas de la estancia a modo de luces indirectas que reflejadas en los numerosos espejos de formas y entramados variados hacían resplandecer aún más los brillos de las colgaduras.

Durante la conversación que tuvieron mis padres y los suyos, Jabir miraba, de vez en cuando, a mi querida hermana Amina, pero también de soslayo a mi hermano Namir y, su sonrisa se teñía de desdén. Yo no quería pensar en nadie más que en mi hermana, pero sus continuas miradas a Namir e incorrecto comportamiento hacia mi hermano me indignaban.

Empezamos a beber vino acompañado de varias fuentes con diversas carnes asadas: pierna de cordero, tajadas de chivo y aves aderezadas de variadas verduras. Los dulces buenísimos que nos trajeron otros dos jóvenes sirvientes de color a lo que ellos comenzaron a hablar sin darnos siquiera opción a que hiciera otra cosa que prestarles atención. Ensimismados, seguían glorificando sus ancestros y los siglos y décadas pasadas como si hubieran transcurrido anteayer. Bastaba con echar una ojeada a nuestro alrededor para darse cuenta que la vida no les había tratado nada mal ni a ellos ni a sus antepasados.

El padre de Jabir, como buen negociante y observador que era, - me instó - ¡Come Ibrahim, come, no seas tímido! Y a su vez me insistía: - ¡Y bebe! ¡Bebe, muchacho este estupendo vino que he sacado para vuestro deleite y celebrar el enlace de tu hermana y mi primogénito! Pero ni ese vino tan bueno, que no había probado otro mejor hasta ese día, podía hacerme olvidar la mala fama de Jabir.

Pero hay veces en la vida que, aunque uno no quiera, hay que transigir, aunque sea por la felicidad de una hermana y, como tenía apetito, además, de que aquella comida exquisita era la mejor que había probado en mi vida, comí en abundancia. ¡Y bebí! Bebí para infundirme ánimo y pensando que el vino curaría la herida de mi orgullo como hermano mayor.

El enlace matrimonial quedó pactado para dentro de tres meses, dentro de los cuales mi hermana sería visitada por él siempre en presencia de algún hermano, hermana o de mis padres.

Después de la boda, a la que asistimos toda nuestra familia y algún amigo cercano de mis padres, nuestros primos también fueron invitados, pero vivían tan lejos que no pudieron acompañarnos.

Los días fueron pasando y no veíamos a nuestra hermana Amina ni los jueves en el mercado a comprar. Un día me presenté en casa de Jabir y después de presentarme a una sirvienta, me dijo que se encontraba algo indispuesta y delicada de salud y que el médico la había aconsejado descansar. Yo insistí, a lo que ella me indicó de nuevo su negación a verla. Le pedí que se apartara y subí corriendo las escaleras gritando su nombre, un sirviente salió a mi encuentro con un palo en la mano, pero de un empujón me deshice de él. De repente, de una puerta de madera oscura, salió mi hermana con un velo negro por la cara a modo de burka.

Él tenía a mi hermana con si fuera una esclava y, como no tenía apellido noble ni dinero, pensaba que podía abusar de ella sin que nadie la ayudara ni defendiera. ¡Que equivocado estaba!

- Hola Amina, ¿cómo estás? ¿cómo te encuentras?

- Bien hermano, estoy bien. – Me respondió con un hablar acongojado, cierto recelo y esquivando mis preguntas vagamente.

- Amina, no me mientas, por favor, te quiero demasiado para verte sufrir, dime la verdad.

- Hermano siento desdén y rechazo de Jabir; todo esto me humilla, me hiere y me ofende —añadió Amina tajante, con aire y gesto compungido.

- Apártate el burka de la cara, por favor, eres muy guapa para estar tapada. – Le insistí en un tono algo sulfurado.

Como no me hizo caso, fui yo quien le aparté el burka. Y me quedé sorprendido cuando vi la cara totalmente amoratada de Amina, su respiración se aceleró. Tenía cortes en los labios y en las cejas.

- No sigas, por favor, tengo todo el cuerpo igual.

De repente el pulso se me aceleró, experimenté una rabia y una rebeldía que eran del todo nuevas para mí y mi vena más peligrosa resurgió de mis adentros, en ese mismo instante me dieron ganas de matarle:

- Le voy a matar, te ha hecho sufrir como me imaginaba. – Grité cerrando los puños y golpeando la pared.

Pero mi padre y sus consejos siempre salían en nuestra ayuda y, como si fuera un ángel que nos aconseja y cuida en los momentos de agonía e inquietud, me inundaba el inconsciente de palabras de sosiego y prudencia, mi rabia se atenuaba y me aplacaba aquel instinto asesino y justiciero como si fuera un baño caliente. Ante esta situación y los siempre prudentes consejos de mi padre, percibí con claridad que una parte de mi alma estaba tranquila, pero otra parte de mi alma está escondida y, quería mostrar toda su fuerza y furia.

- Amina ahora mismo te vienes conmigo a casa. ¿Por qué no nos has dicho nada? No sabíamos de ti. Esto es intolerable, ese malnacido se verá conmigo muy pronto y vendré a por él a su debido tiempo. Vámonos.

Cuando mis queridos padres vieron a su hija, fueron a hablar con el padre de Jabir que, muy educadamente les recibió y se disculpó ofreciendo una gran cantidad de dinero por nuestro silencio, pues su familia era de alta alcurnia y no podía verse envuelta en los continuos problemas que les estaba ocasionando su hijo Jabir. Nos suplicó que fuésemos benevolentes y cautos con lo sucedido, que él nos resarciría de todos los males que su hijo nos había ocasionado y, especialmente a su hija Amina. La tensión se palpaba en el ambiente.

Mis padres le dijeron que no querían ningún dinero que proviniera de su hijo.

- Solo queremos a nuestra hija Amina y no volver a ver a Jabir nunca más. – Le replicó mi padre con una mirada adusta.

- En los tiempos que estamos aún hay cosas que no se pueden comprar como son los Principios, el Sentido Común, la Honestidad, el Respeto y el Amor, de todos ellos su hijo no tiene ni una pizca y ni los conoce. – Aseveró mi padre sin contemplaciones.

Los padres de este les hicieron una reverencia a los míos con gran templanza y los míos se la devolvieron con prudencia.

Después de aquella mala experiencia, mi hermana se replanteó su vida. A todos nos llamaba la atención su nuevo "modus vivendi", frecuentaba la mezquita y mantenía grandes conversaciones con un imán conocido y amigo de mi padre, al que siempre escuchábamos sus oraciones y nos asesoraba en cualquier tema que pudiéramos plantearle.

Toda esta reconversión en su vida fue debido a la noticia que leyó en referencia a que, en una pequeña mezquita de Copenhague, la mezquita Mariam, por primera vez una mujer dirigía las oraciones de los viernes con 70 feligresas, lo que también es sorprendente porque los imanes musulmanes las instan a rezar en casa. Según la noticia que, por supuesto, yo también leí, dice que esta mezquita danesa está tratando de cambiar los hábitos y, potencia la reserva de las oraciones del viernes para un público femenino que también dirige el templo. La idea de crear la mezquita Mariam fue hace 15 años, "para atraer a una nueva generación de mujeres musulmanas que sienten que no tienen un lugar en las mezquitas tradicionales". En dicha mezquita ya se han celebrado algunas bodas, y ya se estaban preparando a imanes femeninos.

Sherin Khanzan y Saliha Marie Fetteh se han convertido en las primeras europeas en dirigir una mezquita, aunque desde el siglo XIX las ha habido en China y en 1995 se abrió The Women's Mosque en Los Ángeles. También Amina Wadud, una famosa intelectual feminista musulmana, dirigió en Oxford en el 2018 las oraciones del viernes.

Sherin Khanzan llevó a cabo la llamada a la oración, el adhan, y el sermón de la inauguración. Saliha Marie Fetteh, la khutbah, y habló del Islam y la mujer moderna. "Lo que estamos haciendo no es algo controvertido pues incluso Aisha, la mujer del Profeta, condujo a las mujeres a la oración" dijo, aunque ha sido muy criticada por los miembros más conservadores de la comunidad islámica. "Cuando se desafía a las estructuras patriarcales siempre hay que contar con que habrá oposición" es el parecer de una de las fundadoras. Uno de estos miembros opositores, Hussein, afirmó en el diario danés Politiken que si se hiciera una mezquita solo para varones la población danesa protestaría.

Tienen la intención de celebrar todos los viernes esta liturgia si encuentran a suficientes mujeres para dirigir la oración y para conseguir este propósito, abrirán una academia islámica para entrenar aspirantes y para enseñar la religión musulmana.

Para aquellos que son profanos en la materia diré que se suele pensar que los imanes son el equivalente al rabino o sacerdote. Sin embargo, no es así: el islam suní carece de clero y un imán, en principio, puede ser cualquier persona que conozca bien el ritual del rezo. Se sitúa delante de los demás fieles en las mezquitas y sirve de guía para realizar el ritual de oración, aunque no es obligatorio seguirle. A menudo se afirma que cada musulmán puede ser su propio imán, con tal de que sepa rezar correctamente, y que el cargo de imán existe sólo mientras dura la oración.

Aunque técnicamente es así, en la práctica se da cierta profesionalización. Hay personas que siguen estudios específicos para dedicarse a esta tarea. La elección de un imán recae en principio en la propia comunidad que le va a seguir, aunque con frecuencia los poderes estatales u otros intentan intervenir en el nombramiento de imanes para mantener las mezquitas bajo control, sobre todo desde que se asiste a un auge del islamismo. A pesar de todo, el sistema posee una gran descentralización comparado con el de las iglesias o el del judaísmo, ya que, desde un punto de vista estrictamente religioso, no existe ninguna instancia superior que deba ratificar la formación de una comunidad.

El islam chií es una excepción a lo dicho, ya que posee una mayor estructuración formal, el llamado clero chií.

Según me contaba mi hermana, cada vez que la visitaba debido a mis viajes de trabajo y a cartas que de vez en cuando me enviaba, la atmósfera religiosa y protectora de las mezquitas la empapó e invadió todo su ser, experimentando una sensación extraña de quedarse. Me confesaba que el aire en aquellos lugares era puro y fragante y con esa gente, a la que consideraba su segunda familia, sentía un sosiego y paz muy grandes y que, tras largas y profundas reflexiones, la hicieron experimentar lo que los sabios llamaban "conversio morum", lo que viene a ser una transformación interior que hacía tiempo que estaba necesitando pero que, debido a los acontecimientos pasados no pudo llevar a cabo. Tenía, en lo más profundo de sus adentros un poso de insatisfacción tan grande por la mala experiencia del amor, que me decía que nunca más podría enamorarse de un hombre. Que su mente y corazón le pedían un cambio radical en su vida, un renacimiento de su alma, mente y corazón, para que ella se sintiera libre y en paz. En una carta me añadió algunas transformaciones místicas que se estaban dando en su interior y que no podía reprimir. Durante esos años de ausencia, el dolor de su alma fue como el agua estancada en el fondo de un pozo que no se mueve, ni fluye ni mana.

- Mi alma se quedó arrobada, pasó de ser un brioso corcel, esperando despegar sus cascos por la hierba y bregar hasta la extenuación, a estar en pena vagando por un mar de lágrimas. - Me declaró en una de sus cartas.

Le informé en una de mis cartas, la noticia de que nuestro padre estaba verdaderamente enfermo y que nuestra madre no podía hacerse cargo de él por su edad, no lo pensó un momento y se fue, de nuevo, con ellos, a su casa, a la casa que la vio nacer y crecer y que, por culpa de aquel sin vergüenza de esposo, Jabir, que no la supo valorar ni amar, se fue para olvidar su pena y mitigarla haciendo el bien a los demás, ofreciendo caridad con los sufrientes, ayuda y atención a los pobres, enfermos, viudas, peregrinos, hospitales; en ayudar a otras personas oprimidas, fuesen hombres o mujeres, náufragos de la vida a quienes la fortuna no ha sonreído, o bien, que ellos se sentían inconformes con su existencia, almas en pena que la pudieran necesitar salvando escollos tan importantes y grandes como el que ella tuvo que superar y, ajustando el paso a otros cándidos corazones heridos de pena y dolor que, como ella, son víctimas de género, pero que bajo el palio de su religión tienen

"patente de corso" para hacer y deshacer la vida de sus mujeres al igual que lo hizo aquel mentecato, que bajo esos ropajes engalanados quería aparentar algo que nunca será, un señor como Alá el Dominador manda ser a sus seguidores, imponiéndoles que respeten a sus mujeres y semejantes, como ellas deben hacer con sus maridos.

Habían pasado casi cuatro años desde que se fue de su casa para olvidar y crecer espiritual y mentalmente, cuando mi madre vio entrar por la puerta a Amina, pero a ella le parecían varias vidas, años de pasión, ardor y dedicación completa a nuestra religión, mi madre se puso de rodillas a llorar cogida a sus piernas, era la hija que más tiempo pasó con ellos, la conocían tanto que sabían que su personalidad y carácter habían madurado con cierta serenidad.

- Hija. ¡Qué alegría de tenerte! ¿Cómo estás? ¿Estás bien? Te veo muy delgada, - le preguntó nuestra madre con lágrimas en los ojos e intentando adivinar sus respuestas.

- Estoy bien madre. ¿Cómo está padre? He venido lo antes posible, en cuanto me enteré de su enfermedad. -Respondió Amina sosegada y tranquila ante la avalancha de preguntas de nuestra madre.

De repente se abrió la puerta de la habitación y salió nuestro padre apoyándose en el quicio.

- ¡Padre, ¿cómo estás? No te levantes. Acabo de llegar e iba a pasar a verte ahora mismo, pero mamá me ha cosido a preguntas y no me ha dado tiempo. – Replicó mi hermana con una sonrisa.

- Bien hija, no te preocupes. Lo importante es que estás aquí. ¿Te encuentras bien? ¿Dónde has estado? Tu hermano nos contaba algunas cosas cuando venía, y nos enseñaba tus cartas, pero sabes que ya no vemos bien y, preferíamos que nos las contase él que tiene más don de palabra que nosotros, que ya estamos viejos y no entendemos muchas cosas. – Le explicó mi padre muy pacientemente.

- No digas eso padre, vosotros sois lo mejor que me ha pasado nunca. Nunca podré agradeceros lo bastante que me habéis enseñado e ilustrado en las ciencias más importantes: la vida, el amor y la verdad. Todo lo demás es baladí y pasajero. El dinero va y viene. El amor puede venir como una tempestad y convertirse en huracán o puede ser tan fugaz y liviano como un suspiro, pero el amor de los hijos a los padres y de los padres a los hijos, si es verdadero y no hay subterfugios ni dobleces, es lo más grande que puede existir. – Le expuso con humildad y cariño. - Madre nunca nos ha hablado de chismorreos ni de vanidades, y a padre no le he visto nunca tener pendencias con ninguna persona, ni jactarse ni vanagloriarse de nadie, siempre nos argüía con un refrán a la medida: "Lo que está a la luz, no necesita candil". Además, la imagen y el recuerdo que tengo tuya y de madre es de verte siempre que estabas en casa con un libro en las manos que, te lo proporcionaba alguno de los hermanos o hermanas trayéndotelos de las bibliotecas de la ciudad, asimismo siempre nos decías que "el saber no ocupa lugar" y también que "hay que tener ambición por saber en la vida pues todo está en los libros". Aunque ahora también en internet.

- Pero cuéntanos, ¿dónde has estado y qué has hecho este tiempo para sobrevivir?; ¿cómo te has ganado la vida, hija? – le indagó su madre con cara de preocupación.

- Mamá, si te digo que he estado de maravilla y que he encontrado el sosiego, la paz y el control sobre mis aprensiones y apegos, ¿me crees? – le respondió Amina con una calma y seguridad no habituales en ella hasta ahora.

- Claro hija, si tú lo dices, ¿cómo no vamos a creerte? – le respondió mi madre con una sonrisa verdadera.

- Pero ven padre, siéntate en esta mecedora que estarás más cómodo. ¿Tienes frío?, ¿te traigo una manta? – le preguntó mi hermana acompañándole del brazo a sentarse, cogiendo ella una silla y haciendo lo mismo entre ambos.

- No gracias, con verte a ti, ya se me ha quitado todo lo malo, ya no padezco, has sido siempre nuestro resurgir, nuestro báculo, nuestro cayado de apoyo diario. Cuando te fuiste nos quedamos cojos, pero sabíamos que era por tu bien y porque así lo habías querido. Entendimos que en tu vida había angustia y desconcierto, necesitabas alejarte de aquí para olvidar el pasado reciente que tanto daño te había hecho aquél mal hombre. Te voy a contar una cosa que la he pensado más de una vez y desde

aquel día no me ha vuelto a pasar; al poco tiempo de irte, llegó el frío y duro invierno, el primero que pasábamos sin estar aquí contigo, en nuestra casa. Un día que amaneció nublado, aunque aparentemente no llovería, les dije a tus hermanos que se tomaran el día libre, que fuesen a la ciudad y se divirtieran, aunque alguno no quería, yo insistí y saqué las cabras a pasturar y, por qué no decirlo, a intentar recordarte con nostalgia en la soledad sin nada ni nadie más que mis pensamientos hacia ti, donde uno se encuentra con su verdad, sus miedos y premoniciones, cuando de repente, empezaron a bramar los truenos y los goterones que caían de unas hojas a otras de los árboles hacían resurgir una música melodiosa e irreconocible en el campo. El aroma de la tierra mojada me invadía los pulmones de aire fresco e inspiré esos aromas queriendo encontrar en ellos aumentar mi confianza en que algún día regresarías, pues eran como un bálsamo de esperanza. Y mis pensamientos querían que todo aquello fuera verdad, que no fuese un sueño efímero, porque si aquello no llegase algún día a ser verdad, ¿qué sentido tenía para mí seguir viviendo? Me aproximé a un viejo cobertizo de cáñamo quemado por el sol y de vigas carcomidas por las termitas que, alguna vez nos sirvió de refugio una tarde a ti y a mi cuando también nos sorprendió una tormenta. Los relámpagos centelleaban en el cielo oscuro y le iluminaban fugazmente como si Alá lanzase rayos de furia con su látigo ardiente. Pero aún así en ese transcurso de dos horas, aproximadamente, pensé en ti, recordando nuestras andanzas y ni el más estremecedor de los truenos ni el más refulgente de los relámpagos me atemorizó, pero me quedé en silencio y sobrecogido, aunque ese pensamiento fue efímero pero intenso, sabía que no podía temer a nada ni a nadie porque allí estabas tú conmigo. Pero, cuando dejó de llover y se fue la tormenta, ya anochecía y en el campo aumentaba una brisa fresca, húmeda y perfumada por los diferentes aromas que pululaban en el aire. Se hizo un sepulcral silencio y me di cuenta de la cruda realidad, sentí un frío húmedo en mi cuerpo, por lo que me puse a andar y suspiré hondamente para aligerar mi pecho y mi corazón compungido y supe, que todo fue un sueño fugaz. Te lo he contado para liberar un peso de mi alma que me oprimía y tenía que descargar tantos recuerdos frustrados, infortunios e inseguridades no sólo tuyas, también de tus hermanos, pero sólo soy un pobre pastor que ha luchado por sacar adelante a sus hijos e hijas y no puedo esperar de la vida nada más que pobreza y desasosiego.

- Qué bonito padre, yo también pensaba en vosotros. Pero no digas eso, tú eres el hombre más valiente, más bueno y más sabio que he conocido. Todos mis hermanos y yo estamos orgullosos de ti y de madre también, de lo que nos habéis enseñado, de lo que habéis trabajado para sacar esta familia adelante, de vuestros sabios y buenos consejos. Sois los mejores padres que Alá nos podía haber dado. Recordaba a madre lavando la ropa y tendiéndola en la parte trasera con su pamela o sombrero de paja para que no le lastime el sol en ese fino y sutil cutis, que yo por suerte he heredado. Pero lo que más me encantaba era veros cuando tú te acercabas por detrás sin madre saberlo y le cogías de la cintura, le apretabas contra tu pecho y le dabas besos en su cuello, brazos y cara y os fundíais en un abrazo, que al encuentro con el brillante sol, parecía un fotograma de la película de "Ghost", yo estaba apoyada en la ventana tras el visillo o en el quicio de la puerta comiendo una fruta y gozando de ese amor que yo soñaba tener algún día. Me acordaba de cuando madre echaba de comer a los animales y que las gallinas hambrientas, a veces, le picaban los tobillos para llamar su atención y que les echase a ellas antes que a las otras. Pensaba cuando daba de comer a las cabras que venían despacio porque sabían que habría para todas y ninguna se quedaría sin su ración. Añoraba a padre contándonos alguna historia de sus abuelos y bisabuelos frente a la chimenea y echando de vez en cuando algún tronco al fuego y, bajo la luz de la llama cuando se acercaba, se le notaba toda su sabiduría en los surcos de su cara y en la mirada de sus ojos.

- Amina, te voy a contar una historia muy enternecedora y preciosa para que veas las diferencias entre el amor verdadero y el amor egoísta:

- "Hubo una vez una pareja joven muy pobre, la mujer tenía un cabello largo y hermoso que amaba y cuidaba con mucho esmero.

- Mi amor, ¿puedes traerme un nuevo broche para el cabello? – le preguntó ella.

- Lo siento cariño, ni siquiera puedo pagar la reparación de mi reloj roto. – Le respondió él.

Luego el hombre se fue a trabajar y pensó: "Podría vender mi reloj y así comprarle a mi esposa un broche para su cabello". Vendió su reloj dañado a bajo precio y pudo comprar otro broche nuevo para su esposa. Luego volvió a casa listo para sorprender a su esposa, pero la sorpresa fue suya al encontrar a su mujer con el cabello corto.

- Amor, vendí mi pelo en el salón para comprarte un nuevo reloj. Así no tienes que reparar el viejo – le observó ella con una sonrisa amable reflejada en su cara.

El esposo comenzó a llorar mientras daba a ella el nuevo broche que le había comprado.

Para el amor hacer sacrificios no es nada. Ser amado es algo, pero amar y ser amado por la persona que amas es todo. Nunca ignores ese amor. Todos hacemos sacrificios por la gente que amamos.

Las cosas materiales y la belleza no duran para siempre pero verdadero amor sí. Es muy fácil decir que te has enamorado de alguien, de hecho, hay un mundo de distancia entre eso y el momento en que te das cuenta de que le amas de verdad, porque una persona que ama con sinceridad siempre está dispuesta a entregar todo de sí, inclusive si eso significa arriesgarte de las maneras más dolorosas.

Las relaciones más bellas son las que más han tenido que pasar, porque detrás de las apariencias pueden ocultarse muchas historias que no te imaginas. Nunca es fácil aprender a darlo todo por alguien a quien amas, pero cuando lo haces, tienes que hacerlo de manera desinteresada y sin siquiera pensar en lo que vas a recibir a cambio.

Tal vez salgas ganando o perdiendo, pero al menos tendrás la certeza de que hiciste lo correcto según tu corazón y cuando te has enamorado de verdad, no hay nada como tener una certeza tan hermosa como esa".

- Esa historia es la que vivimos tu madre y yo cuando éramos jóvenes y eso fue lo que hicimos el uno por el otro y aquí seguimos, amándonos con un amor más sosegado, ecuánime y con sentido, aunque la pasión de la juventud nos haya dejado no hace tanto tiempo, nuestro amor ahora es servicial y agradecido -le añadió mi padre a mi hermana Amina.

Las personas son como la música, algunas, nos gustan desde el principio. Otras, después de un tiempo. Pueden como la música ser oídas y comprendidas. Algunas tocan nuestra vida. Pero hay una muy especial que esa es nuestra banda sonora.

Además, hay cosas que deben ser propias y jamás prestadas: la verdad, los sueños y el amor.

Yaman

Mi hermano YAMAN, que en árabe significa dotado por Dios de buenas cualidades, era prudente, amable, inteligente, listo y buena persona y tenía una habilidad especial para pastorear. Le llamábamos "David" por el buen uso que hacía con su honda. Era capaz de dar en el lomo a cualquier oveja, cabra o persona a cien metros, cosa que era muy útil en aquellos parajes tan extensos. La piel de su rostro era clara como la de mi madre y mi hermana Amina, la frente era amplia, y aunque de ojos brillantes, parecían tristes. Los labios eran gordos y rosados, yo diría que era lo más atrayente de su cara y aunque su porte era esbelto, en ocasiones, mostraba un aire decaído y anodino, como ausente diría yo. Tenía un huerto pequeño pero muy cuidado en la parte trasera de nuestra casa, donde decenas de plantas distintas crecían en una tierra fértil y húmeda, regada por ingeniosos sistemas, que cambiaban en función del tipo de plantas que se daban allí. Había distintos sistemas de riego donde caían gotas más o menos grandes cada determinado tiempo, donde los canalones hechos con tejas los desviaban a las plantas adecuadas.

Yaman decía que el agua viene del cielo y por tanto es un regalo de Alá y como tal hay que cuidarlo. Decía que la naturaleza era sabia y que algunas de esas plantas han venido de muy lejos. Muchas de ellas proceden de las Indias, un lugar donde el clima y la humedad son muy distintos del nuestro. Estas preciosidades crecerían salvajes en su tierra, sin necesidad de nuestra ayuda. Pero en estas latitudes ha de intervenir la mano del ser humano.

Era tan meticuloso con sus cosas, con sus plantas que cuando mi madre limpiaba la casa, el agua que había usado la vaciaba en los maceteros que tenía en el huerto, pues aquella agua sucia podría venirle bien a la tierra reseca de esas plantas fuertes.

Poseía otro don natural e intrínseco de su persona: su oratoria era elocuente y su vocabulario excelso, amplio y maravilloso. Por algo le llamaban "el gran orador". Decían que bien pudiera haber sido un letrado e incluso juez o magistrado. Se diría de él que tenía el dardo en la palabra. Le gustaba mucho leer, a todas horas tenía libros de historia, filosofía, biografías en las manos, siempre que estuvieran cubiertos sus quehaceres en la granja y con sus plantas. Si se encontraba rodeado con gente con la que se sentía a gusto, la ocasión era propicia y los acompañantes o amigos se lo pedían, siempre estaba deseoso de exponer su opinión y lucir su erudición, máxime si estaban presentes gentes de cierta prosapia. Él era consciente que, a veces, hacía gala de cierta arrogancia y vehemencia en sus discursos, pero a mí me decía que se fastidien y me admiren, ellos tienen más dinero que nosotros, sólo eso.

Todos estábamos orgullosos de nuestros padres, de los valores y pensamientos que nos inculcaron y enseñaron, siempre pensando en hacer el bien a los demás, en ayudar al prójimo, y eso que nosotros estábamos para que nos ayudasen, pues éramos pobres de cuna, pero ricos de corazón.

Una tarde cuando las nubes retozaban con las antenas de los edificios y los cables de la luz, la niebla se iba apoderando de las calles y, especialmente de las carreteras, donde había tramos que no podías ir a más de cuarenta por hora porque tu seguridad la tenías arrendada. Cuando te cruzabas con un coche parecía que había salido de la nada, como si la humedad y el frío lo hubieran traído en ese mar de nubes de donde aparecía como por arte de magia y sacado de una chistera. No se veían las luces más allá de cinco metros, así que no veías a ningún "terrorista del tráfico" haciendo conducción temeraria.

Podía haber estudiado al igual que yo, porque tenía capacidad y era disciplinado, ordenado, tenía muchas cualidades, pero se encontró en el sitio y momento equivocados. Una célula de soldados de Ala que llevaba dormida tres años se encontraba en un piso y recibieron la visita de un jeque para informarles que tenía que saldar una cuenta de sangre con un policía infiel que vivía en ese bloque y que hacía años disparó en una habitación donde se encontraba su hermano, con la mala suerte que la bala rebotó en una cañería de hierro y fue a parar a la cabeza del hermano del jeque. Pero el jeque nunca olvidó ni perdonó a aquel policía infiel que mató a su hermano. Esperó el tiempo que hizo falta hasta que llegó el día y escogió a la persona que bajo la protección de Alá se inmolaría por él y por su hermano.

Un coche bomba guiado por un guerrero de Alá cargado con tanta

goma 2 como para hacer estallar todo Damasco, fue a chocar contra el edificio pegado a la tienda donde se encontraba el policía viviendo con su mujer y su hijo de tres años, Yaman se encontraba en la tienda contra la que se estrelló el coche, pues había ido a comprar semillas y comida para nuestra familia y, le destrozó de tal manera que no encontramos ni rastro ni de sus ropas. La manzana entera de edificios cayó destruida y bajo los escombros estarían los huesos de mi querido y buen hermano Yaman.

Recuerdo muchos refranes y dichos que nos enseñaron nuestros padres como el que dice "El respeto es como el dinero, puedes pedirlo, pero es mejor ganártelo".

Cuando alguno de nosotros nos poníamos nerviosos porque no habíamos vendido mucho en el mercado o nuestro jefe nos había recriminado alguna conducta, con o sin razón, mi madre decía "Dos cosas te definen: tu paciencia cuando no tienes nada y tu actitud cuando lo tienes todo" y continuaba añadiendo "Lo importante no es cuanto hacemos en la vida, sino cuanto amor, cuanta fe y honestidad ponemos en lo que hacemos".

Si mi padre oía algo bueno que había ocurrido a algún familiar o amigo siempre nos decía "La fe y el amor son la fuerza de todos los milagros". Solía ilustrarnos con uno que decía "Más vale ser rey de tu silencio que esclavo de tus palabras", con el que nos indicaba que es mejor escuchar y aprender que hablar y equivocarte. También nos gustaba ese que nos ayudaba, cuando nos encontrábamos un poco apesadumbrados, "lo más difícil que hay en esta vida es perdonarse a uno mismo". Siempre ponderaba el Principio de Prudencia. Aunque a mí, personalmente la que más me gustaba era la que decía, "Al final de la vida sólo importan tres cosas: Lo mucho que amaste, lo bondadoso que fuiste y cómo dejaste pasar las cosas que no eran para ti". Él era un buen hombre, una buena persona que no le había hecho mal a nadie.

Cada minuto, cada hora, cada día, cada noche me acuerdo de todos ellos, de mi mujer, de mi hija, de mis padres y de mis hermanos cuyas muertes nunca olvidaré ni perdonaré.

En mi interior quedó encendido un ansia de resarcimiento de la crueldad de esos injustos, inhumanos y diabólicos infieles.

DE LA FELICIDAD QUE NUNCA ES COMPLETA A LA INMENSA AMARGURA DE LA VIDA. LA MUERTE DE MIS HERMANOS Y HERMANAS.

Era una mañana de verano, aunque el sol aún no había hecho alarde de su poder, por lo que sus mañanas todavía eran suaves, sus mediodías soportables, sus atardeceres llevaderos y sus noches conciliadoras para dormir; pero lo más importante es que era el cumpleaños de Amina, la dulce y gentil Amina. Mis padres habían acordado con ellos y ellas que le daríamos una sorpresa. Así que unos días antes mi hermano Riabal, fue el elegido para ir corriendo a reservar una mesa en un bonito restaurante de Siria, ya lo había hecho otras veces antes y nada haría sospechar a nuestra hermana Amina. Debido a la cantidad de problemas de salud de mi padre, azúcar en la sangre, la apnea del sueño, y aunque había superado un cáncer de vejiga, mi madre sola no podía hacerse cargo de él si sufría algún desmayo como había ocurrido algunas veces anteriormente, por lo que se quedó en casa con mis padres mi hermana Sahira que por ser la más pequeña y debido a sus pocas relaciones sociales e incluso familiares prefirió quedarse con sus muñecas y las figuras de alabastro y arcilla que habían traído sus tíos a los que hacía mucho tiempo que no veía, debido a la imposibilidad de desplazamiento de mi hermano Sami.

Esa mañana mi hermano Riabal le pidió por favor a uno de sus jefes mercaderes que le dejase la camioneta y al conductor para celebrar una fiesta familiar, que sólo duraría hasta el atardecer y, como era un gran seductor de la palabra y mejor conocedor del género humano, gracias a sus habilidades sociales, convenció a su mentor para que fuera a recoger su chófer a mis hermanos y una vez terminada la fiesta los devolviera a casa. A mi hermana le dijimos que íbamos al cine porque a Riabal le habían regalado unas entradas.

El restaurante estaba lleno de gente de muy buena posición y muy pudiente, a juzgar por su ropa, vestidos y los coches que estaban aparcados en la puerta, pero gracias a Riabal teníamos reservadas dos mesas pegadas a la cristalera que daban a la calle principal, queríamos disfrutar de las vistas. Como no estábamos acostumbrados a comidas y salidas a sitios tan lujosos queríamos que ese evento fuera especial.

Antes de pedir la comida, uno de los camareros amigos de Riabal, trajo varios regalos que todos contribuimos a comprar para regalarle a mi buena hermana Amina. Amina no podía creer la cantidad de regalos que estaba recibiendo, los velos de Tulle con formas geométricas y en otros el árbol de la vida, con cipreses, fronds de la palma, frutas y floreros de gran colorido. Otro regalo fue un vestido estilo plangi (lazo teñido) de la región de Hama con puntadas de bordado sirio, es decir, cruzada fina, petit-punto, puntada hermstitching y fishbone, según nos iba ella relatando y mostrando los regalos.

Una vez abiertos todos los regalos pedimos la comida que consistió en las ensaladas como es el *tabbouleh* y el *fattoush*. Unos platos verduras como los pepinos rellenos (*mahshe*), unos kebabs, el *mujaddara*, y los bocadillos en forma de shawarma y *shanklish*. Antes nos pusieron unos platos del *Zataar*, carne picada y queso manakish, que por cierto estaban buenísimos y de postre el *baklava*.

Estábamos todos encantados, la comida fue estupenda y el servicio magnífico, el amigo de Alí no nos descuidaba en atenciones, pero hubo un momento después de los postres y cuando nos disponíamos a tomar el té, que oímos fuera mucho alboroto y muchas voces. Alí salió a ver qué estaba pasando cuando de repente dos coches aparcados en la puerta explotaron y saltaron por los aires, todos los cristales del escaparate del local se nos vinieron encima e hicieron añicos, la onda expansiva nos tiró a varios metros, y yo ya no vi más, quedé tan aturdido por el ruido y el golpe que me di en la cabeza que pensé que estaba muerto. Ya pasadas unas horas, me encontraba en el Hospital de Alepo lleno de cables y con la cabeza vendada a excepción de un ojo, tenía la pierna derecha y el brazo izquierdo escayolados. Inmediatamente intenté levantarme, pero no tuve fuerzas, una enfermera que pasaba por allí me dijo que debía descansar y aunque estaba herido, mi vida no corría peligro. Le pregunté por mis hermanos y me dijo que no sabía a quién me refería. Que la policía se pasaría de un momento a otro pues estaban preguntando en las habitaciones por los familiares que se encontraban dentro del restaurante. Cuando llegaron a la mía les pregunté por mis hermanos, me dijeron que ellos sólo tenían noticias de aquellos que se encontraban en el hospital y les dije sus nombres para saber si estaban en dicha lista, a lo que una vez comprobada me dijeron que no estaban sus nombres en dicha lista, lo cual no significaba taxativamente que estuvieran muertos, pero no me lo podían asegurar.

Empecé a gritar sus nombres y a moverme, por lo que inmediatamente vino un doctor y me puso una inyección que me hizo caer en un sueño profundo.

Según me indicaron colocaron varias bombas en dos coches de un general sirio que se encontraba en el restaurante pero que, debido a un mal control del cronómetro, estalló antes de que él entrase en el coche por lo que resultó herido, pero no muerto.

Los únicos que nos salvamos de aquel atentado y quedamos con vida fuimos Nadia que estaba en Copenhague (Dinamarca), mi hermana Sahira que estaba a con mis padres y yo que me encontraba en el rincón de la mesa detrás del pilar que fue lo que me salvó.

Siria de sur a norte tras seis años de guerra

ENCUENTRO CON LA QUE IBA A SER MI MUJER, MI AMOR, MI AMANTE, MI AMIGA.

Mi mujer, que era prima de Bin Laden, y yo nos conocimos en un viaje que ella hizo con sus primas y primos por las principales ciudades musulmanas según nuestra historia, que por supuesto, es distinta a la de los infieles: Córdoba, Bagdad, Damasco, El Cairo, Túnez y La Meca.

Haré una breve incursión en lo que esas ciudades han significado y significan en nuestra religión y tradición, pensando siempre en que algún día serán y seguirán siendo nuestras, por la vía de la "colonización silenciosa" o por la fuerza de Alá.

El Califato de Córdoba, también conocido como Califato de Occidente, fue un estado musulmán andalusí proclamado por Abderramán III en 929. En 756 Abderramán fundó el emirato independiente y perduró oficialmente hasta el año 1031 CORDOBA.

BAGDAD. En el año 762 de nuestra era, el califa Al-Mansur (el Victorioso) fundó Bagdad, cerca de las ruinas de la antigua Babilonia y la convirtió en la capital del islam.

DAMASCO. La ciudad de Damasco, capital de Siria, conoció diversas épocas de oro: en el siglo VII, por ejemplo, cuando dejó de estar en manos de la Roma de Oriente, Bizancio y pasó a ser la sede de un imperio musulmán; de aquella época es la mezquita de los Omeyas.

EL CAIRO. El Cairo es la capital de Egipto y de su gobernación. Fue fundada en el año 116 a. C. Es la mayor ciudad del mundo árabe y de África.

TÚNEZ, es un país situado al norte de la costa mediterránea africana. En la edad media en Túnez apareció Cartago una ciudad muy poderosa y que luchó contra pueblos romanos, galos, tribus libias etc.

LA MECA. Mahoma nació en La Meca en el siglo VI y desde entonces la historia de su vida ha estado íntimamente ligada a esta ciudad. Era miembro de una pequeña facción. Después de que comenzara a recibir revelaciones y empezara la predicación en contra del paganismo de la ciudad y emigró en el siglo VII a la ciudad de Medina.

Yo me encontraba con ocasión del centenario de la Declaración de Balfour, en Damasco, la capital siria, que fue el escenario de una cumbre política y cuyo foro contó con participación de figuras políticas a nivel mundial.

En momentos en que Arabia Saudí y otros países árabes del Golfo Pérsico aceleran los pasos para la normalización de las relaciones con el régimen israelí, varios embajadores, personalidades políticas y figuras árabes nos reunimos en Damasco, para reiterar una postura seria y contundente en rechazo a la normalización y a la siniestra Declaración de Balfour en su centenario.

El foro, titulado "Siniestra Declaración de Balfour", es organizado por la Institución Mundial de Al-Quds que llamó, a través de un comunicado, a realizar una campaña mediática y legal a fin de enjuiciar al Reino Unido y resaltar las repercusiones catastróficas de esta Declaración, que produjo la ocupación de Palestina y la usurpación de los derechos de su pueblo.

Los participantes responsabilizamos a varios regímenes árabes e islámicos de sus posturas débiles hacia la causa palestina, y reiteramos nuestro apoyo a la unidad del pueblo palestino y su derecho a la resistencia, hasta la recuperación de todos sus derechos.

El evento fue una movilización destinada a enjuiciar al Reino Unido, después de cien años de sufrimiento del pueblo palestino, por una promesa de quien no posee a quien no lo merece.

Era un día de cielo grisáceo que anunciaba lluvia, no se escuchaba otro ruido que la canción "As time goes by" de la película "Casablanca", compuesta por el compositor estadounidense Herman Hupfeld y que tan magistralmente interpretó en 1942 el actor y cantante estadounidense Dooley Wilson en su papel de Sam, cuya melodía salía del portátil de una pareja que estaba sentada en el hotel Senator de Damasco y que, a juzgar por las cuatro maletas a juego de Louis Vuitton, por el vestido de ella y el traje a medida de él, muy bien podrían haber sido ellos los protagonistas de aquella sensacional y eterna película. Me quedé un rato, mirándolos cómo se cogían la mano y, de vez en cuando, mantenían una mirada de complicidad propia ya del entendimiento

y aquiescencia del amor. Aunque sé que para mucha gente hubieran pasado desapercibidos, yo diría, a juzgar por su edad, que estaban celebrando sus bodas de plata o un evento importante en sus maduras y asentadas vidas.

Después de dicho foro y, debido a mi malestar de haber compartido mesa y mantel con algunos líderes políticos que no eran de mi agrado, de hacer el paripé ante dichas personas, algunas de ellas que estaban en mi "agenda negra o en mi disco duro mental", me fui a dar un paseo por Damasco. El cielo de la tarde gris de primavera se transformó en una cálida tarde, no hacía ni frío ni calor, digamos que el clima invitaba a disfrutar de la ciudad y de alguna representación teatral en alguna plaza, ir al cine, o simplemente respirar ese aroma a jazmín y a flor de azahar que las flores en primavera nos regalan con ese candor aromático, y que exhalan allende sus rejas e impregnan el aire por todos sus alrededores y, por ende, nuestros sentidos gustosos de recibirlos.

De repente escuché unas voces y risas de dos limusinas blancas que, habían parado unos diez metros delante de mí y frente a un lujoso hotel. De la primera limusina, bajó primero el que iba de copiloto y esperó a que bajase el chófer, ambos hombres con bigote, iban trajeados de oscuro y su aspecto era muy fuerte y esperaron de pie mirando a que llegase la otra limusina. Una vez se situó detrás la segunda limusina, el chófer abrió la puerta y, al hacerlo pude ver la pistola que llevaba en una funda marrón de cuero debajo de la axila. El copiloto hizo lo propio abriendo la otra puerta. De la primera limusina empezaron a bajar unas seis mujeres, una de ellas llevaba el niqab que es un velo que cubre el rostro pero deja al descubierto los ojos y lo suelen utilizar las mujeres más conservadoras; otra usaba el chador que es usado por las mujeres iraníes fuera del hogar, es una especie de manta que cubre todo el cuerpo y se acompaña interiormente con un velo más pequeño; otra llevaba el burka, que es la vestimenta que más cubre a las mujeres pues abarca todo el cuerpo, con sólo una rejilla en la cara para permitir la visión; otra vestía al-amira, que consiste en un velo de dos piezas compuesto por una pieza ajustada en la cabeza en forma de gorra, usualmente hecha de algodón o poliéster, y un velo ajustado en forma de tubular; otra utilizaba el shayla, que es un velo largo y rectangular muy usado en los países del Golfo Pérsico y con él se envuelve la cabeza y se pliega o fija en los hombros; y la última, llevaba el khimar que es un velo en forma de capa que se extiende hasta la cintura y cubre el cabello, el cuello y los hombros completamente pero deja el rostro al descubierto.

De la segunda limusina bajaron también el chófer y el acompañante que, si no llega a ser porque ambos tenían barba, no los hubiera distinguido de los dos de la primera limusina pues sus trajes eran del mismo color y su corpulencia similar. Al abrir las puertas, primero bajó una mujer vestida con chilaba que, es una prenda que cubre el cuello hasta los tobillos, la utilizan para salir a la calle y se lleva encima de la ropa de casa o de fiesta retirándose al llegar al lugar de destino y babuchas como calzado que pueden ser lisas o llevar bordados. Seguidamente bajaron cinco mujeres jóvenes que iban vestidas al uso occidental con vaqueros, camisetas, deportivos y zapatos de tacón. Yo me quedé fumando un cigarro apoyado en una farola a escasos metros de ellas, lo que motivó a unas miradas nada amigables de dos de los guardaespaldas de la segunda limusina que, mirándose uno a otro, no me consideraron un contrincante peligroso. Pero me llamó la atención una joven morena, de pelo ondulado, que llevaba unos vaqueros bordados con pedrería, deportivos blancos, camiseta y cazadora vaquera todo de la marca Guess. Llevaba unas gafas de sol de Armani y se quedó mirándome unos segundos, cuando se las hubo quitado lo hizo detenidamente, e incluso repasó mi vestimenta, que casualmente cambié después de tomar una ducha en el hotel y era más acorde al paseo y, seguramente a su gusto, que el traje que hubiera llevado de no haberme cambiado. Me sonrió ligeramente, a lo que respondí con un movimiento de cabeza a modo de saludo. La joven me gustó desde el primer momento, no sólo por su belleza angelical sino además por su cadencia andando y su cuerpo justamente proporcionado y resaltado por sus pantalones y camiseta que reflejaban algo más que lo insinuante de sus formas. El resto de la comitiva se adentró en el hotel menos ella que, haciéndole un gesto, quise decirle que quería anotar un mensaje. Ella lo interpretó correctamente, ya que el guardaespaldas me acercó un bolígrafo y papel en el que le invitaba a tomar un té en el hall del hotel mañana a las cinco de la tarde. El guardaespaldas se quedó a esperar a que leyera la nota y esperé a su contestación afirmativa.

De regreso al hotel, se me agolparon una serie de ideas y preguntas que no sabía muy bien responderme a mí mismo. ¿Sería la hija de algún jeque árabe?, ¿cómo explicarle mi situación y mi cargo laboral?,¿y si era de un país conflictivo y totalmente contrario a mis creencias y convicciones religiosas y políticas? Todas estas preguntas que asediaban mis entendederas sin respuestas lógicas ni con criterio razonable, tendrían su contestación.

Ya en el hotel, me despeiné un poco con las manos con el fin de dar sensación de cansancio y malestar por lo que decidí escoger una mesa retirada del centro del restaurante para no ser molestado por mis colegas de Congreso. Hice una señal al camarero y le dije lo que quería comer, cuando inmediatamente un colega adjunto a la Presidencia me invitó a que me sentara con ellos, me excusé alegando malestar, dolor de cabeza y, posiblemente gripe, por lo que no quería contagiar a nadie más en aquella Cumbre, y que se convirtiera en un hotel en cuarentena, a lo que sonriendo se despidió deseando que me mejorase.

A primera hora de la mañana tenía mi ponencia, por lo que me levanté a una hora temprana para darme una ducha y vestirme para la ocasión, ya que medio mundo estaría pendiente de las palabras que iba a exponer a todos aquellos infieles hipócritas que, lo único que hacían era tomar medidas contra aquellos a los que llamaban terroristas, aunque en verdad los terroristas eran ellos, ellos eran quienes en verdad implantaban el terror por medio mundo enviando a sus aviones y barcos de combate, guerrilleros, y todo el arsenal que haga falta para imponer su voluntad en todos los territorios donde les interesase debido a su potencial económico, situación estratégica, y productos naturales.

Cuando subí al estrado de la Asamblea General para mi ponencia y, después de haber dejado mis papeles en el atril, levanté la cabeza y pude ver a mitad del hemiciclo a dos de los guardaespaldas que se encontraban de pie a ambos lados del jeque. Una vez terminé me dispuse a acercarme a él, pero inmediatamente se levantó y salió por la puerta del centro de la sala.

A medida que iba comiendo, solo intentaba poder responderme a mis preguntas que yo sólo iba planteándome, esperanzado a que tuvieran contestación, pero como dijo Blayse Pascal "el corazón tiene razones que la razón no conoce". Subí a mi habitación, me duché y me puse una camisa, pantalón y una chaqueta a modo informal, pero un poco mejor vestido que ayer por la mañana, aunque no pretendía que mi aspecto fuese muy serio, pero tampoco podía aparentar lo que no era, pero sí quería, desde el primer momento, dar una imagen fidedigna de mi personalidad.

A eso de las cuatro y media estaba vistiéndome para ir a la cita, cuando sonó el teléfono de mi habitación. El recepcionista del hotel me indicó que el chófer del Secretario General de la Casa del Jeque me había enviado una limusina y me esperaba en la recepción para llevarme a la cita de las cinco en el hotel.

Pasados quince minutos, me presenté en la recepción del hotel donde reconocí en seguida a uno de los guardaespaldas que había visto salir de las limusinas aquella mañana. Sin mediar más palabra hizo un ademán indicándome que le siguiera para abrirme la puerta trasera de la limusina. Antes de llegar le dije que parase frente a una confitería que había visto cuando regresaba al hotel donde compré dos bandejas de dulces árabes, una bandeja de bassbousa que son pasteles de coco y la otra de ghribat de chocolate que son unas galletas esponjosas originarias de Argelia y Marruecos.

GHRIBAT DE CHOCOLATE   BASSBOUSA: POSTRE ÁRABE DE COCO

Nada más llegar a la puerta del hotel, el guardaespaldas que iba de copiloto me abrió la puerta y casi me quitó las bandejas de las manos, por lo que me dirigí a la entrada del hotel donde el portero de librea me abrió la enorme puerta. Después de adentrarme por el pasillo que da al hall, el Secretario General de la Casa del Jeque vino a recibirme, presentándose en primer lugar e invitándome a sentar en uno de los sofás del amplio hall del hotel. A escasos metros de nosotros se encontraba todo el séquito y resto de la familia del jeque, me paré unos segundos hasta que encontré a la persona por la que yo había ido allí.

Muy educadamente el jeque me indicó que me sentara en el sofá individual que estaba junto al suyo y que presidía el hall, le manifesté mi agradecimiento por la buena fe, voluntad y predisposición que tenían conmigo. No escatimé emotivas manifestaciones de afecto sincero y exaltaciones, y todo aquello que busca ablandar un corazón para obtener su consentimiento. Me hizo una serie de preguntas sobre mi vida y trabajo, que ambos sabíamos que ya conocía las respuestas de antemano, pero yo no quise darme por aludido e iba respondiéndole a sus preguntas, a la vez que desviaba mi mirada en dirección a la persona que me importaba de aquel hall. Cuando tuve ocasión, me dispuse a utilizar mi turno de preguntas y a la primera de ellas, quedé sorprendido gratamente al enterarme que aquel séquito de personas eran familiares del rey Saud y parte de la familia Bin Laden. Le dije que yo era muy amigo de Osama Bin Laden, que estudié en la Universidad con él la misma carrera de Ingeniería en Telecomunicaciones y que al menos una vez al año nos veíamos. Una vez que nos conocimos, mejor dicho, que me conoció más a fondo, me preguntó por mis intenciones con respecto a Fatima. Le dije que estaba interesado en conocerla y poder hablar con ella. Me indicó que, aunque parte de sus hermanas y alguna tía suya se encontraban allí con ellos, tenía que pedir permiso a sus padres que se encontraban en Arabia Saudí. Le pregunté cuándo lo haría y me dijo que inmediatamente iba a llamar, en primer lugar, a Osama Bin Laden y que él le autorizase a llamar a sus padres.

Me trajeron un refresco y, después de unos quince minutos me confirmó la autorización tanto de Osama como de sus padres para poder hablar con ella, pero siempre en presencia de alguna señora de edad que iba en aquel séquito y que yo había visto con aquellos vestidos totalmente tapadas siguiendo la buena costumbre árabe. Seguidamente, trajeron las bandejas que yo había comprado y nos sentamos en sendos sofás separados por una mesa que servía de apoyo a nuestros refrigerios y de valla protectora para con ella. Nos dispusimos a degustar aquellos dulces con té y a hablar un poco. Ella se sentó en el sofá al lado del mío, aunque entre ambos, se encontraba una mujer que llevaba el burka, y que no mediaba palabra ni nos dirigía la mirada, tan solo, de vez en cuando, se incorporaba desde el sofá a la mesa a degustar un dulce de los que yo había traído o una taza de té que nos estaban sirviendo, uno de los cinco camareros que estaban pendientes de nosotros.

Entre el sofá del inmenso hall de aquel maravilloso hotel, y los jardines aledaños al mismo, transcurrieron nuestras conversaciones cada vez más cercanas y cándidas, poco a poco eran más entrañables, llegando a veces, a desentendernos de todo lo que nos acompañaba y rodeaba, sólo estábamos nosotros, su mirada en la mía y yo en sus profundos ojos oscuros.

Hablamos de que nos gustaba la música y el cine y nuestra cercanía a películas y temas de las mismas que nos llegaron al alma. Ella mimosa, me escuchaba complacida del mismo modo que yo estaba a gusto y alegre con su presencia. Su forma de hablar pausada, tranquila, sosegada me hacía sentir tranquilo, confiado, me transmitía paz.

Después de aquélla cita, nos dimos nuestros números de teléfono, siempre con la supervisión y por supuesto, con el beneplácito del Secretario General de la Casa del Jeque, para vernos muy pronto, en cuanto mis compromisos de trabajo y agenda me permitieran desplazarme hasta Arabia Saudí.

Después de mis viajes semanales unas veces, o quincenales otras, para ver y estar con mi amor, decidimos que había llegado el momento de establecer una fecha para celebrar nuestro enlace matrimonial. Pensamos que con seis meses era suficiente para los preparativos pues, aunque por mi parte el número de invitados era reducido, si tenemos en cuenta que mi familia era corta y, salvo algunos amigos muy allegados de mi trabajo y alguno de la Universidad, no había comparación con los suyos, ya que al ser su padre primo del Rey de Arabia Saudí y, por ende, ella y toda su familia tenían una proximidad y relación muy estrecha con la familia real, al que me presentaron en su palacio, en un acto protocolario a los dos meses de nuestra relación y, con el que congenié rápidamente, entre otras cosas porque teníamos una visión afín de los temas que tratamos tanto de política como de economía y sociedad. Se mostró una persona muy cercana y entrañable, lo cual agradecí profundamente, pues quería dar una imagen lo más veraz y sincera de mi persona y creencias, para que no pudiera haber ninguna doblez en mi comportamiento.

De los casi mil invitados que asistieron a nuestro enlace matrimonial, que por su parte se encargó el Ministro de Relaciones Exteriores de la Casa Real, más del noventa por ciento eran diplomáticos, Reyes, Ministros, Jefes de Estado y de Gobierno, en fin todo el elenco de políticos a nivel de Estado y de Gobierno de países afines con Arabia Saudí.

Por nuestra parte, quisimos que todos se encontrasen a gusto y fuese un día entrañable y memorable, especialmente para nosotros, por lo que encargamos dos orquestas o grupos musicales que se fueron alternando durante el convite y el baile que abrimos Fatima y yo con nuestra canción preferida que era el tema principal de la película de "Ghost". Un grupo musical tocaba canciones árabes y el otro quisimos que fuese la banda musical y legendaria "Earth Wind & Fire" que sabíamos que tenía una amplia variedad de canciones que habían sido número uno en las listas mundiales e iba a gustar a la inmensa mayoría de personas occidentales.

En la apertura de nuestro baile nupcial, tal y como he comentado anteriormente, lo hicimos con nuestra canción y yo me emocioné, sí, se me saltaron las lágrimas, y durante esos breves minutos intenté cerrar los ojos y no ver a nadie, nada más que a mi amor que estaba junto a mí y, la impresión que me dio era como esas tomas cercanas a la escena que hacen los directores de cine y que parece que todo da vueltas en una nebulosa sin nada definido, algo así sentí yo, algo tan especial que nunca más lo he vuelto a sentir.

NUESTRO HOGAR, NUESTRA FELICIDAD Y SUS ALREDEDORES

Vivíamos en un chalet cerca del Parc de la Pétrusse en Luxemburgo, cercano a uno de los famosos y fantásticos parques de los que hace alarde Luxemburgo, pues están muy cuidados por parte del Gobierno, pero mucha culpa de ese buen aspecto, la tienen los habitantes y las personas que lo visitan porque son muy pulcros y respetuosos con ellos.

Elegimos esa zona y no otra porque nos gustó, nosotros no teníamos prejuicios preconcebidos ni delirios de grandeza para vivir. Queríamos un lugar con jardines, tranquilidad, con zonas recreativas, lugares al aire libre donde practicar deporte y pasear con la única finalidad de desconectar de nuestros duros trabajos, nuestras rutinas, puntualidades horarias y cómo no, de mi otra labor…

Nos encantaban los amaneceres de primavera, cuando el sol se colaba por nuestros grandes ventanales a retozar como un perrillo cuando le acaricias el lomo, y nos regalaba una variedad de colores y centelleos. Luego tras la suculenta comida que solía regalarme algunos fines de semana que nos apetecía comer en casa, ya que comíamos toda la semana fuera, debido a nuestros respectivos trabajos, me extasiaba tumbado junto a ella en nuestro chaise longe con los calmosos ocasos, el viento susurraba a los cipreses y la arena empapada del reciente riego, exhalaba su ardentía purpúrea vacilando con los jardines olorosos a dama de noche.

Acercándose el crepúsculo, el cielo se transformaba en un color violáceo y se enrojecía en el poniente la última luz del día que, empezaba a despedirse acompañando en su entrada a la noche, donde el negro firmamento hacía gala de sus estrellas diamantes, tornándose el silencio en incertidumbre y deseo, y se adueñaba de las calles con sus tenues luces en las farolas, pernoctando en absoluta placidez a la intemperie, el único ruido que osaba perturbar aquella paz era el del canto de algún grillo y el viento que mecía los arbustos.

Los atardeceres nos encantaban porque parecía que se posaba el silencio a nuestro alrededor y, los colores de los jardines parecían más auténticos, más puros a esa hora de la tarde, si además había llovido, toda esa amalgama dibujaba un arco iris mayúsculo e ideal que envolvía todo el cielo.

Si mi amor estaba preparando algo en la cocina, me acercaba sigiloso por detrás, dejando que mis manos recorriesen su cuerpo por debajo de las faldas o vestidos, hasta llegar a las recónditas zonas de su cuerpo. Seguidamente y ante mi insistencia y empeño manifiestamente reflejado en mí, disminuía el fuego de la comida y aumentaba el mío obsequiándome con un beso de sus labios tersos y carnosos aderezados con una sonrisa tierna. Entonces mi alma loca, envuelta en deseo, afloraba un cariño espontáneo sin decirnos palabras, era tan trepidante nuestro respirar que echábamos los sentidos a volar. Yo prendido de su vida y ella prendida de la mía, el tiempo parecía no contar. Nos embelesábamos oteando el cielo abigarrado de estrellas, cuyos reflejos caían en los árboles como centelleos silenciosos y, en los cristales de las terrazas se reflejaba la circunferencia de la luna que rebotaba en los soportales que estaban mojados por las gotas de lluvia caída.

Una de las partes que más nos gustaban eran los jardines, que incluyen varias zonas de juegos cercanas, muy populares entre los más pequeños y sus padres, y cerca hay un popular teatro de guiñol y un tiovivo. Los niños pueden montar en pony y en burro y disfrutar de los paseos que pueden dar con ellos. Además, se dan actuaciones musicales gratuitas en un quiosco y hay un restaurante cerca, bajo los árboles con sombra, con mesas tanto en el interior como al aire libre, para poder escuchar la música mientras se disfruta de un vaso de vino. Existe otra cafetería-restaurante en otra parte del jardín.

A mi mujer y a mí nos encantaba estar tumbados en la hierba y cuando llegó nuestra hija, pasábamos muchas tardes comiendo o merendando en ellos siempre que el tiempo acompañaba. Para nuestra opinión el jardín era agradable por su tranquilidad y contiene muchas estatuas y esculturas para admirar. Los niños juegan en el pequeño estanque divirtiéndose y disfrutando de éste, además se pueden alquilar pequeños veleros. Rodeando los parterres centrales, hay una serie de estatuas de antiguas reinas francesas.

El jardín cuenta con muchas actividades lúdicas y educativas. Se dan clases de iniciación a la apicultura, con varias colmenas, y hay una escuela gratuita de horticultura. Ésta tiene un huerto de más de 1000 árboles frutales que alberga una valiosa colección de antiguas especies de manzanos y perales. Las clases de ambas escuelas se dan en el pabellón Davioud, un pequeño edificio levantado en 1867 para albergar un café-restaurante. El jardín cuenta con canchas de tenis, de baloncesto y de juego de palma, y se practican artes marciales en zonas habilitadas.

El edificio actual de la Orangerie fue edificado en 1839 en sustitución de edificios anteriores. Alberga en invierno 180 especies de árboles en macetas como cítricos, palmeras datileras, adelfas y granados, que adornan el jardín en primavera. Cuenta con ejemplares de naranjos bigarade de 250 a 300 años de antigüedad.

Los invernaderos actuales fueron creados a finales del siglo XVIII, en el emplazamiento de un invernadero anterior que pertenecía a un convento de cartujos. Allí se cultivan las flores que sirven para los parterres del jardín y para la decoración del Senado. Cuenta desde 1838 con una colección de más de 10 000 orquídeas.

La Escuela Nacional Superior de Minas de París y el Teatro del Odeón están al lado de los Jardines de Luxemburgo.

El horario de apertura del parque depende de los horarios de luz solar y varía según la estación del año: se abre entre las 7:30 y las 8:15 de la mañana, mientras que se cierra entre las 16:30 y las 21:30 de la tarde.

Os contaré algo de historia de los parques de Luxemburgo por su belleza, flores, distribución de las instalaciones, y actividades que se pueden desarrollar en ellos.

La reina regente de Francia, María de Médici, gracias a la inmensa riqueza de su familia, dueña de un banco con sucursales en toda Europa, decidió ampliar el pequeño jardín del palacio comprando poco a poco los terrenos adyacentes entre 1614 y 1631. Apenas tenía 300 m de ancho delante del palacio debido a que se encontraba un convento de cartujos (que no fue fácil desalojar) que impedía el desarrollo de una perspectiva ajardinada en el eje del palacio. El jardín fue ampliado entonces hacia un lateral del palacio y se extendía sobre un kilómetro hacia el oeste. Jacques Boyceau, un afamado paisajista de la época, se encargó de las primeras plantaciones en 1614, así como de diseñar fuentes, paseos y parterres. María de Medicí había proyectado la creación de numerosas fuentes y estanques que no llegaron a ser construidos, excepto la actual fuente de María Médici, denominada entonces "gruta del Luxemburgo". Es el único monumento que queda del jardín inicial, aunque no llegó a funcionar como fuente. El actual estanque que la prolonga fue añadido en 1862 por el arquitecto Alphonse de Gisors.

En 1782 se vendió la parte más occidental para sufragar las obras de rehabilitación del palacio emprendidas por el conde de Provenza, hermano del rey Luis XVI. Los jardines alcanzaron su dimensión máxima solamente en 1792, después del cierre del convento que permitió la ampliación de los jardines hacia el sur, delante de la fachada del palacio.

El barón Haussmann, quien remodeló toda la ciudad construyendo grandes avenidas y destruyendo barrios enteros, amputó el parque en varios puntos para dejar espacio a sus bulevares, a pesar de las protestas de los vecinos (el jardín abría ya al público de vez en cuando).

El jardín de Luxemburgo aparece en la famosa novela del escritor parisino Victor Hugo. En estos jardines Marius conoce a Jean Valjean y a su hija, Cosette, y queda enamorado perdidamente de ella.

Vista panorámica de la esplanada central del jardín del Luxemburgo.

LA MUERTE DE MI MUJER.

No puedo por más que hablar de mi familia, de mis hermanos, de mi mujer y de mi hijita, que Alá el Supremo los tenga en la Gloria y me estén esperando hasta que llegue mi momento, ese momento que Él "el Más Grande" me tiene reservado para estar junto a ellos.

Lo más duro es recordar a mi querida mujer Fátima Khalil Bin Laden, mi amor, mi amiga, mi amante, la mujer de mi vida, la única, la mejor.

Siempre hablábamos de lo que me gustaba su nombre, que significa en árabe Única, y también doncella, muchacha virgen. Fátima fue la hija menor del profeta Mahoma, y la única que tuvo descendencia y por tanto dio origen a la dinastía fatimí. Era morena, de ojos grandes, negros y muy vivos.

Era buena, sencilla, alegre, guapa, y lo era, especialmente, porque casi ninguna expresión - fuese de perplejidad, diversión o enfado que mostraba cuando las situaciones o hechos la superaban – conseguía afearla. Tenía una presencia esbelta, de pelo largo espeso y rizado del color de la medianoche, culta, sabía inglés y había estudiado Bellas Artes en la Universidad de Alepo, ya que le gustaba mucho la pintura y también la escultura. Sus ojos eran centrados, vivos, y desprendían una mirada cautivadora y a la vez inteligente, esa mirada fue la que me cautivó desde nuestro primer encuentro. La primera vez que la vi y nuestras miradas se encontraron, sentí un estremecimiento interior que jamás antes había experimentado.

Mi mujer era maestra de primaria en un colegio. Era tan cariñosa que los niños la alagaban y obsequiaban con besos allá por donde la veían, los padres le preguntaban cómo iban sus hijos en el colegio, entreteniéndonos continuamente en nuestros paseos. Muchos de los fines de semana, tomábamos la determinación de salir de nuestro barrio, de nuestra ciudad porque no podíamos ni tomarnos un café, sin que algún alumno o alumna viniera a saludarla para darle un beso. Pero ambos éramos así, no nos gustaba esquivar a las personas, pensábamos que todos necesitan del cariño y contacto humano, algo tan echado en falta en nuestra sociedad, donde hemos sustituido la conversación cara a cara o por teléfono por los WhatsApp, mensajes y correos electrónicos. Éramos sabedores que muchas personas son insociables, inhumanas e incluso conocíamos a compañeros de ella que, cuando cruzaban la puerta del colegio para ir a su casa, ya no querían saber nada de sus actuales alumnos ni de los antiguos. No obstante, eso se refleja en el rostro, la mirada y la cadencia del habla de la persona. Hay personas que se levantan y salen a la calle con cara de cabreo, que te les encuentras en el ascensor y les dices buenos días y te responden, buenos serán para ti, pues no sé qué tienen de buenos, hasta está nublado y parece que va a llover. En el trabajo no eres capaz de pedirle un favor porque no sabes si te va a tirar la grapadora. Pero el género humano es voluble e imprevisible.

No hay día, hora, minuto, segundo que no piense en ella. Era mi Amor, mi Amante, mi Amiga, la fuerza que me hacía levantar cada mañana e ir a trabajar con más ahínco si cabe. Nunca se lo perdonaré a los infieles, nunca.

Su cariño, ternura y consuelo dominaron y sembró mi alma indómita desde el principio por un alma tierna, aderezada del apetito de ser deseado. Insuflaba en mí una serenidad inefable. Ella decía que a mi lado sentía seguridad, ausencia de cualquier temor y la solución a sus ansiedades. El esplendor, la maravilla y el aroma de su presencia abrasaban mis sentidos cuyos efectos siguieron haciendo presencia en mi mucho tiempo después.

Nuestro amor fue creciendo día a día como el epílogo del tema de la canción de nuestra película "La La Land" – City of Stars –, cuando él en su casa, después de un viaje la recibe al entrar por la puerta uniéndose ella al piano de él y, ambos, entretejen ese maravilloso tema, tanto más por la letra y música, como por lo que representa, cuando el director nos da a entender el otro final que podía haber sido, "final feliz" donde los haya, pero que están condicionados como todos los magnánimos amores, los memorables, con un final fatal. El director nos deleita con imágenes en color difusas rebobinando aquella película antigua, sentándoles en aquel cine, donde se ve aquel hijo que nunca tendrán en alegre convivencia en su idealizado chalet, yendo en el coche con otro hombre a aquel local novedoso de la ciudad cuando hacen entrada en él, estando todo el mundo parado a excepción de esa pareja que se sienta frente al exitoso pianista del momento que termina la canción sabiendo que ella está presente con otro que no es él y, espera mirando de soslayo,

a que ella se pare en la puerta y se vuelva para que se crucen sus miradas, pasando en unos segundos, la que podía haber sido su otra vida juntos. Es ese piano desafinado donde se escuchan aderezadas esas notas geniales sin igual y, el destino el que lleva al corazón de ella, a ese reencuentro en comunión con aquel sinuoso teclado en blanco y negro, que recrea el bien y el mal y, que siempre los acompañará en sus vidas para lo bueno y lo malo.

Él solo con la luz dirigida a su piano como protagonista, y sus dedos ensamblados en una mezcolanza inaudita, levanta la vista y ve entre claroscuros a la mujer de su vida, la que tenía que haber sido para él, la que por un error de elección no supo enjuiciar aquel momento, cuando el gerente del local le recrimina que solo debía de tocar jazz. Ella, que pasaba por la puerta del local, escucha esas sublimes notas creadas por ambos en el piano de su casa compartida. Ella ya dentro del local y con una cándida sonrisa, en espera de respuesta ideal, se dirige a él, pero el "ego" de él, no le permite rectificar su equivocada conducta, la que le hará arrepentirse el resto de sus días de aquel error.

Cómo nos gustaba la película Cinema Paradiso y todo el mensaje que entrañaba y, su sublime música que nos cautivaba. Ambos estábamos de acuerdo en que nuestro amor, fue como su comienzo a piano que, va desenvolviendo ese regalo auditivo al que se unen los violines y los violonchelos en un compás dejando un silencio casi inaudible que da paso al oboe y, en una invitación apenas perceptible de batuta del director que, con gentil gesto introduce a la flauta travesera y en perfecta armonía, eleva a los cielos melódicos a los violines, que todos al unísono y en crescendo, van materializando unos acordes perfectos para llegar al solo de violín. Toda esa mezcolanza de acordes se ve reflejada en maravillosas imágenes de niñez, adolescencia y madurez, envuelta en una nebulosa de fotogramas. Maravillosos fragmentos de material flexible que, a la muerte de su maestro, éste perpetúa ese amor y esos años de convivencia y amistad, transmitiéndole sus conocimientos y consejos, y haciéndole sentir a través de aquellos trozos ensamblados en esa película que, antaño eran imágenes prohibidas y lascivas, llenas de pasión, pero que pasan a ser emblemáticas y desbordadas de sentimientos puros que, pocas veces logran salvar las normas sociales y poder fructificar el magnánimo amor. Aún más allá de la simbiosis tan grande que afianzan aquel niño y aquel viejo. El niño, le hace sentir día a día el cariño de ese hijo que nunca tuvo, salvándole incluso la vida, y ofreciéndole sin darse cuenta esa ilusión que le daba día a día a su monótona existencia, como si fuera ese padre al que nunca conoció.

Ese grandísimo amor que se da entre esos dos seres virginales y adolescentes, donde él, noche tras noche deja patente ese deífico amor dejando grabado a fuego lento y que, ni las inclemencias del tiempo, ni el frío ni el calor, ni la lluvia más intensa pueden doblegar ni alejarle de su ideal, quedando reflejado en aquel calendario donde la angustia y la grandeza de su corazón van tachando los días, las semanas y los meses, perpetuando a fuego lento, pero dejando constancia que es un amor para siempre, para toda la vida. Su meta que no es otra que ofrecerle lo más sublime de sus instintos humanos y lo más excelso de su pasión, su primera y única idealización que nunca volverá a repetirse con el pasar de los lustros y que, su madre confirmará a través de aquellas llamadas telefónicas, a las que respondían distintas mujeres en su vida, pero que no hubo ninguna que hiciera mella en sus entrañas, ni en su conciencia ni en su pensamiento, como aquella joven de familia bien que quedó perpetuada en su retina y que, inmortalizó en aquella cinta que no volvió a verla hasta pasados varios lustros y que su madre guardó a buen recaudo en su habitación llena de fotos y sentimientos de sus adorados recuerdos de su querida niñez y adolescencia, que le hacen aflorar lágrimas memorables de su corazón a sus ojos.

Cuando languidecía el día, y en el cielo destelleaba una luz purpúrea, que se adueñaba de las farolas y los tejados rojizos de los edificios y casas, aposentando con su llegada una calma imprevisible, todos los problemas me parecían más triviales, más manidos.

Por las noches me pedía que le hiciera cosquillas y caricias para poder dormir, entonces yo la acariciaba la espalda, los brazos, el cuero cabelludo estirándole y desenredándole su pelo, le metía un dedo en la oreja que tuviera a mano, le acariciaba suavemente sus prominentes glúteos y simulaba como que escribía y firmaba en ellos, lo que le provocaba un placer erizándole los pelos de los brazos, provocando y consiguiendo que su piel se pusiera "gallinácea", como nosotros llamábamos al hecho de la excitación de las terminaciones sensibles de su epidermis, lo que era un triunfo para mí, pues le hacía caer en un sueño suave y delicioso. Me decía que tenía "manos de oro" a lo que yo le contestaba que también "huevos de plata" y, nos reíamos sin parar.

Debido a la manera de pensar de sus padres y de su abuela, no había salido casi de su pueblo, por lo que no había ido nunca a comer una hamburguesa a un Burguer King o Mc Donald, así que cuando salíamos a divertirnos y a cenar y yo pedía, por ejemplo, patas de cangrejo ruso, percebes, centollo, bogavante, quisquillas, preguntándole qué pensaba de aquellos manjares que,

ni amigas suyas y ni tan siquiera sus padres habían provado nunca, me ofrecía una sonrisa y un silencio por respuesta. Pero me encantaba verla comer. Yo la cuidaba como si fuera mi "chiquita", la mimaba, veía en ella una niña angelical sin ninguna maldad ni doblez, a la que la vida le había mantenido protegida como en una burbuja de cristal, apartada de gente perversa y de los problemas cotidianos que la vida diariamente pone a nuestro paso.

A los dos nos gustaba bailar y nos entendíamos bastante bien al hacerlo. Ambos teníamos, en nuestros comienzos un porte estilizado y, en verdad, hacíamos una pareja ejemplar, por lo que llamábamos la atención, lo que también granjeaba numerosas envidias que al principio no fueron fácilmente salvables, pero yo era un joven valiente, con personalidad y don de gentes, y me crecía ante los retos difíciles, por lo que supe "torear aquel toro bravo en aquella brava plaza", pues "la verdad solo tiene un camino" y "lo que está a la luz no necesita candil", con ello quiero decir que "el amor todo lo puede". No sabían que a mí se me gana con humildad, bondad y naturalidad, que me crezco ante la adversidad. Por amor se invadieron países, se conquistaron mundos, se doblegaron imperios y se hicieron maravillosos monumentos. Y yo por amor me quedé allí, en aquel pueblo que cuando conocí tenía mucho por mejorar y que, con el pasar de los años ha ido creciendo y nos hemos ido conociendo. Gracias al amor, el mundo aún es un lugar donde, aún se puede vivir, y no un planeta salvaje sin más perspectiva que intentar sobrevivir.

Todo fue debido a la idiosincrasia y mentalidad colectiva que tienen los pueblos de ver la vida, en un prisma con poca perspectiva, esa manera especialmente difícil de asimilar la evidencia y, muchas veces, no saben ni quieren otorgar el beneficio de la duda a la realidad, y luchan con malas artes e incluso sembrando calumnias a alguien, para conseguir lo que no pueden obtener por sus propios medios. Lo cierto es que la cita "miente, miente, que algo queda", aunque es masivamente atribuida al colaborador del régimen nazi Joseph Goebbels, también se nombra a Voltaire como su mayor difusor e incluso se le atribuye a Plutarco, pero por desgracia, es utilizada por mucha mala gente que, no saben ni quieren ver lo esencial. Mi mujer tenía muchos pretendientes, familias de "rancio abolengo" y supuestamente de buena posición económico-social y, no querían que un "forastero" se llevase "una prenda tan codiciada", lo que ellos no se habían dado cuenta aún, es que yo tenía muchos valores que ellos desconocían y que con el tiempo han aflorado.

A todas horas nos estábamos riendo, nos reíamos mucho de nosotros mismos. Cuando estábamos solos, siempre nos reíamos de cualquier cosa, aunque nos encontrásemos en grupo con gente o amigos, procurábamos también reírnos de algún comentario e incluso imitando a algún personaje político o social que en ese momento "estuviera en candelero". Cuando íbamos por la calle yo le preguntaba con una mueca sarcástica "¿por qué no has saludado a tu primo, es que no os habláis?", refiriéndome a un hombre que había pasado con tatuajes en todo el cuerpo, pelo largo, ropas andrajosas e incluso borracho, a lo que ella me respondía "ese no es mi primo". Yo le recriminaba "estás más verde que un lirio", en referencia a que no sabía casi nada de la vida y sus sinsabores, pero no necesitaba saber más, tal cual era, tal cual la quería, así de virginal era su pensamiento, palabra y obra. Para numerosos hechos cotidianos empleábamos nuestra "jerga" evitando así que supieran de qué o de quién hablábamos. Si alguien hacía el acto sexual, nosotros decíamos que le "daban al calcetín" por aquello de que había encontrado su pareja. Yo le decía que tenía la nariz aguileña y ella me replicaba aludiendo que la mía era la de Cyrano de Bergerac; yo le añadía que tenía un trasero bombón similar al de Beyoncé y ella que yo tenía un torso más marcado que muchas mujeres. Le solía decir que me recordaba a una de las Tres Gracias, hijas de Zeus, concretamente Áglae (la diosa de la belleza); yo le indicaba cuando estaba cansada o se acababa de levantar con sus pelos revueltos que estaba guapísima, aunque lo hacía con una mueca dando a entender la sutil ironía que era todo lo contrario. Y así, entre risas, chistes, ironías y chascarrillos se nos pasaban las horas, los días y nuestro amor, del uno al otro, aumentaba como el caudal de dos afluentes que confluyen en una bifurcación y unen sus aguas en comunión la una con la otra. En verdad la trataba y cuidaba como si fuera mi niña, pues así la conocí con diecisiete años, una niña dulce, con un cuerpo de curvas perfectas, con unos senos tan bien formados que hasta su madre le decía que no necesitaba sujetarse aquella firmeza. Su rostro irradiaba paz. Cuando los rayos de sol penetraban en su pelo, se podría decir que era como un áurea que coronaba su linda cabeza, cual virgen celestial. Además, su trato era lánguido, gentil, suave, sin sobresaltos. Tenía esa naturalidad innata y no fingida.

Era una mañana otoñal de radiante luz en el río Jordan que es el río más caudaloso y largo de Tierra Santa, junto con el Orontes. El céfiro viento mecía las buganvillas y amapolas suavemente para no importunar a las mariposas y mariquitas que al ser diurnas estaban a la espera de su alimento preferido, los pulgones; también observamos mucho espliego y tomillo que al juntarse daban una muestra única de los aromas campestres. El río Jordan, fue, del mismo modo, escenario de muchos eventos bíblicos, aunque esa mañana bajaba turbio, entre los desnudos troncos de los árboles, y los senderos estaban abarrotados de gente que iban y venían a pie, a lomos de caballerías o en camellos. De las chimeneas de la infinidad de casitas del arrabal salían cientos de lenguas de humo blanco que se perdían en el cielo.

Unos pocos kilómetros más allá se contemplan las montañas pudiéndose divisar la enorme, oscura y verde anchura del bosque donde los eternos árboles de Alá enarbolan sus copas con hojas y ramas como queriendo acariciar las nubes, me recuerdan a los cedros del Líbano que ensalzan su grandeza en los salmos. En aquellos recónditos parajes, entre sus arbustos y maleza con arcanas cuevas se impone una calma total que, sólo es perturbada por el gorjeo de unos pájaros que parecían discutir sobre el lugar donde encontrar condumio.

Mi mujer y yo estábamos en un viaje de placer, concretamente era nuestro primer viaje después del que hicimos de nuestro enlace de amor. Estábamos disfrutando y pasándolo mejor que en el primer viaje porque nos conocíamos más, teníamos nuestras contraseñas, nuestra jerga, nuestra cara transmitía felicidad.

La atmósfera cristalina y etérea me invadió desde el primer momento como si fuera una sensación misteriosa que me atraía y me envolvía como en una nube de misterio y sosiego nunca antes vivida. Entendí que aquella calma, paz y soledad de esos parajes me querían transmitir un secreto que yo no era capaz de adivinar.

Recuerdo perfectamente el despertar de aquella mañana como si fuera hoy, bajo el nítido cielo resurgía el céfiro fresco que traía el verde oscuro de los cipreses y eucaliptos, con ese aroma que se mezcla con la lavanda y te hace sentir sentimientos profundos que habías olvidado y que resurgen como cenizas humeantes. Me di la vuelta porque el sol estaba haciendo presencia en nuestra habitación a través de las rendijas de las ventanas verdes de la preciosa cabaña de madera donde nos hospedábamos y a la que no le faltaba detalle. Aquellos rayos de sol hacían brillar aún más su rostro en la blanca almohada, me dieron ganas de acariciar esa suave mejilla y casi velada por las sombras, pero detuve mi impulso para contemplar su rostro. De repente abrió los ojos y desprendieron un brillo vivaz, su boca sensual y carnosa desprendió una sonrisa y sentí de improviso la extrañeza de su hechizo, la traje hacia mí, pasé mi brazo por su cuello y la junté apretándola fuerte contra mi pecho. Cuando estaba con ella, en cierto modo, me olvidaba quién era yo, de dónde venía y a dónde iba. Me olvidaba del ineludible destino que Alá El Juez me tiene preparado. Junto a ella todo era diferente para mí.

Nos encontrábamos bañando en las montañas del Antilíbano, en las estribaciones septentrionales del monte Hermón a 2814 metros, desde donde fluye atravesando el sureste del Líbano hacia el sur, entrando en Israel y desembocando en la costa norte del mar de Galilea. Desde este lago desagua cerca del kibutz Degania, en la costa meridional del mar, manteniendo su rumbo hacia el sur. En este trecho el Jordán se convierte en la frontera entre Jordania e Israel, y después entre Jordania y Palestina. El agua estaba más fría de lo esperado, pero resultó muy agradable después de cabalgar a lomos de dos buenos caballos persas alquilados a la persona que regentaba la inmobiliaria.

Fue una incursión por aire que hicieron las tropas de la coalición liderada por EE.UU., se descolgaron de varios helicópteros rodeándonos a todos los que estábamos en esa zona, supuestamente y según nos preguntaron gritando y enseñando una foto de un supuesto terrorista del que habían recibido un chivatazo, asegurando que estaba en ese lugar. Dos de los soldados infieles empezaron a mirar a Fatima de una manera repugnante, dando vueltas alrededor de ella y riéndose. Fatima se encontraba muy violenta porque estaba en bikini, yo estaba intentando no mirar y conteniéndome ir contra ellos, porque entre otras cosas iban bien armados y yo no disponía más armas que las piedras que bordeaban ese lago. De repente uno de ellos la cogió de las caderas y se la llevó en volandas, yo quise reaccionar, pero el otro que estaba ya a mi espalda me golpeó la cabeza con la culata de su subfusil y caí al suelo casi desmayado, pero lo suficientemente despierto para ver que la empujaron contra una roca, entonces el soldado empezó a bajarse su pantalón. Ella de repente se volvió, su rostro mostraba una apacible y serena expresión, me miró con una mirada angelical de las suyas, una mirada clara, serena, tranquila a pesar de la escena tan dura que estábamos viviendo. En un acto rápido, le cogió una granada de su cinturón y la hizo explotar delante de mis ojos. Ambos saltaron por los aires. Murió en mi presencia, delante de mis ojos, casi no tuve ni tiempo a reaccionar, debería haber vislumbrado su propósito en su preciosa y sensual mirada, pero el golpe recibido en la cabeza me aturdió y no fui capaz de anticiparme a la rapidez de los acontecimientos. Hay bellezas serenas, muy duras y valientes; sus principios, bondad, pureza y su amor hacia mí no pudieron resistir la vileza de aquellos soldados.

Hay momentos y días en la vida, que no se olvidan nunca. Nunca olvidaré la tez hermosa, dulce, serena de mi mujer, ni el cuerpo sin vida ni movimiento de mi hija, ni la pérdida de mis queridos padres y hermanos y hermanas. Aquellos instantes de mi vida quedaron grabados a fuego lento en mi corazón, mi memoria y en mis sentidos. Aunque ya han pasado años y Alá el Dominador está a punto de llevarme al paraíso con todos ellos para seguir juntos y queriéndonos más que antes, si pudiésemos.

Después de irse ella en mi mundo cambiaron las prioridades y las apreciaciones, la riqueza exultante y la pobreza profunda, lo nuevo y lo viejo se entremezclaron, el fulgurante resplandor dadivoso se eclipsó con la opaca sombra de la austeridad. Y aún, muchas veces, cuando me hallo en mitad de una comida o un evento importante, celebrado en un luminoso y lujoso comedor con grandes ventanales que dan a frondosos jardines, de repente, aparece ella tras una ventana o sentada en un banco en medio de un jardín.

Río Jordán. **Curso superior del río Jordán**

LA ÚLTIMA COMIDA.
LA MUERTE DE MI HIJA ISIS.
ALEPO Y PALMIRA

No tendré piedad, no escatimaré en medios, ideas, y pondré todo de mi parte alertando, motivando y ayudando en todo a mis colaboradores y siempre bajo la mirada del más Misericordioso y el más Omnisciente Alá, para que paguen por el dolor que me causaron aquella tarde de invierno estando visitando mi hijita y yo a mis queridos padres, ya que su madre no estaba con nosotros.

La casa de mis padres se encontraba en la zona principal de atracción de Palmira donde se encontraban ruinas muy bien conservadas, entre las que se destacaba el templo de Bel. Edificado en el año 32 d.C., fue consagrado al culto de Bel, el dios supremo feniciocananeo, cuyo nombre significa amo. Era el dios supremo para los habitantes de la ciudad, el dios de los dioses. Este templo fue convertido en iglesia cristiana en el siglo IV.

En la vecindad del oasis de Afqa se produjeron los primeros asentamientos de los que se conoce su existencia de los archivos de Mari. En la Biblia se menciona con los nombres de Tadmor y Tamar (aunque hay cierta confusión con otra ciudad cerca del Mar Muerto). Durante el predominio de los seléucidas en Siria, Palmira consiguió su independencia.

En el 41 a. C. los habitantes de Palmira huyeron de las tropas de Marco Antonio al otro lado del Éufrates. En el siglo I a.c. Siria se había convertido en provincia romana y la ciudad prosperó enormemente con el comercio de caravanas al estar situada en la ruta de la seda. «Independiente entre dos Imperios», la define Plinio el Viejo.

Teatro romano de Palmira en 2007

Tras una visita, el emperador Adriano otorgó a Palmira los derechos de ciudad libre y cambió el nombre a *Palmyra Hadriana*.

Después de la captura en el año 260 del emperador romano Valeriano en la guerra contra los sasánidas, Palmira defendió las fronteras bajo el mando del gobernador Septimio Odenato. Tras su asesinato en 267, su viuda Zenobia en nombre de su hijo Vabalato, estableció en Palmira la capital de un reino que extendió por Siria y el Líbano. Mantuvo su independencia durante cuatro años frente al acoso de Roma, consiguiendo extender su área de influencia hasta Egipto. En 272 fue derrotada y llevada cautiva por el emperador romano Aureliano quien la hizo tirar de un carro encadenada con cadenas de oro durante su marcha triunfal. Luego fue perdonada y se pudo retirar a una villa en Tibur. Tras una segunda revuelta de sus habitantes, Palmira fue arrasada en el 273.

Diocleciano reconstruyó luego Palmira aunque la nueva ciudad era más pequeña y estableció un campamento en sus cercanías como defensa contra los sasánidas. En el año 634 fue tomada por los musulmanes y en el 1089 fue completamente destruida por un terremoto.

Tras el dominio turco, pasó junto el resto de Siria bajo control francés como parte del Mandato impuesto por la Sociedad de Naciones. El 2 de julio de 1941 las tropas francesas, fieles a Vichy capitularon ante las tropas británicas que habían invadido desde Irak tras lo cual alcanzó con el resto de territorio la independencia.

Vista panorámica de las ruinas de Palmira.

A pocos metros del templo y de la casa de mis queridos padres comienza una gran columnata de 1200 m que era el eje principal de la ciudad, que llegó a tener cerca de 200.000 habitantes (número enorme para una ciudad de aquella época). Entre las columnas, por la amplia calle, transitaban los carros y cabalgaduras, y por debajo de los largos pórticos columnados laterales caminaban los peatones. A los lados de la extensa columnata hay una serie de ruinas en mayor o menor grado de conservación: el templo de Nebo, antigua deidad babilónica; el templo funerario; el campamento de Diocleciano, que antes había sido el palacio de la reina Zenobia; el teatro y, entre otros, el ágora o gran plaza pública donde se realizaban operaciones comerciales y se discutía. Un poco alejado de la columnata hay un hermoso templo cuya función no se conoce con exactitud, pero el edificio se conserva muy bien.

Templo de Bel en Palmira en 2005.   **Teatro romano en Palmira.**

Saliendo de la ciudad, adentrándose un kilómetro en las montañas, hay un sitio de paisaje inquietante y desolador, con construcciones como torres cuadradas y macizas. Es el valle de las tumbas que alberga la necrópolis de la ciudad, era uno de nuestros lugares favoritos para ir a jugar al escondite y a merendar con mis padres y hermanos. Hay tres tipos de tumbas y fueron construidas en los tres primeros siglos de esta era. Algunas de estas construcciones podían llegar a albergar hasta 500 cuerpos.

Khaled Assad, exdirector del sitio arqueológico de Palmira, de 83 años, lo decapitaron. Luego colgaron su cuerpo de una farola, con la cabeza depositada a sus pies, y dinamitaron las maravillosas ruinas del siglo l. El Estado Islámico tomó Palmira en 2015, la perdió y volvió a recuperarla. Y la volvió a perder. Pero mientras estuvo allí voló el templo de Bel, el de Baalshamin, del siglo II d. C, y el Arco del Triunfo, de 2000 años de antigüedad. Palmira, es hoy en día Patrimonio Mundial de la Unesco, fue triturada por los bárbaros. Fusilaron y degollaron a prisioneros en el teatro romano. El museo lo transformaron en prisión. Sus fondos, sin embardo, se salvaron. Entre una ocupación y otra, Maamoun Abdulkarin, entonces director de Antigüedades organizó el traslado a Damasco de las obras que podían transportarse.

Estatuas y bajorrelieves acumularon polvo en los almacenes del sótano del Museo Nacional de Damasco hasta la esperada restauración. En el año 2018 ha llegado su cura. También se están empezando a reconstruir y restaurar otras maravillas destrozadas durante la guerra. El arqueólogo Houmam Saad ha estado trabajando en el bajorrelieve de Palmira, dañado durante la primera ocupación del Daesh, que se consiguió llevar a Damasco antes de la segunda invasión yihadista.

La reconstrucción cuenta con la participación de los rusos, aliados de las tropas de Bashar al Asad en el conflicto sirio. Su presencia se nota. "En el camino hacia Palmira no faltan las inscripciones pintadas en cirílico que indican la dirección a seguir", según comenta y explica el fotógrafo Jean-Francoise Lagrot, que acaba de recorrer la zona con su cámara para documentar la situación del magnífico patrimonio cultural de Siria.

A 150 kilómetros de Palmira está Homs, la segunda ciudad de Siria. Su museo está vacío. También lo desalojaron sus guardianes para protegerlo. Este salvamento fue todavía más heroico, porque se llevó a cabo con la ciudad machacada por los combates. Sorteando balas y bombas, un grupo de valientes logró sacar los tesoros del museo, incluida su rica colección de restos prehistóricos, con los yihadistas ya en la ciudad y llevarlos al Museo Nacional de Damasco, donde se están inventariando.

La suerte de Homs durante la guerra ha sido terrible. Algunos barrios no son más que escombros. "Solo los minaretes de la mezquita Al-Walid, de estilo otomano, flotan en este mar de ruinas". La restauración del antiguo zoco de Homs, un mercado cubierto del siglo XIII levantado por la dinastía que fundó Aladino, los Ayubidas, ya ha comenzado.

Durará unos cuatro años según el programa de rehabilitación financiado por las Naciones Unidas (PNUD), pero ya funcionan algunas tiendas. Sus propietarios han regresado y cuentan que, al trantán, la actividad se va retomando.

Alepo es otra de las joyas de Siria. La carretera costera que conduce a ella desde Homs no es practicable: todavía quedan reductos yihadistas, de los Caballeros, fortaleza de los cruzados construida en el siglo XII, que también ha sufrido los embates de la guerra.

Aunque está "herida": durante dos años la fortaleza fue ocupada, mataron a los cristianos, saquearon la iglesia…No han resistido varias escaleras y rampas. Algunos arcos, machacaros por los bombardeos, se han apuntalado provisionalmente.

Decenas de miles de millones de dólares harían falta para que Alepo retomara su aspecto de antes de la guerra. La zona este de la ciudad es una escombrera gigante. El zoco, uno de los más famosos de Oriente Medio, está devastado. Una pila de bloques de piedra llena el patio de la gran mezquita de los Omeyas, del siglo XIII, resultado de los bombardeos de octubre de 2012. Mientras que el famoso minarete selyúcida del siglo XI se convirtió en polvo en abril de 2013.

La Ciudadela de Alepo domina la ciudad. Su perímetro está prácticamente intacto. No se permite acceder al interior. Soldados sirios y rusos lo ocupan.

Cerca de la Ciudadela pasean familias, sobre todo las tardes de los viernes. "Los algodones de azúcar han reaparecido. Pero cuando giras la cabeza hacia otro lado, es el abismo". Aunque un rayo de luz se cuela entre las ruinas cuando observo a un joven arquitecto sirio que organiza una reunión entre escombros como un atisbo y resurrección de que ha comenzado la reconstrucción de Alepo.

Decidimos comer como hacíamos desde pequeños en la casa de mis padres cuando estábamos todos reunidos y celebrábamos algún nacimiento, cumpleaños o simplemente alguna fiesta tradicional.

Lo pensamos así porque Isis no estaba acostumbrada a ese tipo de comidas a la antigua usanza, ella era en cuanto a platos y comidas más occidental. Como es obligatorio nos lavamos las manos con agua antes de comer, pero ayudándonos de otra persona que vierte el agua sobre ambas manos lo que contribuye a una depuración más efectiva, para reunir las condiciones idóneas y acometer una comida completa sin cucharas, tenedores ni cuchillos. También y al igual que se sigue haciendo en muchos enclaves rurales, dispusimos de una estera extendida sobre el propio suelo.

Rezamos una oración antes de llevarnos cualquier alimento a la boca y, como es lo normal servimos toda la comida en una gran vasija común que la dispusimos en la parte central de la estera. De vez en cuando, yo miraba de reojo a mi hija que la veía muy feliz por comer con sus abuelos y, especialmente por degustar aquellos alimentos que, muchos de ellos, no había nunca probado ni visto. Le ilustré diciéndole que lo correcto es emplear únicamente la mano derecha para alcanzar la comida, ya que la izquierda se ocupa, por lo general, de otros menesteres más ligados al campo escatológico, máxime teniendo en cuenta que no se utiliza las servilletas, advertencia que la entendió en seguida. Le dije que existe, a pesar de todo, la opción de utilizar pan a modo de cubierto, cortando pedazos alargados y con corteza, como si fueran una cuchara, o bien aprovechando la miga para absorber el caldo y las salsas. En cualquier caso, ha de tenerse presente que lavarse las manos con agua es tan importante al comienzo como al final de la comida, pues tras ella se realiza una nueva ablución en cooperación con un sirviente u otro de los comensales.

Los alimentos que teníamos en la mesa preparada en medio de la estera eran pan plano de Pita (*khubz*), que es redondo y suele ponerse sobre él una capa de *hummus*, elaborando de esta forma una especie de salsa para mojar. El otro plato típico de Siria es el *Baba ghanoush* a base de berenjenas.

Yo le iba comentando que, en el terreno de las ensaladas, uno de los platos más populares es el *tabbouleh* y el *fattoush*. Que existen platos que incluyen verduras como los pepinos rellenos (*mahshe*), las dolmas, los kebabs, el *kibbeh*, el *kibbeh nayyeh*, el *mujaddara*, y los bocadillos en forma de shawarma y *shanklish*. Le informé que nosotros, los sirios ofrecemos antes de los platos principales una especie de tapas en lo que se denomina *meze* (muy típico de las cocinas mediterráneas orientales). El *Zataar*, carne picada y queso manakish son populares como hors d'oeuvre. También le dije que somos muy conocidos por los Quesos de Siria. Una bebida muy popular es el *arak*. Uno de los postres más populares es el *baklava*, que se elabora de masa fina rellena a veces con nueces picadas o pistachos todo ello con miel.

Mujaddara, plato típico de Siria.   **Pollo asado con zaatar**

No he sufrido ni en mis carnes ni en mi corazón nunca más que por la pérdida de mi hijita Isis, nombre que le puse en honor de la diosa egipcia de la salud, el amor y el matrimonio, y que a su vez son las iniciales en inglés de "Estado Islámico de Irak y Siria".

Era una niña de diez años, buena, dulce, cariñosa, y era muy querida por todos los que la conocían. Se parecía a mí en su rostro brillante debido al buen cutis que tenemos en mi familia, su pelo negro y ondulado, sus ojos oscuros, su sonrisa angelical, el porte alargado de sus extremidades hacía presagiar que sería esbelta y alta como su madre y yo. Era muy lista para su edad. Estudiaba y leía por su cuenta fuera del colegio para ampliar sus conocimientos, pues era muy curiosa y tenía afán de saber y de superación, al igual que yo. Era muy sociable, siempre estaba rodeada de amigas que le venían a buscar a casa para jugar en el parque de la ciudad donde vivíamos. Le gustaba nadar, montar en bicicleta y patinar, deportes que formaron las piernas tan bonitas que tenía, eran perfectas, fibrosas a pesar de su corta edad. Cuando se desplazaba por los carriles adecuados por la plaza para patinar y que rodeaban a nuestra vivienda parecía como si fuese flotando, con su pelo suelto y esa sonrisa sempiterna y porte hierático.

Después de comer, salimos al pequeño porche cerrado que estaba en la parte trasera de la casa a tomar un té delicioso que hacía mi madre mezclando varias plantas y hierbas que compraba mi padre los jueves en el mercado de la ciudad. Mi hija me pidió permiso para ir a jugar con alguna muñeca a la parte delantera de la casa donde mi padre nos construyó un columpio entre dos árboles, yo le dije que sí.

Tras tomarnos un par de tazas de té, la llamé para ver si se encontraba bien, pero no respondió. Me levanté y fui a ver dónde estaba. Empecé a gritar su nombre más allá de la valla que cercaba el terreno de mis padres, cuando vi a cuatro hombres en un Jeep con mi hija gritando papá. No dudé ni un segundo que eran milicianos infieles, pues de vez en cuando patrullaban y hacían incursiones como avanzadillas para saber la localización de lo que ellos llaman terroristas. ¿Terroristas nos llaman? ¿Y cómo hay que llamar a los que secuestran a una niña de seis años? Fui corriendo a mi coche y les perseguí por en medio del desierto durante quince minutos. Su Jeep se movía mejor por aquellas montañas de arena, donde yo tenía que tener cuidado para no quedarme atascado en alguna de ellas. Cuando cogimos un camino un poco más asequible para mi coche y me iba acercando, se levantó uno de los dos hombres que iban en el asiento trasero apuntándome con un bazooca. Solo recuerdo a mi coche saltando por los aires y yo salí disparado por mi puerta. También recuerdo que las personas que intentaron rescatarme de debajo de mi coche eran sirios y me gritaban cosas, pero yo no oía nada, sólo preguntaba por mi hija Isis. De momento sentí un fuerte dolor en mi pierna y en ese mismo instante recobré la audición normal y el sentido de lo que me había pasado. A juzgar por lo que yo veía y me decían, el coche había dado vueltas de campana y había caído sobre mi pierna rompiéndola por varios sitios. Aunque mi dolor era grande, yo sólo les preguntaba por mi hija, sin tener respuesta alguna.

Después de que me llevaron a la casa de alguno de los testigos de mi accidente, me tumbaron en una cama y pasada una hora, uno de ellos me dijo si podía pasar a hablar conmigo o si me encontraba mal. Le dije si sabía algo de mi hija, tras él vinieron dos hombres más con sus mujeres llevando uno de ellos el cuerpo de mi hija sin vida. Yo creí morir y no pude ni llorar, sólo gritaba su nombre, Isis, Isis, Isis, pero mi hija no podía moverse ni oírme, estaba muerta, aunque yo no quería reconocerlo.

Las personas que me ayudaron intentaron decirme que no sabían muy bien lo que le había ocurrido a hija. Me dijeron que un matrimonio se la encontró a unos diez kilómetros de aquí tirada en una cuneta sin ropa. Yo me puse a llorar en silencio. Mi pobre hijita Isis, una bendición de hija, la más buena que yo recordaba y allí estaba en mis brazos sin vida.

Pizza casera con una base de aceite de oliva y zaatar

el kibbeh

LA MUERTE DE MIS PADRES

Mis pobres, humildes y maravillosos padres, que Alá El Creador los proteja y los tenga en su Paraíso, fallecieron en un atentado por aire cuando estaban comprando un jueves en el mercado de Al Raqa.

Según me informé el atentado tenía la aprobación del Presidente de los EE.UU. y tuvo el visto bueno del Fiscal General del Estado, del Ministro de Asuntos Exteriores y dos Generales, a la vez que lo estaban visualizando en directo; aunque las manos ejecutoras fueron: un Coronel que daba las órdenes a sus subordinados en dicha acción, un teniente que fue el que apretó el gatillo del misil que fue proyectado desde un General Atomics MQ-9 *Reaper* ('Segador' en inglés), originalmente conocido como Predator B, es un vehículo aéreo no tripulado (UAV) desarrollado por la compañía estadounidense General Atomics Aeronautical Systems para su uso en la Fuerza Aérea de los Estados Unidos, la Armada de los Estados Unidos, la Real Fuerza Aérea Británica, la Fuerza Aérea Italiana y la Fuerza Aérea Dominicana. Me dijeron que fue un ataque sorpresa a un grupo de terroristas de Al Qaida que se encontraban en esa zona y que, según informantes de la zona se encontraban ese jueves en el mercado de Al Raqa. Pero al fin y al cabo un ajuste de cuentas en represalia por dos atentados; el primero el de Madrid, el 11 de marzo de 2004: Una docena de bombas hacen explosión a las 07.40 de la mañana en cuatro trenes de cercanías. Hay 192 muertos y cerca de 2.000 heridos. Reivindicado por una célula local de Al Qaida, el atentado es el más mortífero contra Europa occidental desde el que derribó un avión comercial en Lockerbie, Escocia, en 1988. El segundo atentado fue en Londres el 7 de julio de 2005 donde sus terroristas llevaron a cabo acciones suicidas coordinadas en tres trenes y un autobús en plena hora punta para el transporte público londinense. Mueren 56 personas y 700 resultan heridas.

Como he dicho anteriormente y debido a mi posición, tengo acceso a todo tipo de documentos y archivos considerados de Confidenciales y de

Alto Secreto, por lo que daré, en todo momento, cumplida nota de la información obtenida por mí para que quede constancia de las atrocidades que cometieron, cometen y cometerán las Fuerzas infieles contra nuestra población y que muchas de las veces no son valoradas en su justa medida, a pesar de que sus informantes desaconsejan dichos atentados. En su uso como vehículo aéreo de combate no tripulado, el MQ-9 es el primer UAV de ataque diseñado para vigilancia de larga duración y de gran altitud.

Comentaré que el MQ-9 es una aeronave de mayor tamaño y de mayor capacidad que su predecesor, el MQ-1 Predator. El MQ-9 dispone de un turbopropulsor de 950 caballos de potencia, que supone una mayor potencia frente al motor de pistón de 119 caballos del Predator. El incremento de potencia permite transportar al Reaper 15 veces más cargamento y tener una velocidad de crucero tres veces mayor que la del MQ-1.

MQ-9 Reaper de la Patrulla Fronteriza de los Estados Unidos.

En dicha misión, hubo varias demoras antes de apretar el gatillo. Según pude acceder a varios informes, el estudio de los daños colaterales superaba el 50% de ellos, al haber mucha presencia civil y más concretamente niños, por lo que debían de tener la aprobación política y militar de la mayoría presente o que estuviese al corriente de ella. Si existe un peligro de daños colaterales superior a dicho porcentaje se tienen que barajar otras posibilidades y recalcular de nuevo dichos daños colaterales. Previamente tienen que

haberse pronunciado los asesores jurídicos internacionales para evitar conflictos internacionales de mayor calado e importancia. Como los Generales y el coronel tenían mucho interés en acabar con ese "terrorista" según ellos, que durante tantos años han estado tras él, no querían perder dicha oportunidad y ante tantos problemas jurídicos, y de daños colaterales, nadie quería asumir el peligro de dicho atentado, por lo que recurrieron a llamar al Secretario de Estado que se encontraba en una reunión internacional en otro país. El Secretario de Estado después de escuchar las distintas versiones dio el visto bueno a la operación, ya que el tiempo era una baza muy importante por si el objetivo a batir se iba y lo perdían de nuevo, después de seis años persiguiéndolo y desapareciendo. La guerra es una manera repugnante y peligrosa de justificar lo injustificable que es la muerte de personas que no tienen ningún motivo para que los maten, pero está montado así.

El MQ-9 Reaper se encontraba a unos 20.000 metros para no ser detectado, el teniente después de haber sopesado todos los pros y las contras, ante un atentado en dicho lugar rodeado de civiles e incluso contraviniendo la orden del coronel que le apresuraba a apretar el gatillo y, que hasta en dos ocasiones le dijo al Coronel, del que recibía las órdenes, que sopesara bien los daños colaterales, cuando por fin llegó la aprobación del Secretario de Estado, fue cuando apretó el gatillo.

Mis hermanos y hermanas, al enterarse de dicho atentado se desplazaron hasta el mercado, encontrando bajo un montón de cadáveres sin vida, la de mis padres juntos, como siempre vivieron y como Alá quiso que fuesen con él al Paraíso. Me llamaron de inmediato por teléfono y yo hice uso del avión más rápido que estaba dispuesto para despegar, cuando llegué me estaban esperando dos coches blindados para desplazarme al lugar del atentado. Por todo este dolor, confío en Alá el Justiciero y me dará la valentía, el coraje y la fuerza suficiente para llevar a cabo mi más grande venganza.

Según observaron mis hermanos, la ciudad ardía, bajo un cielo grisáceo y polvoriento. El suelo estaba lleno de cadáveres sin miembros, semidesnudos, sin zapatos, las ropas hechas jirones y llenos de cenizas. Llantos de mujeres, de niños, de viejos, de hombres; de hijos sin madres y de madres sin hijos. Llantos de ríos de lágrimas y de ojos secos, de gemidos y de alaridos apenas audibles, de desesperación. Los gritos de los heridos pidiendo auxilio, los lloros de los padres llevando en brazos a sus hijos muertos, proyectaba una visión espeluznante, y sus rostros compungidos, desesperados, detallaban la crudeza y la magnitud del atentado. A nuestro alrededor sólo había muerte, cenizas, fuego y polvo. Recorrimos varias calles escudriñando los escombros de las casas y las ruinas de los edificios que aún estaban ardiendo o terminando las ascuas de hacerse ceniza. Había casas donde antes existieron cuadras con animales y rebaños de los que no quedaron ni un solo animal vivo. A lo largo del recorrido que hicimos aquel día, nos íbamos dando cuenta del gran daño ocasionado en la ciudad, fue tan potente la bomba enviada que hizo un cráter de las dimensiones como el ancho, largo y profundo de una piscina olímpica.

En las calles se impuso la "ley del más fuerte", ni la policía ni el ejército podían detener a aquellas avalanchas que se dedicaron al pillaje y a la rapiña como saqueadores que aprovechaban el dolor y el sufrimiento ajeno para aumentar la amargura y el horror presentes, aunque lo primero era socorrer a los heridos y establecer un protocolo de socorro, auxilio y de evacuación de muertos para evitar enfermedades y males mayores. Los cuerpos se amontonaban en las esquinas, a la espera que furgones o camiones pasasen a llevárselos a los extrarradios de la ciudad a fin de que la putrefacción y cólera no hicieran mella. El hedor era insoportable. Se atendía primero a los niños, ancianos y mujeres que, ante la falta de consuelo, lloraban a la espera de auxilio.

Las gentes andaban enlutadas por las calles, con ceniza en sus cabezas, llorando, voceando gritos de venganza y guerra y chasqueando la lengua a modo de manifestación que la exaltación había impregnado en sus instintos. El aire con olor a carne quemada dio paso a un ambiente putrefacto y enrareció el espíritu de los habitantes de todo Siria. Había decenas de cadáveres por todas partes, sin que aún hubiera dado tiempo a darles sepultura. La tensión se podía cortar, el odio y la sospecha pululaban en la mirada y la retina de la población. La desolación y el horror estaban presentes en cada puerta, casa y metro cuadrado de aquella ciudad.

Después del atentado, las plazas, los zocos y los barrios colindantes se quedaron casi desiertos, tan solo los enfermos, los ancianos y los heridos permanecieron allí, pues no podían desplazarse o salir de sus casas. El gentío se congregó por miedo en el otro extremo de la ciudad, ya que la ignorancia es atrevida, pensaban de una manera insensata que allí no podría pasar de nuevo un atentado semejante, como si pudiesen esconderse de los aviones e incluso cohetes. Los padres llegaban con sus hijos muertos, otros débiles por el hambre y los más físicamente cansados. Las ambulancias, enfermeros y médicos designados por el alcalde, concejal de sanidad y el Primer Ministro se iban

relevando para soportar el ardiente verano que estaba haciendo mella en los cansados soldados que se tumbaban en el suelo maltrechos por el incontenible calor en posturas no propias de un ejército, sedientos caballos y camellos se movían con desgana arrastrando sus polvorientos pies. Poco a poco se fue formando el campamento bajo las órdenes de sus oficiales, que con un palo en la derecha y un inmenso capote en la izquierda iban haciéndose escuchar y respetar. Los había que todo lo que tenían había quedado sepultado en sus casas, por lo que se tumbaban en cualquier parte y pasaban las noches a cielo abierto, cansados e indignados por lo ocurrido.

Mis hermanos después del entierro de mis padres, al tener familiares y amigos que también habían fallecido en aquel atentado, fueron varias veces al cementerio oficial, y al improvisado que se ubicó pegado a la valla de éste, para evitar posibles problemas infecciosos y enfermedades de calado. Vieron que habían sepulturas donde habían crecido matorrales y yerbas, pues las piedras, tejas y guijarros estaban dispuestos a modo de adornos y se atisbaban en la lejanía por el refulgir con el sol. En los campos y huertos adyacentes lo que antes eran árboles frutales, verduras, y cosechas en flor, se habían convertido además de por las pisadas de los usurpadores, ahora eran escombros de montones de cenizas humeantes, paja quemada, basura, olor a excrementos, y el aire que allí se respiraba estaba impregnado de un hedor nauseabundo a podredumbre y a quemado. Dicen que el olfato es el único sentido que no se altera a lo largo de la vida. Por eso aquellos olores se quedaron impregnados en nuestros sentidos, nos acompañan siempre a lo largo de nuestras vidas y, en las noches de silencio, cuando quieres cerrar los ojos y pensar en ellos, esas sensaciones vuelven y te machacan como si estuvieran allí presentes, en ese instante, en esa alcoba, en ese momento que quieres olvidar, pero ese sentido eterno no te deja, te remonta a aquellos recuerdos que se convierten en costumbre como si fuera una forma de vivir; y el pasado en un gran peso del que quieres liberarte para que no se convierta en eterna tristeza, pero es imposible, siempre está ahí para recordarte lo que no debes olvidar, como una foto en blanco y negro que tienes en la mesita del salón de tus seres queridos y que cuando no sabes qué hacer la miras sin darte cuenta, como si tu pasado te llamase en silencio, sin hacer ninguna fuerza, como si tus familiares te dijeran: ¡Hola, estamos aquí, no te olvides de nosotros, que nosotros no nos olvidamos de ti!. Es un peaje que te hace pagar la memoria por tantos recuerdos vividos, por tantos horrores sufridos.

Muchas noches se nos hacían eternas y nos creaba una ansiedad tan grande quedándonos en nuestra casa, que nos llevábamos nuestras mantas al cementerio o aledaños donde se encontraba la gente agolpada para velar y compartir nuestra tristeza con nuestros parientes abatidos y amigos desanimados que, muchos de ellos se habían quedado sin hogar, a expensas que las ONGS o almas pudientes y caritativas les ayudasen a sobrellevar aquella angustia. Todos los allí presentes estábamos en disposición de dormir, pues el cansancio y los días tan largos hacían mella en nuestros cuerpos y más aún, en nuestra mente, pero los gritos de dolor de los niños, de las mujeres y hombres nos impedían hacerlo, aunque cuando ya la desidia y el agotamiento llegaban a su cenit, la oscuridad más plena nos arropaba y las únicas luces que estaban presentes eran los destellos de las estrellas que con sus brillos intermitentes parecían nuestros seres queridos que estaban saludándonos en el Reino de Alá el Santísimo.

La noche se iba yendo silenciosa como una brisa apenas perceptible, hacía su presencia la claridad de la mañana que, acompañada por los trinos de los pájaros, nos anunciaban un nuevo día rodeado, como el anterior, de angustia y sufrimiento. El eco del escarnio y la crueldad se cernía sobre una Siria humeante.

Cuando pasó el tiempo dicha animadversión era palpable en cualquier reunión que se formaba en los mercados, plazas, reuniones de vecinos y especialmente en las mezquitas, donde rezaban pidiendo a Alá:

-"Oh Alá, tú que eres el que dispone todos los asuntos, pon fin a las enemistades y conflictos con otros países; tú que eres el Equitativo haz que terminen el saqueo en las calles y tiendas; tú que eres el Dispensador quita el hambre de tu pueblo; tú que eres el Paciente, consuela a los enfermos; tú que eres el Informado, ayúdanos en nuestras debilidades; tú que eres el Todopoderoso, haz que vivamos en paz; tú que eres el Ilustre, mitiga nuestras desgracias; tú que eres el Creador de lo que hace daño, líbranos de todos los males".

Se diría que algo se estaba tramando en el ambiente hostil de sus gentes y, estaba alimentándose de las dudas y desconfianza de la población en general. Justo una semana después y tras la segunda oración del día, se formó un tumulto de gente en torno a la plaza donde tuvo lugar el atentado murmurando y hablando en corrillos, hasta que las voces exaltadas de los ulemas incitaban a la guerra santa y los muecines exaltaban los gritos, la ira y la grandeza de Alá. La multitud consideraban a los hacedores de aquel sufrimiento, asimismo de todos los desastres ecuménicos. Blasfemaban de ellos como heresiarcas de Alá el Iniciador.

El gentío se unió a la asonada popular que se movía por las plazas, calles adyacentes y alrededor del minarete que al escuchar el canto se transformaba en una sensación de cólera e ira en la población, que sólo pedía venganza. Debido a este cólera suscitado en las gentes, se dio lugar a la ejecución pública de todas las personas que pudieran tener una relación de culpa con el ataque acaecido y, como aún no se tenían noticias fehacientes y contrastadas de quién había cometido el atentado, aunque era de todos imaginado que habían sido los infieles, fuesen del país que fuesen, se dirigieron a las cárceles de presos políticos y espías, con el consentimiento y beneplácito de la policía que hacía oídos sordos y miraban a otro sitio. ¡Alá es el más Grande, el Único! ¡Los infieles malditos pagarán con creces su arrogancia, no habrá piedad para los malvados! ¡Que la maldición de Alá caiga sobre los impíos que son los hijos de Shaitán!

Una vez de vuelta a la plaza varios compatriotas y guerreros de Alá les cortaron las orejas y manos a varios presos que sacaron de las cárceles a la fuerza y que la policía, viendo lo que se les venía encima y el ambiente de odio generado por el atentado, rehusó luchar contra ellos, o bien, les sacaban los ojos para después quemarlos con alquitrán hirviendo. El gentío intentaba abrirse paso para ver sufrir y morir a los infieles, regocijándose de la venganza por los muertos del atentado.

Los hombres que se unieron al gentío portaban todo tipo de espadas, cuchillos, hachas, lanzas, pistolas, fusiles y ametralladoras. Todos se sentaron en la plaza y en sus aledaños. Los soldados pasaban delante de nosotros llenos de polvo, con cara de cansancio, sin haberse afeitado y aseado en varios días, y muchos de ellos llevaban colgando de los hombros a otro compañero herido. Los heridos graves eran trasladados en ambulancias, muchos en caballos y otros en parihuelas emitiendo gemidos cuando algún bache hacía tambalear a su caballo o a su improvisada camilla. Sus vendas estaban sucias de polvo, de sudor y sangre, aunque muchos cuerpos desprendían el hedor de la gangrena y la putrefacción. También iban llegando voluntarios y almas caritativas con buena predisposición para ayudar a lavar a los enfermos, cambiar los vendajes a los heridos, repartir la comida que las ONGS iban trayendo y dar de beber agua y fruta a los enfermos. Cuando empezó a caer la tarde, la plaza, sus calles adyacentes y barrios parecían un inmenso cielo de estrellas llameantes con sus hogueras y antorchas. A pesar de la pena que me invadía por la muerte de mis padres, me volví para observar las miles de luciérnagas que se habían apoderado de la ciudad, de sus muros, torres, tejados, minaretes, cúpulas y en el silencio de la noche parecía todo tan bello y sosegado, que mi pensamiento me impedía disfrutar de aquel momento único que sabía que ya no se iba a volver a dar en mi vida.

Cuando amaneció y, a medida que pasaba del color púrpura al azul con los primeros rayos de sol, parecía menos llameante que el día anterior, pero todavía daba muestras de su fuerza, nuestra gente se echó a las calles, unos llamando a la guerra santa y acusando a los infieles, otros con lamentos histriónicos, y los más con llantos suplicando clemencia, aunque a medida que pasaba el día, éstos aumentaban por la incertidumbre y la impotencia. El semblante compungido de la gente no reflejaba la insoportable desazón de sus almas, solo mostraba el cansancio, agotamiento, confusión y hambre que sus cuerpos llevaban a cuestas como una mochila que no podían desprenderse de ella. En su mirada se reflejaba la congoja y el estupor, provocado por los hechos tan dramáticos vistos con sus atribulados ojos.

Me estremecí por el escalofrío que me recorrió de los pies a la cabeza, cuando los muecines enloquecieron con sus gritos llamando a la venganza y la grandeza de Alá por todos rincones de la ciudad. Los gritos de la gente aumentaron con una intensidad frenética, eran como un vendaval de ira y la cólera y la bestialidad les había poseído, el gentío y las turbas se abrían paso al grito de justicia con gesticulaciones histriónicas enfatizando más su ira y crueldad, dejándose caer de rodillas y postrándose ante el que había de venir.

Los muecines dejaron de cantar cuando apareció en el minarete Ibrahim Awwad Ibrahim Ali al-Badri al-Samarrai (ابراهيم عواد ابراهيم علي البدري السامرائي *ʔIbrāhīm ʕAwad ʔIbrāhīm ʔal-Badrī ʔal-Sāmarrāʔī*) el califa hierático, altivo y con una actitud desafiante con toda su vestimenta de oro con el gran cadí, que (en árabe قاضى) es un gobernante juez de los territorios musulmanes, que reparte las resoluciones judiciales en acuerdo con la ley y la religión islámica (la sharia) y varios magnates, sumiéndose un impresionante silencio en la plaza y en toda la ciudad. La multitud se agolpaba y agitaba por cada calle, plaza y lugar, volviéndose más exacerbada. Durante unos minutos su mirada imperturbable recorrió todos los lugares y personas a las que podía alcanzar su vista hasta que no se escuchó ni un tímido murmullo, pues venía a ser el comendador del Dominador Alá y su Profeta.

Cuando ya se sentía el profundo silencio provocado por la presencia del califa, el gran cadí y sus magnates, resurgió una voz autoritaria, grandiosa de un muecín:

- ¡Alá el Victorioso caiga sobre los infieles rebeldes! ¡Que la ira de Ala el Juez destruya con toda su furia a los malditos y les ajusticie en el Juicio Final!

El gentío allí congregado comenzó a gritar casi al unísono reflejando en sus caras el odio, venganza y aclamando con insultos e improperios al escuchar aquellas fogosas arengas y elevadas palabras exacerbó el griterío al que se fueron uniendo poco a poco todas las almas congregadas alrededor en un clamor de odio, repulsa, maldiciones e insultos. Todo se alargó hasta el momento en que el califa levantó sus brazos, para que los ulemas transmitieran las suras del Corán que llaman a la yihad, a la temible guerra santa. Se ha de hacer lo que Alá propone contra los no creyentes y combatir su impiedad mediante la ley del talión: "Ojo por ojo, diente por diente, oreja por oreja y vida por vida.

Desde allí empezó a pregonar que había que luchar contra los infieles, que nunca duden de Alá, porque Alá es sabiduría y él siempre quiere el bien para nuestro pueblo. Decía que a los no creyentes había que derrotarles y aplicarles la "Ley del Talión, ojo por ojo, diente por diente y vida por vida". Que no dudasen que Alá les protegía y les abriría las puertas del paraíso llegado el Juicio Final.

La población allí concentrada estaba aterrorizada y temerosa solo con verlo e incluso aquellos que no le veían, sabían de su presencia tan solo por el comportamiento sumiso de los que allí se encontraban. De repente los muecines empezaron a exclamar:

La jaulá ua alá Kuwuata il la bil lájil aliyul adzime!
ولندع والوقو, ولي مكن الا الى فى اللها, باظمة, رائع!
¡No hay fuerza ni poder excepto en Dios, el Altísimo, el Magnífico!
Al Láju Akbar! Subjana Laj! Al Jamdú lil láj!
ولندع والوقو, ولي مكن الا الى فى اللها, باظمة, رائع!
¡Dios es el más grade! ¡Gloria a Dios! ¡Alabado sea Dios!

Diré que ese canto no es sincrónico, sino que se desfasa de un cantor a otro produciendo una estereofonía múltiple que sobreexcita nuestro sentido del oído en medio de los demás sonidos de la ciudad, porque no todos sabéis que ese canto es una llamada, un recordatorio para dejar en segundo plano nuestra febril actividad, y advertirnos que hay algo, o mejor Alguien, más importante que nosotros mismos y nuestros afanes diarios. El canto de la llamada a la oración quiere cambiar la focalización de nuestros sentidos y nuestros negocios mundanos y recordarnos que somos criaturas de Dios, al que debemos atención al menos unos minutos al día.

Dios (Allah) es inconmensurable. (cuatro veces)
Doy testimonio de que no hay otro dios que Dios. (dos veces)
Doy testimonio de que Muhammad es el Enviado de Dios (Allah). (dos veces)
Acude a la oración. (dos veces)
Acude a la dicha provechosa. (dos veces)
Dios es inconmensurable. (dos veces)
No hay otro dios que Dios (Allah).

allah (alilha) la yaqasa. (arabae maratan)
'ashhad 'anah la 'iilah akhar min allh. (mratin)
'ashhad 'ana muhamad hu rasul allah (alilha). (mratian)
aldhahab 'iilaa alsalata. (mratin)
aldhahab 'iilaa alnaeim marbihata. (miratin
allah la yaqasu. (mratayn
lays hunak 'iilah akhar min allah (alulaha).

El texto de esta llamada a la oración se basa en la confesión de la fe (*sha-hada*) que constituye el pilar fundamental de los cinco preceptos del Islam. Desde lo alto del alminar o minarete de la mezquita esta llamada a la oración se realiza cinco veces según las cinco preceptivas oraciones de cada día.

La primera comienza una hora y media antes de que salga el sol (*fajr*), la segunda cuando el sol está en su zenit (*dhuhr*), la tercera entre el zenit y el ocaso del sol, cuando la sombra dobla el tamaño del objeto (*asr*), la cuarta después de la puesta del sol (*maghrib*), y la quinta se realiza con la aparición de las primeras estrellas, entre una y dos horas después de la anterior (*aisha*).

Sobre un único texto, diferentes melodías, según el momento y el lugar, obedecen en cada caso a una de las diversas escalas musicales de la cons-

telación cultural del mundo árabe (*maqam*) y a la expresividad emocional del cantor, el almuédano.

Vociferó hasta casi desgañitarse:

¡Alá es el más Grande, el Único! ¡Los infieles malditos pagarán con creces su arrogancia, no habrá piedad! ¡Que la maldición de Alá el Enaltecedor caiga sobre los impíos que son los hijos del diablo!

El líder el 29 de junio de 2014 se autoproclamó nuevo califa (jefe de Estado y monarca absoluto) de Estado Islámico de Irak y el Levante (ISIS) de todos los musulmanes, exigiendo total obediencia a los musulmanes de todo el mundo. Eligió el nombre de guerra Abu Bakr al-Siddiq, el primer califa del Islam, suegro de Mahoma, y a su vez el iniciador de la serie llamada de los califas ortodoxos.

UN ATENTADO A MI Y A UN PRÍNCIPE SAUDÍ AMIGO

Yéndose la mañana, la fúlgida luz del mediodía colaba sus rayos entre los árboles del jardín. Me encontraba, debido a mi trabajo, en una reunión con un príncipe saudí, que es uno de los pocos socios que la Unión Europea tiene por aquella zona, cuando terminada la provechosa reunión me invitó a su palacio, que se encontraba a unos cincuenta kilómetros de distancia del hotel donde habíamos tenido la reunión.

Como era un territorio, cercano a su zona de control e influencia, no quiso hacer su desplazamiento en helicóptero, sino en coche, exactamente en cinco todoterrenos 4x4 negros y con todo blindado incluidos los cristales y los bajos por las posibles bombas lapa.

Cuando la comitiva real empezó a subir en los cinco coches todoterreno, a mí y a mis colaboradores nos adjudicaron el tercer coche de los que componían la caravana.

Llevaríamos diez kilómetros cuando por la autopista vi que nos pasaba un Mercedes 500 a mucha velocidad. Como iba en los asientos traseros, me incorporé un poco de mi asiento trasero y me asomé a ver la velocidad que marcaba nuestro cuentakilómetros que indicaba 120 kilómetros/hora. Yo creo que el Mercedes 500 iría mínimo a 180 kilómetros/hora.

Pasados diez minutos de aquel adelantamiento, vi a lo lejos ese mismo Mercedes color azul parado en la cuneta. Fuera del coche, se encontraban dos hombres con el Kafiyyeh, que es una prenda de tipo cultural, que usan los hombres sobre la cabeza. Es usado muchas veces para demostrar orgullo por la identidad árabe. El otro llevaba el thawb o suriyah que es una túnica larga y ancha que llega a los tobillos, que en verano es blanca y de algodón y en invierno es oscura y de lana. Los tres se encontraban en la parte de detrás del coche, pero sin que se les pudiesen ver las manos. Cuando íbamos llegando a su altura, vi cómo uno de ellos se ajustaba sobre su hombro un lanzagranadas y los otros dos sendas ametralladoras. Yo fui el primero que los vi y comencé a gritar:

- ¡Parad, parad, parad! ¡Es una emboscada! ¡Dad marcha atrás!

Pero mi advertencia llegó tarde, el segundo coche saltó por los aires delante de nosotros dando numerosas vueltas de campana. Nuestro conductor dio un volantazo para no echarnos encima del coche atacado y chocar contra ellos. Debido a nuestro viraje nos salimos de la carretera y fuimos a parar a las cercanas dunas, cuando de repente otro todoterreno descapotable se abalanzó sobre nosotros disparándonos dos hombres, con sus medios cuerpos fuera por la ventana del techo solar del todoterreno. Por suerte nuestros cristales y carrocería eran blindados. No obstante, nuestros guardaespaldas repelieron la agresión disparando con sus metralletas.

El cuarto y quinto coche que era donde iba el príncipe y parte de su séquito estaban parados a unos cincuenta metros de nosotros, sin bajarse nadie del coche.

Como nuestros guardaespaldas alcanzaron a nuestros atacantes, entramos de nuevo en la autovía en dirección contraria, yendo hacia el encuentro con el cuarto y quinto coche que es donde estaba el príncipe y su séquito.

Nuestros chóferes se hablaron por teléfono y ellos cogieron una bifurcación en la autovía distinta a la nuestra pues se dirigieron derechos al palacio del príncipe.

A nosotros se nos unieron dos coches de policía saudí que, supuestamente nos escoltaban a un piso franco, pero cuando llegamos al lugar en cuestión, vimos a guerreros con pasamontañas y pañuelos en la cabeza apostados en las ventanas de los edificios colindantes con metralletas y lanzagranadas. Quisimos dar marcha atrás, pero nos habían puesto un autobús escolar detrás de nosotros. Un hombre que llevaba uniforme del ejército saudí salió de un portal cinco metros más allá de donde nos paramos, los dos policías que nos escoltaban en el coche bajaron ante la insistencia a las señas de salir de nuestro 4x4:

- Salgan y acompáñenme. Yo les indicaré dónde ir.

Por lo que le hicimos caso. Yo salí por la puerta trasera contraria a la que él se encontraba, cuando todos mis colaboradores salieron del 4x4, él quedó con los ojos mirando al cielo, levantando los dos brazos abiertos, gritando el nombre de

Alá, llevaba un chaleco con explosivos y un detonador en la mano y se inmoló, haciendo saltar por los aires y matando a todos mis acompañantes menos a mi y a mi secretario que, se me quedó mirando angustiado y sujetándose la entrepierna, un trozo grande de hierro le salía por el cuádriceps y por el abductor de la pierna derecha. Yo me salvé por estar al otro lado del 4x4 blindado.

El copiloto del otro 4x4 bajó y me dijo:

- Entre en el coche. No tenga miedo. Nosotros le sacaremos de aquí.

Quise que cogieran a mi secretario también, pero en el momento, empezaron desde los tejados a dispararnos con las metralletas, por lo que solo nos dio tiempo a entrar en el 4x4. Desde mi ventana, vi como del edificio salían tres hombres con los Kafiyyehs en la cabeza y chalecos antibalas, dos de ellos cogieron a mi secretario Abdul y otro se quedó en el portal apuntándonos y mirándonos fijamente sin pestañear. Por la posición en la que sostenía su metralleta y al tener los brazos remangados pude ver los dos tatuajes que llevaba en sus antebrazos, en uno llevaba la cara de Bin Laden y en el otro tenía escrito الجنان يحميني alja-nah yahmini (lo que significa: Alá me protege). Cuando subieron a mi secretario escaleras arriba, los dos policías saudíes que estaban conmigo, me sacaron del 4x4 y subimos también por las escaleras, y me dijeron en voz baja:

- Venga detrás nuestra. Tenemos que movernos deprisa si queremos encontrar a su amigo con vida.

Con señas y en silencio me indicaron que, yo fuera detrás de ellos y que teníamos que movernos deprisa si queríamos encontrar con vida a Abdul. Al instante, oímos voces en el segundo piso y rastros de sangre en la pared que llevaba a un piso del hotel. Ellos me hicieron indicaciones de quedarme en la puerta sin entrar. Uno de los policías saudíes que me acompañaban, le mostró los dedos de la mano y al poner el tercer dedo visible a su compañero, el de más rango, que era teniente, dio una patada a la puerta que se abrió y empezaron a disparar a los dos hombres que tenían cogido a Abdul, entraron de una patada, uno le sujetaba las manos y el otro tenía un machete sobre su cuello, disparando sobre los tres terroristas de Al Qaeda, matándolos de un disparo, el tercero sostenía una cámara para grabar su asesinado, pronunciando una arenga en árabe llamando a las armas a los guerreros de Alá contra los infieles pretendiendo filmar su degollamiento, para asegurarse luego los remataron con otro en la cabeza:

- "Soy soldado de Ala, él me protege. No debo temer a ningún infiel ni a nadie. Los infieles deben morir. Son un peligro para nuestro pueblo. Sus mujeres no los respetan ni hacen lo que ellos les dicen".

أي وأ ءيش يأ ىشخأ ال نأ بجيو. يل يمحي هنأو ،هللا يدنج انأو
ال .انبعش ىلع ارطخ لكشتو. رافكلا توميل نأ بجي .صخش
اولاق تنك امب مايقلا وأ مهتاجوز مهل مارتحا

Abdul, estaba tan asustado que no se podía poner en pie y me di cuenta que se había orinado encima. No me extrañó, porque pocas personas han estado tan cerca de la muerte y lo han podido contar. Creo que, si tardamos uno o dos minutos más, su suerte no le habría acompañado.

Montamos en el 4x4 y, aunque acababan de llegar refuerzos yo no me quise separar de aquellos dos héroes que nos habían salvado la vida. Nos llevaron al Hospital de Alepo.

Tras unas horas de recuperación y, de hacerme las pruebas pertinentes para confirmar que mi salud y estado anímico estaban en su punto, me desplacé al hotel. Allí empecé a llamar a las personas que podían haber sido las responsables de aquel insurgente despropósito que a punto estuvo de costarme la vida. Después de indagar y presionar a mis colaboradores internacionales y, especialmente a los de esa zona, para saber los nombres concretos de los autores de aquel atrevimiento, me informaron que había sido una célula de Al Qaeda cuyo responsable siempre había tenido ideas propias e ínfulas de héroe. Me indicaron que cuando se enteró que yo estaba con ese príncipe saudí, al que él y sus secuaces consideraban un traidor a la causa, se puso descompuesto e irascible dando voces, tirando las mesas, las sillas y cuanto encontraba a su paso. Si había algo que yo no toleraba era la falta de respeto, disciplina y lealtad, esto no lo podía tolerar ni tener conmiseración. Hice las llamadas adecuadas y en cuarenta y ocho horas esos insurrectos eran historia.

Atentado contra 'Charlie Hebdo' - 7 de enero de 2015 en París, Francia

SIGLO XX

En la década de 1950, a raíz de la guerra de Corea, el auge del algodón en todo el mundo estimuló un crecimiento sin precedentes de la ciudad, y el re-cultivo de esta planta en la zona del Éufrates medio. El algodón sigue siendo el principal producto agrícola de la región.

El crecimiento de la ciudad significaba, por otra parte, la eliminación de los restos arqueológicos del gran pasado de la ciudad. La zona del palacio está casi cubierta de ruinas, así como la antigua zona de la antigua al-Raqa (hoy Mishlab) y el antiguo barrio industrial abasí (hoy al-Mukhtalţa). Las piezas sólo fueron exploradas arqueológicamente. La ciudadela del siglo XII fue retirada en los años 1950 (hoy Dawwār as-Sa'a, el reloj de la torre de círculo). En la década de 1980 las excavaciones de rescate en la zona del palacio comenzaron, así como la conservación de las murallas de la ciudad abasíes con Bab-Bagdad y los dos monumentos principales intramuros, la mezquita abasí y el Qasr al-Banat.

La impresionante estructura de las puertas

Grande mezquita de Samarra

Un conjunto de patios

Un encuadre emblemático

SIGLO XXI. GUERRA CIVIL SIRIA

Diré que lo que las fuentes infieles dijeron y divulgaron en sus redes sociales, de las cuales muchas de ellas no son verdad, y no lo son porque el maligno niebla su conciencia y su voluntad es débil frente a la razón. Dijeron que entre el 2 y el 6 de marzo de 2013, en medio de la Guerra Civil Siria, al-Raqa cayó en manos del Frente al-Nusra y Ahrar al-Sham, convirtiéndose en la primera ciudad importante en escapar por completo al control de las autoridades sirias, y la establecieron como base de ofensivas hacia el sur.

El 13 de enero de 2014 y tras una fallida ofensiva por parte de los rebeldes «moderados», el Estado Islámico de Irak y el Levante se apoderó de la totalidad de al-Raqa. El 29 de junio, tras capturar varias ciudades del norte de Irak, lo declararon un califato universal sobre todo el mundo islámico en torno a la persona de su líder, Abu Bakr al-Baghdadi. Así, Al Raqa se convirtió en la "capital" de este proclamado (si bien no reconocido internacionalmente) protoestado y en su principal bastión en Siria.

También se atrevieron a decir que el Estado Islámico procedió a implantar un régimen de terror, masacrando disidentes y supuestos simpatizantes del gobierno, y sometió a la población a una rigurosa observancia del Islam. Los terroristas también llevaron a cabo la destrucción de importantes sitios arqueológicos y religiosos no sunitas, como la mezquita de Uwais al-Qarni.

El 15 de noviembre de 2015, en respuesta a los ataques terroristas acaecidos en París dos días antes, la ciudad fue blanco de un fuerte bombardeo aéreo por parte de la Fuerza Aérea francesa, después de que el Estado Islámico se adjudicara los ataques terroristas.

El 7 de marzo de 2016, el gobierno sirio anunció que había recuperado el control parcial de la ciudad, tras una sublevación iniciada por combatientes desertores del Estado Islámico. El 4 de junio, el ejército sirio finalmente

penetró en la provincia de Al Raqa; sin embargo, dos semanas después los terroristas consiguieron readueñarse de la mayor parte de las zonas liberadas.

El 6 de noviembre de 2016, las Fuerzas Democráticas Sirias, con apoyo de las Fuerzas Al-Sanadid y de tropas estadounidenses de la coalición, lanzaron una nueva ofensiva para liberar la ciudad. Ha estado ocupada por el autodenominado Estado Islámico desde 2013 hasta que lograron entrar en la ciudad el 6 de junio de 2017 (batalla de Raqa) y la conquistaron el 17 de octubre de 2017, poniendo fin así a cuatro años de ocupación.

Al Raqa en agosto de 2017

Abu Bakr al Baghdadi, líder de ISIS

Milicianos kurdos en una calle de Raqa   **Soldados de la oposición de Bachar Al Asar**

CRONOLOGIA DE LA HISTORIA DEL LIBANO. CRISTIANOS MARONITAS. LOS TRES GRANDES ACTORES RELIGIOSOS DE LA HISTORIA DEL LIBANO

Los Maronitas son los cristianos seguidores de San Marón, un hombre santo y rígido defensor de la fe católica de oriente. La presencia de la comunidad maronita en el Líbano encuentra sus raíces en la vida monástica de los antiguos monjes de San Marón, que fueron un centro de irradiación de la vida cristiana en regiones del Asia Suroccidental, hoy llamadas Levante. La relación de la comunidad maronita con Francia se remonta nada menos que a la época de las Cruzadas y de hecho ha continuado a lo largo de los siglos y hasta el presente. La vida monástica continuó casi sin interrupción a través de los siglos, hasta comienzos del siglo pasado.

San Marón, fundador de la Iglesia maronita.   Sede del patriarcado maronita en Bkerké, Líbano.
Ícono ortodoxo ruso.

RUINAS DEL ANTIGUO MONASTERIO DE SAN MARÓN. CRISTIANOS MARONITAS

Con respecto a los cristianos maronitas, las familias feudales y de notables que forman hoy una parte importante del tejido social del Líbano, nacieron y crecieron en torno a numerosos monasterios maronitas. Una de las épocas más importantes en la historia de los ancestros de los maronitas libaneses actuales, se remonta a la época de las primeras campañas árabes que llegaron al Líbano portando el estandarte del Islam. Los seguidores de San Marón se trasladaron desde el alto valle del río Orontes para establecerse en el Valle de Qadisha, situado en las regiones montañosas del norte. Los otomanos dividieron el importante sector del monte Líbano en dos regiones administrativas: una drusa y la otra maronita Ruinas de un antiguo monasterio.

Los turcos otomanos acabaron en 1842 con la dinastía Shihab, induciendo posteriormente a profundizar las divisiones entre maronitas y drusos. En 1845, maronitas y drusos, campesinos y sus señores feudales se enfrentaban en una guerra sangrienta; así, los otomanos pudieron "reinar" unificando la administración del Líbano. El deterioro de la situación fue agravándose con el correr de los años, hasta que en 1860 los drusos enfrentaron a los maronitas con el resultado de una masacre de estos últimos. Otra comunidad cristiana son los cristianos melquitas, quienes aceptaron en su momento los decretos del Concilio de Calcedonia, cuarto de los concilios ecuménicos de la Iglesia Católica, que tuvo lugar en 451 refugiados cristianos durante la masacre de cristianos por parte de los drusos en 1860.

Catedral maronita de Alepo, Siria

BREVE DESCRIPCIÓN DEL ISLAM ACTUAL

Voy a describir y situar el Islam actual empezando por las dos ramas principales: sunitas y chiitas. Estas divisiones, profundas y hasta ahora irreconciliables, datan de los primeros tiempos del Islam. Los sunitas defienden las décadas posteriores a la muerte de Mahoma y el reinado de los califas ortodoxos -los llamados rashidun ("bien guiados")-, que fueron Abu Bakr, Omar, Uthman y Alí. La Suna es el conjunto de aforismos de Mahoma, fuente principal del derecho musulmán. Los sunitas carecen de un clero que esté formalmente establecido. Los chiitas reivindican la figura de Alí, yerno de Mohammed y último de los califas llamados rashidun e intentan acercar su figura a la de su suegro, "profeta" para los musulmanes. Los chiitas, cuentan con un clero integrado por una jerarquía piramidal, intermediaria entre el creyente y "Alá". Las jerarquías de la rama chiita permiten a los ayatolás y a los grados religiosos inferiores tener un formidable poder político y social, como se ha visto en el caso de Irán y del Líbano actual.

Abu Bakr

ESTRUCTURA CLERICAL DEL ISLAM CHIITA
LOS SEIS NIVELES JERÁRQUICOS
DEL ISLAM CHIITA
LAS RAMAS PRINCIPALES DEL
ISLAM CHIITA

Gran Ayatolá ("Gran Signo Milagroso de Alá"), quien es reconocido como marya ataqlid o "modelo a imitar". Ayatolá ("Signo Milagroso de Alá") Hojatoleslam ("Autoridad en Islam") Mubellegh Al-Risalat ("Portador del Mensaje") Talib Ilm ("Estudiantes religiosos")

Zaidíes o quintistas; reconocen cinco imanes. Ismaelíes o septimistas; reconocen siete imanes. Imamistas o duodecimistas; reconocen doce imanes. Los imamistas creen en el Mahdí o "Divinamente Guiado", el imán Mohammed Al-Mahdí o Mohammed Al-Montazar, que significa "el Esperado", desaparecido en 878. Según las creencias chiitas el Mahdí se encuentra en estado de ocultación (ghaybah) y regresará al mundo en una era dorada luego de la derrota del Anticristo y antes del Juicio Final. En este sector están alineados los ayatolás, los dirigentes iraníes y los líderes religiosos del Hizballah. Un rasgo peculiar de los chiitas es que su fe les permite ocultar su condición de tales y adoptar en el entorno social en que viven el disimulo religioso -conocido en árabe como ketmán o taqiya-, si de alguna manera se consideran en peligro.

Ayatollah Sayyid Ali al-Sistan

LOS CHIITAS EN EL LÍBANO

Se atribuye la llegada de los primeros chiitas a los tiempos del califa Alí, pero esto se encuentra muy disputado por autores independientes. Fuentes arqueológicas e historiadores la sitúan en el siglo IX AD. Diversos estudios registran un incremento de la población chiita hasta el siglo XII. No hay precisiones sobre porcentajes de miembros de las ramas del chiismo: quintistas, septimistas y duodecimistas (mayoritaria). Posteriormente, la población chiita decreció como consecuencia de las persecuciones de los gobernantes sunitas de la región. A partir del siglo XVII y durante la dominación otomana, los chiitas fueron expulsados por los maronitas de Jabal Kesrawan (norte de Monte Líbano). Posteriormente y más allá de enfrentamientos imposibles de sintetizar, su número fue aumentando hasta alcanzar en la actualidad una presencia dominante en el país. En la actualidad, predominan en el Líbano los chiitas duodecimistas, tal como sucede en Irán.

La peregrinación a La Meca o Hajj es uno de los muchos rituales compartidos por sunitas y chiitas. Pero ambas ramas del Islam también tienen profundas diferencias.

LOS SUNITAS EN EL LÍBANO

La presencia del Islam sunita en el Líbano se remonta a tiempos de la conquista árabe, cuando el califa Abu Bakr envió a sus legiones a llevar la fe musulmana a este país. El objeto de expandir el control religioso y civil desde su base en la Península Arábiga, mediante una arrasadora campaña desarrollada entre 634 y 636. El califa Omar, sucesor de Abu Bakr, luego de la importante batalla de Yarmuk, designó al árabe Yazid ben Muawiyah como gobernador de Siria, territorio que incluía al que actualmente pertenece al Líbano. El dominio árabe bajo las dinastías de omeyas y abasidas marcó con un sello indeleble la composición de la sociedad libanesa moderna. La expansión musulmana en el país comienza con la del Imperio Otomano durante el reinado de Selim I, que se extendió desde 1512 a 1520, añadiendo el Líbano a su corona luego de derrotar a los mamelucos en la batalla de Marj Dabiq, que tuvo lugar en 1516.

En los siglos XVI y XVII se produjeron en lo que es el actual Líbano numerosas modificaciones administrativas y de gobernación de los diferentes distritos. Los sunitas libaneses están concentrados en el sector occidental de Beirut, Trípoli, Sidón, el distrito campesino de Akkar y en región noreste del Valle de la Bekaa. Perdieron las posiciones que habían alcanzado con los maronitas luego del Pacto Nacional de 1943. Se vieron perjudicados al debilitarse el respaldo que recibían de la OLP, y luego de la invasión israelí en el Líbano. Parecieron recuperarse con el protagonismo del expremier Rafiq Hariri, pero esto se esfumó con su asesinato en 2005. Saad Hariri, elegido premier poco después, carece hoy de la notable influencia adquirida en el Líbano con el respaldo de Arabia Saudita. Los actores predominantes a la fecha son los libaneses chiitas duodecimistas aliados de Irán y de la fe alauita gobernante en Siria.

Hezbollah, el instrumento iraní para expandir su influencia en Medio Oriente

CALIFA ABU 'ALI MANSUR AL-ḤĀKIM BIAMR-ALLĀH (985–1021) LOS DRUSOS

Escisión de la rama septimita o ismaelíes del Islam chiita. Fue fundado por Mohammed Al-Darazi, o Muḥammad bi Ismāʻīl Addarazī, del cual deriva su nombre. Al-Darazi, fue el principal teólogo del califa Tariq Al-Hakim, quien había considerado en vida que era una encarnación de Dios, algo que muchos de los fieles drusos -aunque no todos- continúan creyendo en la actualidad. Cuando Al-Hakim desapareció, Al-Darazi predicó que se había hecho invisible y estaba divinizado. El Libro sagrado de los drusos es el Kitab-al-Hikmat, conocido como "Libro de la Sabiduría". En uno de sus párrafos sobresalientes afirma que "Dios es uno" (se llaman a sí mismos Ahl al-Tawhid o sea "gentes de un solo Dios"). Califa Abu 'Ali Mansur al-Ḥākim bi-Amr-Allāh (985 – 1021)

Los Drusos para la teología drusa, Dios se ha manifestado a los hombres por su encarnación en la persona del califa Al-Hakim, quien no murió, sino que desapareció para atestiguar la fe de sus fieles, pero reaparecerá en su gloria y extenderá su imperio sobre el mundo. Los drusos libaneses -convertidos a esa confesión en tiempos del califa Tariq Al-Hakim- tuvieron control del país con la llegada de las legiones árabes a esas regiones; su dominio se extendió entre 634 y 1.098, pero las fuerzas de las Cruzadas fueron determinantes para desplazarlos por un largo tiempo. Las creencias de los drusos, esotéricas, misteriosas e inextricables para muchos, son en realidad un sistema ecléctico de doctrinas.

Califa Abu ʿAli Mansur al-Ḥākim bi-Amr-Allāh (985 – 1021)

EL LIBANO DESDE 1860 GRAVE CONFLICTO ENTRE MARONITAS Y DRUSOS

En 1860 se registra en el Líbano un grave conflicto entre maronitas cristianos y, fuerzas drusas lo cual provocó la intervención de Francia. Milicianos drusos provocaron una masacre de cristianos, arrasando el pueblo de Zahle. La violencia alcanzó Damasco donde más cristianos fueron asesinados, al tiempo que ardían varios consulados europeos. Estos hechos pudieron detonar las primeras ideas sobre el confesionalismo en el Líbano, mediante el cual la representación política está basada en la afiliación religiosa y la importancia cuantitativa de cada comunidad de fieles. A fines de la I Guerra Mundial los cristianos contaban con una mayoría ligeramente superior a la mitad de la población, seguidos por musulmanes sunitas y luego por chiitas. Los drusos integraban un tercio de estos últimos, aunque ellos no se consideran chiitas.

Miembros de la comunidad drusa durante una manifestación en que enarbolan la bandera de este pueblo

DISTRIBUCION DE GRUPOS RELIGIOSOS (1862-1917) EL "ACUERDO SYKES-PICOT"

Lo más importante a señalar como tendencia hasta el presente, es que las maronita, sunita, chiita y drusa, se establecieron en las mismas áreas en las que se encuentran actualmente, aproximadamente.

Uno de los primeros hitos que conectan la historia del Líbano con la del Estado de Israel, nace de las conversaciones secretas mantenidas en 1916 entre Francia y Gran Bretaña, que culminaron el 16 de mayo de ese año con el "Acuerdo Sykes-Picot", que dividió al Cercano y Medio Oriente en zonas de influencia dominada por ambas potencias coloniales: Francia, controlando Líbano y Siria. Gran Bretaña, controlando Irak y Transjordania. En cuanto a Palestina, quedó totalmente en manos de Gran Bretaña, a la que Francia cedió todos sus derechos sobre esta región. Por otra parte, Francia adquirió todo el poder de decisión necesario para ordenar sin restricciones la vida institucional del Líbano, como también de Siria.

EL INFORME DE LA "COMISIÓN KING-CRANE"

Informe estadounidense presentado a sus aliados de la I Guerra Mundial en cuanto a Mandatos sobre Turquía y que está fechado el 28 de agosto de 1919. Hacía hincapié en que un hogar nacional para los judíos no era equivalente a hacer de Palestina un Estado judío. Además, recomendaba limitar de manera definitiva la inmigración judía a esa región. Proponía la creación de un solo y gran Estado árabe: la "Gran Siria", que incluiría los territorios del Líbano y Palestina, con el objeto de que fueran gobernados por los EE.UU. bajo mandato de cumplimiento obligatorio. El "Informe King-Crane" fue archivado, contenía puntos de vista y propuestas opuestos a los intereses estratégicos de Gran Bretaña y Francia en la región, quienes convirtieron tal documento en letra muerta.

ESTADOS CREADOS DURANTE EL MANDATO FRANCÉS (1922) DE LA PROCLAMACIÓN DE REPÚBLICA A LA INDENPENCIA

El Líbano fue proclamado república por Francia en 1926. Francia retuvo el manejo de las relaciones exteriores hasta 1946 en que el país obtuvo su independencia. Francia diseñó e introdujo una constitución que incluía una cámara de diputados que fueron electos de acuerdo a su confesión religiosa.

LA FAMILIA BIN LADEN (EN ÁRABE, ﻥﺩﺍﻝ ﻥﺏ)

La familia Bin Laden (en árabe, ﻥﺩﺍﻝ ﻥﺏ), también deletreada *Bin Laden*, es una familia muy conectada con los círculos más íntimos de la familia real saudí, y los orígenes de familia Bin Laden llegan hasta un jeque yemení pobre y sin educación, Mohammed Bin Laden (fallecido en 1967). Mohammed Bin Laden era oriundo de la costa de Hadramaut, una región donde predominaba el Shafi'i (Sunismo), al sur de Yemen, y emigró a Arabia Saudita antes de que comenzara la Primera Guerra Mundial. Fundó una compañía constructora y atrajo la atención del rey Saud por medio de proyectos de construcción. Más tarde, fue premiado con contratos para importantes renovaciones en La Meca, donde formó su fortuna inicial a través de los derechos exclusivos de la construcción de todas las mezquitas y otros edificios religiosos no solo en Arabia Saudita, sino en todos los lugares hasta donde llegaba la influencia de Ibn Saud. Hasta su muerte, Mohammed Bin Laden tuvo el control exclusivo sobre las restauraciones de la Mezquita de Al-Aqsa en Jerusalén. Pronto, la red corporativa Bin Laden se extendió mucho más allá de sitios de construcción.

La cercanía especial de Mohammed con la monarquía fue heredada por la siguiente generación Bin Laden. Los hijos de Mohammed asistieron al Victoria College de Alejandría, Egipto. Sus condiscípulos incluyeron al rey Hussein de Jordania, a Zaid al Rifai, a los hermanos Kashoggi (cuyo padre fue uno de los médicos del rey), Kamal Adham (quien comandó la Dirección de Inteligencia General Saudí bajo el régimen del rey Faisal), actuales contratistas como Mohammed al Attas, Fahd Shobokshi y Ghassan Saker, y el actor Omar Sharif. Cuando Mohammed Bin Laden falleció en 1967, su hijo Salem Bin Laden se hizo cargo de las empresas de la familia hasta su propia muerte accidental en 1988. Salen fue uno de, por lo menos, 54 hijos que Mohammed Bin Laden tuvo con varias esposas.

Se convirtió en el centro de atención de los medios de comunicación por las actividades de uno de sus miembros, Osama Bin Laden. Los intereses

financieros de la familia Bin Laden están representados por el Grupo Saudi Bin Laden, un conglomerado global de construcción y de gestión de activos, con un ingreso bruto de $ 5 mil millones de dólares anuales, y una de las compañías de construcción más grandes del Mundo islámico, con oficinas en Londres y Ginebra.

VÍNCULOS DE NEGOCIOS ENTRE LAS FAMILIAS BUSH Y BIN LADEN

Fue muy controvertido el documental *Fahrenheit 9/11* de Michael Moore donde afirma la existencia de fuertes conexiones comerciales entre la Familia Bush y la familia Bin Laden. Moore basa la mayor parte de sus acusaciones en el libro de Craig Unger, *House of Bush, House of Saud*, que relata cómo Salem Bin Laden invirtió en Arbusto Energy, una compañía dirigida por George W. Bush, por intermedio de James R. Bath, el único representante comercial de Salem Bin Laden en los Estados Unidos.

Varios miembros de la familia Bush son inversionistas del Carlyle Group, un contratista militar y fondo de inversión con muchos intereses en el Medio Oriente, dirigido por el ex Secretario de Defensa de los Estados Unidos durante la administración Reagan, Frank Carlucci. Los medios de comunicación destacaron que el ex presidente George H. W. Bush asistió a una reunión de inversiones en el hotel Ritz-Carlton en Washington D.C. el 10 de septiembre de 2001 y, en particular, a una reunión con Shafiq Bin Laden quien representaba los intereses conjuntos del Grupo Saudí Bin Laden y de Carlyle. Si bien Bush no asistió la mañana del 11 de septiembre (aunque algunos han afirmado que la reunión tuvo lugar durante los ataques terroristas del 11 de septiembre), el ex Secretario de Estado James Baker estuvo presente, junto con Carlucci. Los grupos Carlyle y Bin Laden rompieron mutuamente sus relaciones de negocios el 26 de octubre de 2001.

**Osama Bin Laden junto al periodista pakistaní
Hamid Mir en una entrevista que concedió
en Kabul en 1997. El AKS-74U colgada en la
pared representa la victoria de los muyahidines,
de los que formaba parte Bin Laden, en la guerra
contra el Estado socialista afgano y la Unión Soviética**

ORÍGENES DE LA FAMILIA BIN LADEN: MI AMISTAD CON BIN LADEN

Yo fui muy amigo de Bin Laden desde que nos conocimos estudiando Ingeniería en la misma Universidad Rey Abdul Aziz, aunque las fuentes de los infieles no conocen con certeza si nos licenciamos en Administración de Empresas o Ingeniería.

Fue allí, en la Universidad donde fuimos gestando y dando forma a nuestras inquietudes y actividades que luego llevamos a cabo. Bin Laden, aunque tenía ideas propias, me hacía mucho caso en todas las cuestiones referentes a formación de grupos terroristas, atentados, instrucción de los mismos, etc. Digamos que veía en mí una persona sensata, inteligente y, especialmente, bien situado, con una coartada al alcance de muy pocos, de hecho, y no está bien decirlo, yo era llamado por ellos "el Gran Infiltrado" en el mundo infiel, el que gozaba de la mejor posición para información y ayuda a nuestra causa, como dijo en más de una ocasión, en algún foro o reunión con otros líderes musulmanes.

Contaré, desmentiré y anunciaré muchas de las noticias que Occidente, sus medios y sus líderes mentirosos han dicho de Bin Laden, muchas de ellas verdad y otras mentiras, tergiversadas otras también.

Bin Laden y yo nos reuníamos una vez al mes, y podía ser en cualquier país del mundo islámico, aunque generalmente era yo quien me desplazaba, entre otros motivos, por la facilidad que tenía a la hora de hacerlo sin levantar sospecha, siempre con una finalidad informativa para todos mis trabajos que tenía que desempeñar en el Consejo Europeo pero, especialmente, debido a la fama que cogió Bin Laden por aquel atentado famoso, que planeamos entre los dos y otro buen colaborador mío, Mohammad Atta. Esa semana nos reunimos los tres en Hamburgo en 2001, para planear el más grande atentado del 11 de septiembre de 2001 contra las Torres Gemelas, aunque

una vez más los incultos y mal informados infieles, piensan que él fue el autor intelectual de dicho atentado. Qué sabrán.

El rol de Mohammad Atta en los atentados fue ser el piloto del vuelo 11 de American Airlines, que impactó en la Torre Norte del World Trade Center como parte de los atentados a las 8:46 a.m. Con 33 años de edad al momento de los atentados, él fue el terrorista de mayor edad en participar en los ataques.

Nacido en 1968 en un pequeño pueblo en la delta del río Nilo, Atta se mudó con su familia a la sección Abdeen del Cairo cuando él había cumplido 10 años. Atta estudió arquitectura en la Universidad del Cairo, graduándose en 1990; posteriormente, continuó sus estudios en Hamburgo (Alemania), en el Instituto de Tecnología de Hamburgo. En Hamburgo, Atta se vio envuelto con la mezquita al-Quds, en donde conoció a Marwan al-Shehhi, Ramzi bin al-Shibh y Ziad Jarrah, ellos formaron la conocida célula de Hamburgo. Atta, por consejo mío, desapareció de Alemania durante varios periodos de tiempo, pasando un tiempo en Afganistán, pasó unos meses en la parte final de 1999 y los primeros meses del año 2000, en donde conoció a Osama Bin Laden, además yo le presenté algunos otros líderes de alto rango de al-Qaeda. Atta y los otros miembros de la célula de Hamburgo fueron reclutados por bin Laden, Khalid Sheikh Mohammed y por mi para la "operación aeronáutica" en Estados Unidos. Atta regresó a Hamburgo en febrero del año 2000, y fue cuando comenzó la investigación acerca de su entrenamiento como piloto y su entrenamiento de vuelo en Estados Unidos.

Atta llegó a Estados Unidos junto con Marwan al-Shehhi en junio del año 2000. Ambos se instalaron en Venice, (Florida), en Huffman Aviation, en donde se inscribieron en el programa de pilotos acelerado. Atta y Shehhi obtuvieron sus ratings instrumentales en noviembre del año 2000, y continuaron entrenando en simuladores y entrenamiento de vuelo. Comenzando en mayo de 2001, Atta y yo ayudamos con la llegada de los demás secuestradores de los atentados. En julio de 2001, Atta viajó a España en donde se reunió con bin al-Shibh para intercambiar información y entrar a la última fase del plan. En agosto de 2001 Atta viajó frecuentemente como pasajero en diferentes vuelos, para observar conductas y tiempos para establecer con detalle cómo iban a suceder los ataques.

A principios de septiembre de 2001, le indiqué a Atta que viajara a Prince George´s County en Maryland, en donde se encontraba su colega secuestrador Hani Hanjour. Atta posteriormente viajó a Boston, y el 10 de septiembre viajó a Portland, Maine junto con Abdulaziz al-Omari. Pasaron la noche en el Comfort Inn en el sur de Portland. En la mañana del 11 de Septiembre, Atta y Omari viajaron vía Colgan Air de vuelta a Boston en donde abordaron el vuelo American Airlines 11. Después de 15 minutos, los secuestradores atacaron y tomaron el control de la aeronave. A las 8:46 a.m. Atta dirigió el vuelo 11 de American Airlines en un curso de colisión contra la torre norte del World Trade Center y la aeronave Boeing 767 se impactó contra el edificio provocando la muerte instantánea de todos a bordo. El impacto provocó el colapso de la torre 102 minutos después de ser impactada a las 10:28 a.m., causando la muerte a más de 1600 civiles y cuerpos de emergencia que se encontraban dentro del edificio.

Como he dicho anteriormente yo tengo acceso a información, no clasificada y confidencial de toda clase, y le proporcioné los planos de los aviones que se debían secuestrar y entre los dos consensuamos cómo debían maniobrar y dar alcance a nuestros objetivos y, lo más importante, el impacto del segundo avión, ese fue mi idea más sublime, la que él entendió en seguida que nadie esperaría. Ahora sólo teníamos que reclutar a los llamados por Alá a llevar a cabo esa "obra inmortal", que pasaría a la historia como el atentado más grande ocurrido hasta la fecha.

Pero daré cumplida nota pasados ya 17 años del atentado World Trade Center, pues los infieles de Occidente tienen miedo de un nuevo 11 de septiembre como el del 2001, el más mortífero jamás cometido en Estados Unidos con casi tres mil personas desaparecidas tras el derribo de las Torres Gemelas sigue vigente en los habitantes de la ciudad de Nueva York, pero lo que no saben es que estoy preparando más dolor y más sangre contra el perverso, maligno y ególatra mundo Occidental. Pero esta vez será más grandioso, más cruel y más memorable. Durante decenas de miles de años se hablará de él. Será el comentario de día sí y día también, porque en él habrá tantos conocidos y tantos involucrados. Será tan notorio que no pararán las noticias ni de noche ni de día. Se juntarán días de diario con festivos y se seguirá hablando en los cafés, en las tertulias de círculos de intelectuales, el los dimes y diretes de los mercados de comestibles, en los centros culturales, en los escalones de los Congresos de Diputados, en los pasillos de los juzgados, en las salas de espera de los hospitales, especialmente y en todos los lugares donde haya dos personas presentes hablarán, aunque ellas no se conozcan. Será tan grande mi obra que no habrá persona en el mundo que no sepa de la Gran Venganza de Alá y de mí, su más fiel e incondicional discípulo que lo llevará a cabo con su ayuda y sabiduría.

EL 11S

En la mañana del 11 de septiembre de 2001 cuatro aviones fueron secuestrados por 19 hombres afiliados a la organización terrorista Al Qaeda, divididos en cuatro grupos, cada uno con un piloto entrenado.

Para cometer los atentados, los terroristas seleccionamos los aviones y los momentos precisos. Escogimos un día de menor tráfico aéreo, vuelos con pocos pasajeros y aeronaves con estanques recién cargados.

Mis guerreros asaltaron y los dirigieron, dos de ellos hacia las Torres Gemelas del World Trade Center, uno al Pentágono, en el Condado de Arlington y un cuarto que cayó en un campo abierto en Shanksville, Pensilvania cuando la tripulación oficial forcejeó con mis héroes para retomar el control del vuelo.

El atentado del 11S es considerado el peor ataque terrorista en la historia de EE.UU.

EL ATAQUE A LAS TORRES GEMELAS.
TORRE NORTE. TORRE SUR

Al momento del ataque a las WTC residían más de 500 empresas de 28 países, con 50.000 empleados, que desarrollaban actividades financieras relacionadas con Wall Street.

A las 08:46:30 am, el vuelo 11 de la American Airlines (AA 11), cargado con unos 38 mil litros de combustible impacta entre los pisos 93 y 99 de la Torre Norte del World Trade Center (WTC) a una velocidad estimada de 650 kilómetros por hora, dando inicio a los atentados.

En un primer momento se pensó que la colisión se debía a un accidente; las primeras notas de prensa indican incluso que se trataba de un pequeño avión.

Mueren instantáneamente sus 93 ocupantes más un número indeterminado de personas que estaba en la torre.

A las 10:28 am se desploma la Torre Norte, tras resistir una hora y 42 minutos desde que fue atacada. La "zona cero" queda cubierta de ruinas, humo y polvo que es posible ver incluso desde el espacio.

Dieciséis minutos después del impacto a la torre norte a las 09:02:59 am, el vuelo 175 de la United Airlines (UA 175) choca contra la torre sur, entre los pisos 77 y 85 a más de 800 kilómetros por hora.

Las Torres Gemelas antes del atentado

EXSENADOR DE EE.UU. ACUSA A SAUDÍES POR LOS ATENTADOS DEL 11-S

En el choque fallecieron los 64 ocupantes del avión y un número no determinado de personas que estaban en el edificio, es transmitido en vivo. 56 minutos después se desploma la torre sur del WTC.

La denominada parte baja de la isla de Manhattan se cubrió de densas columnas de humo y polvo. El fuego que humeaba en la denominada "zona cero" tardó casi 100 días en extinguirse. La destrucción del World Trade Center a afectó a 6,5 hectáreas de terreno. Durante semanas los equipos de rescate se emplearon a fondo en la búsqueda de los restos de las víctimas y de posibles supervivientes.

La respuesta política del por entonces presidente republicano George Bush consistió en lanzar una misión coordinada para dar con el paradero de Osama Bin Laden, el cerebro de los atentados y fundador de Al Qaeda, que incluía una acción militar en Afganistán. La región se sumió en un período mayor de alteración política y social con el envío de tropas de una coalición occidental, para derrocar al dictador Sadam Husein. Las tropas norteamericanas se mantuvieron en el país hasta diciembre de 2014. Bin Laden prosiguió huido al frente de la organización hasta el 2 de mayo de 2011, cuando unidades de élite de EE.UU. le abatieron en un tiroteo en la localidad de Abbattabad (al noreste de Pakistán), donde permanecía escondido.

El atentado del 11S cambió para siempre la imagen de la ciudad de Nueva York

TEORÍAS SOBRE EL 11S
¡TORRES GEMELAS FUERON DERRUMBADAS CON MACRO BOMBAS NUCLEARES!

A lo largo de los últimos años han surgido cantidad de explicaciones y evidencias que ponen en entredicho esta versión oficial de los acontecimientos.

Según las autoridades estadounidenses terroristas de Al Qaeda, liderados por Osama Bin Laden, secuestraron dos aviones comerciales, bombardearon el Pentágono y se estrellaron contra las Torres Gemelas, en la ciudad de Nueva York.

Los «Científicos por la Verdad sobre el 11 de Septiembre» (Scholars for 9/11 Truth) ponen en duda la versión oficial sobre los atentados del 11 de septiembre. Señalan que ésta «viola los principios de la física y de la ingeniería».

El grupo de expertos ha explicado que los impactos de los aviones y los incendios resultantes no podrían haber debilitado los edificios lo suficiente como para iniciar un colapso catastrófico y, que los edificios no se habrían derrumbado por completo, ni a la velocidad que lo hicieron, sin el uso de energía adicional para debilitar sus estructuras.

Una primera teoría apunta que el Gobierno de Estados Unidos tenía conocimiento previo de los ataques y deliberadamente no hizo nada para prevenirlos.

Esta hipótesis admite la existencia de los secuestradores islámicos y no cuestiona la causa del derrumbe de las Torres Gemelas, pero acusa al gobierno de permitir deliberadamente que los terroristas realizaran los ataques.

La segunda teoría señala que fue el propio gobierno de Estados Unidos quien orquestó y perpetró los ataques. Esta conjetura cuestiona la causa del derrumbe del WTC, y sostiene que los edificios fueron implantados con explosivos antes de los eventos.

Una serie de mini o macro bombas nucleares fue usada para derrumbar las Torres Gemelas de arriba a abajo, revela el analista estadounidense James Henry Fetzer.

Fetzer, quien ha investigado extensamente los ataques del 11 de septiembre de 2001 contra las Torres Gemelas en la ciudad de Nueva York, ha hecho esta revelación en una entrevista telefónica sostenida este lunes con la cadena de televisión iraní de habla inglesa Press TV.

El experto, en primer lugar, ha indicado que curiosamente fue el actual presidente de EE.UU., Donald Trump, la primera persona que puso en duda la versión oficial sobre el derrumbe de las torres.

El magnate republicano, en una entrevista con el *Canal 9* de Nueva York, citando a los ingenieros de esos edificios que entonces trabajaban para él, aseguró que era "imposible que los Boeings pudieran haber causado el colapso de las torres" y concluyó afirmando que "tenía que haber otros factores que aún se desconocen", recuerda Fetzer.

Sin embargo, prosigue el investigador, "lo que conocemos hoy incluye es el uso de una serie de mini o macro bombas nucleares para destruir las Torres Gemelas de arriba a abajo, convirtiéndolas en millones de yardas cúbicas de polvo muy fino, lo que es una indicación clásica del uso de armas nucleares".

En esta línea, ha añadido que el uso de ese tipo de artefactos ha sido confirmado por los estudios geológicos de EE.UU. realizados en 35 lugares de Manhattan en los que se han detectado elementos que, por su cantidad y correlación, evidenciaban el uso de dispositivos nucleares como bario, estroncio, torio y uranio, litio, lantano, nitruro, y tridiam, algunos de los cuales sólo existen en forma radiactiva.

Un informe publicado el año pasado por la revista Newsweek reveló que un total de 5441 de las 75.000 personas inscritas en el los Centros para el Control de Enfermedades y el Programa de Salud del Centro Mundial de Comercio (WTC, en inglés), fueron diagnosticadas con cánceres ligados a los ataques del 11-S.

Aunque persisten las dudas sobre lo ocurrido en Nueva York el 11 de septiembre de 2001, Malcom Howard, de 79 años de edad, agente de la Agencia Central de Inteligencia (CIA, en inglés) durante 36 años, confesó su participación en el atentado de bandera falsa, que sirvió de justificación a las

invasiones de EE.UU. de Afganistán, semanas después de los atentados, y de Irak, en 2003, de acuerdo con el portal *Your News Wire*.

Las autoridades estadounidenses lo culparon de la preparación y financiación del atentado tras la reivindicación hecha por el propio Bin Laden. Ante la negativa del régimen talibán de entregarlo, el ejército estadounidense invadió Afganistán para encontrarlo.

La búsqueda fue infructuosa: se dio con el paradero de los principales líderes del régimen talibán, pero a pesar de haber acorralado a Bin Laden en la región de Tora Bora, éste consiguió escapar a Pakistán. Llegó a afirmarse que ya había muerto en alguno de los bombardeos que tuvieron lugar durante la invasión. Sin embargo, en la ciudad de Jalalabad localizaron un vídeo donde aparecía Bin Laden reivindicando los atentados, con lo cual el Gobierno estadounidense pudo justificar la invasión a Afganistán, ya que ello constituía una prueba de su culpabilidad.

Algunos dudan que la persona que aparece en dicho vídeo sea realmente Osama Bin Laden argumentando:

- El poco parecido del hombre del vídeo con fotografías anteriores de Bin Laden

- El hecho de que lleve un anillo de oro en un dedo, lo cual está prohibido por la doctrina islámica que profesa

- Y que utilice su mano derecha, cuando se le supone zurdo.

Impacto del segundo avión en la Torre 2 durante los atentados terroristas del 11 de septiembre de 2001 en Nueva York.

Folleto de Bin Laden distribuido por EE. UU en la contra Afganistán

Hay quien opina que el vídeo no es más que una falsificación para culpar a Bin Laden y tener una justificación de la invasión de Afganistán y la culpabilidad de Al Qaeda. A pesar de todo esto, las autoridades estadounidenses afirman que el vídeo es auténtico, que el que aparece en él es Osama Bin Laden y que por tanto el vídeo es una prueba de que fue el autor intelectual de los atentados del 11 de septiembre.

Bin Laden reivindicó los atentados en octubre de 2004, es decir, tres años después de cometidos, justo antes de las elecciones presidenciales en Estados Unidos, enviando un vídeo a la cadena de televisión Al Jazeera, en el que se le ve con aparente buena salud, leyendo un papel, y haciendo gestos a cámara para enfatizar parte del discurso (Hay que recordar que en julio de 2001 estaba gravemente enfermo).

El papel de Bin Laden en el 11-S sigue sin estar claro. Llegó a ser uno de los 10 fugitivos más buscados del FBI, se le atribuían varios atentados terroristas pero no se mencionó específicamente los del 11-S, limitándose a constatar que se le buscaba por su conexión con "atentados en todo el mundo", siguiendo la práctica habitual de encausar a los fugitivos sólo por uno o dos delitos, con independencia del número real de delitos que se le atribuyen. El periodista Ed Haas (editor y redactor del *Muckraker Report*) se comunicó el 5 de junio de 2006 con el cuartel general del FBI sobre este asunto. Rex Tomb, jefe retirado de Publicidad Investigativa del FBI, le dijo: «La razón de por qué el 11/9 no es mencionado en la página de Osama Bin Laden como más buscado es porque el FBI no tiene evidencia convincente de su conexión con el 11 de septiembre». Todo esto sido mencionado por el Movimiento por la verdad del 11-S. El FBI desautorizó las declaraciones de Tomb, argumentando que la información que poseía éste no era precisa y que Tomb no es especialista en terrorismo. La posición oficial del FBI es que Bin Laden es responsable de los atentados del USS Cole, las embajadas de Kenia y Tanzania y que su implicación en los atentados del 11-S es irrefutable.

Todas estas teorías demuestran, una vez más, la ineficacia, malversación, perversidad e ignorancia de las fuentes informantes infieles y su ineficacia e ineficiencia.

CREENCIAS E IDEOLOGÍA

Creíamos que la restauración de la ley Sharia haría del mundo islámico un lugar mejor y se oponía al resto de las ideologías —panarabismo, socialismo, comunismo, democracia—. Siempre afirmamos que Afganistán, bajo el gobierno del líder talibán Mullah Omar, era el único 'país islámico' en el mundo musulmán, y por supuesto siempre apoyamos el uso de la violencia en forma de yihad para así combatir las injusticias perpetradas por Estados Unidos y en ocasiones por países occidentales contra el mundo árabe, acabar con el Estado de Israel y empujar a Estados Unidos a abandonar Oriente Medio. Además, descalificamos al pueblo estadounidense en una carta escrita en 2002, condenándolo por «sus actos inmorales de fornicación, homosexualidad, drogadicción, ludopatía y usura".

Probablemente, la idea que hizo más impopular a Bin Laden fue aquella que justificaba la muerte de civiles (incluidos mujeres y niños) como daños inevitables de la santa yihad. Bin Laden era antijudío y antiisraelí, como demostraban sus advertencias en contra de supuestas conspiraciones judías: «Los judíos son grandes usureros, así como traidores natos. No dejarán nada para ti, ni en este mundo ni en el siguiente». Tachaba a los musulmanes chiitas, junto con los «herejes» –EE. UU. e Israel–, como las cuatro grandes amenazas para el mundo islámico en su ideología de clases de la organización terrorista Al-Qaeda.

PARTICIPACIÓN EN LA GUERRA DE AFGANISTÁN (1978-1992)

Poco después de que la Unión Soviética interviniera en Afganistán, Bin Laden, así como miles de otros islamistas alrededor del mundo, se unió a la «guerra santa». En 1980 comenzó a reclutar guerrilleros y estableció sus primeros campamentos. Entrenado por la CIA, aprendió cómo mover dinero a través de sociedades fantasmas y paraísos fiscales; a preparar explosivos; a utilizar códigos cifrados para comunicarse; y a ocultarse. Por esa época, los Estados Unidos colaboraban incondicionalmente con los grupos afganos, debido a su participación en la guerra contra la URSS (entre 1979 y 1989 los estadounidenses entregaron cerca de tres mil millones de dólares a la resistencia afgana, que favoreció a Bin Laden). Después de la retirada soviética en 1989, Bin Laden regresó a su país como un héroe, pero su objeción a la presencia de tropas estadounidenses en Arabia Saudí durante la Guerra del Golfo lo llevó a una creciente desavenencia con los líderes de su país. A pesar de este progresivo alejamiento en la década de 1990 de las posturas del gobierno saudí y sus aliados occidentales, aún en 1993 la prensa británica describía a Bin Laden como un guerrero antisoviético que pone a su ejército en el camino hacia la paz.

FORMACIÓN DE AL QAEDA.
SUPUESTAS MUERTES

Osama Bin Laden junto al periodista pakistaní Hamid Mir en una entrevista que concedió en Kabul en 1997. El AKS-74U colgada en la pared representa la victoria de los muyahidines, de los que formaba parte Bin Laden, en la guerra contra el Estado socialista afgano y la Unión Soviética

Entre agosto de 1988 y finales de 1989 creó una red terrorista conocida como al Qaeda (en árabe: القاعدة *al-qā`ida*, 'la Base'), la cual consistía, en gran medida, en militantes musulmanes que Bin Laden había conocido en Afganistán, tales como su lugarteniente Aymán al-Zawahirí, junto con el propio Bin Laden. El grupo presuntamente financió y organizó varios ataques por todo el mundo, incluidos la detonación de coches bomba contra blancos estadounidenses en Arabia Saudí en 1996, el asesinato de turistas en Egipto en 1997 y los ataques con bomba simultáneos a las embajadas estadounidenses en Nairobi (Kenia) y en Dar es Salaam (Tanzania) en 1998, los cuales terminaron con la vida de 224 personas y miles de heridos.

En 1994, después de que el Gobierno saudí confiscó su pasaporte tras acusarlo de subversión, Bin Laden huyó a Sudán, donde se lo acusa de haber organizado campos de entrenamiento terroristas y de donde fue expulsado finalmente en 1996. Luego regresó a Afganistán, donde recibió protección de los talibán, la milicia gobernante.

Entre 1996 y 1998, Bin Laden emitió una serie de *fatwas* (en árabe: 'decretos religiosos') declarando una guerra santa contra los Estados Unidos, al cual acusó, entre otras cosas, de saquear los recursos naturales del mundo musulmán y de ayudar e incitar a los enemigos del Islam. Al parecer la meta de Bin Laden era involucrar a los Estados Unidos en una guerra a gran escala en el mundo musulmán, que terminaría con los Gobiernos musulmanes moderados y restablecería el califato (es decir, un único Estado musulmán). Con este fin, al Qaeda entrenó y equipó a terroristas con la ayuda de la considerable riqueza de Bin Laden. Tuvo miles de seguidores por todo el mundo, en lugares tan diversos como Arabia Saudí, Yemen, Libia, Bosnia, Chechenia y las Filipinas.

El 2 de noviembre de 2007, Benazir Bhutto reveló que Osama bin Laden fue asesinado por Ahmed Omar Saeed Sheikh. Esta revelación fue suprimida por la BBC de la entrevista original.

Bin Laden aparece en 2007 en un nuevo vídeo y según miembros del servicio de inteligencia de Estados Unidos aseguran que la cinta es «genuina y que la voz emanada del vídeo pertenece al líder de al-Qaeda».

El 31 de enero de 2010, el diario español *El País* y el periódico colombiano *El Tiempo*, presentaron una entrevista al Sultan Tarar, «mano derecha» del fugitivo talibán Mullah Omar, en la cual afirma que Bin Laden murió de un cáncer de riñón entre mayo y junio de 2002.

Sin embargo, el 25 de marzo de 2010 Osama bin Laden aparece y envía una advertencia al Gobierno de los Estados Unidos a través de un audio emitido por la cadena de televisión qatarí Al Jazeera, Bin Laden dijo que el día que EE. UU. tome la decisión de ejecutar a Jálid Sheij Mohámed, supuesto cerebro de estos atentados, Al Qaeda ejecutará a todos los estadounidenses en su poder.

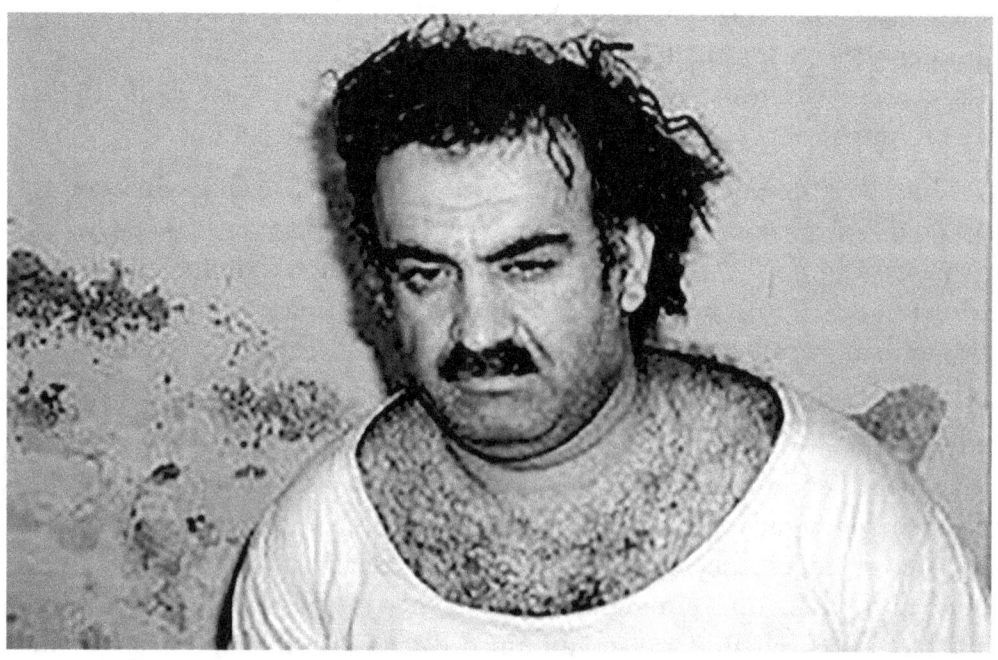

ROBERTO RUIZ CRUZADO

شبكـة الجزيـرة الإعلاميـة
ALJAZEERA MEDIA NETWORK

SU PERSONALIDAD SEGÚN SUS MUJERES

Osama Bin Laden tuvo más de 20 hijos con cinco esposas. Algunas esposas y amantes han declarado sobre su personalidad. Su primera esposa fue su prima Najwa Ghanem, con quien tuvo 11 hijos, pero luego lo dejó y se marchó de Afganistán unos meses antes del 11 de septiembre. Su segunda esposa Khadija Sharif, tres hijos, no soportó la vida austera en Sudán, divorciándose en la década de 1990. Su tercera esposa Khairiah Sabar, con un hijo, no sobreviviría a los bombardeos de Afganistán del 2001.

Su amante africana Kola Boof, entre 1996 y 1998, confesó que la violó en algunas ocasiones y hasta llegó a secuestrarla durante 10 meses en un hotel marroquí. Comentó que tenía una actitud violenta en el sexo, le pegaba para que consintiera sus caprichos sexuales, mordía muy fuerte hasta hacerle gritar de dolor, además de emitir unos sonidos animales espantosos y de tener un olor corporal horrible, tal como revela en su "Diario de una chica perdida". También lo calificó de genio, poeta, racista, muy apasionado, muy delicado y confundido, además con amor por la cultura occidental, obsesión por la cantante Whitney Houston, así como por la marihuana.

Su cuarta esposa Siham Sabar, le dio cuatro hijos y lo abandonó cuando llegó la última esposa de 17 años, declarando a ABC que "trataba a su familia como perros" y lo describió como un monstruo que vivía en constante alerta, solo dormía dos o tres horas y comía muy poco. El quinto matrimonio sólo duró 48 horas. Su última esposa fue Amal Ahmed Abdul Fatah, por quien pagó cinco mil dólares, 26 años menor que él, muy religiosa, con quien probablemente tuvo seis hijos y que fue herida durante el asesinato de Bin Laden por defenderlo, pues le tenía mucha admiración. Las fuerzas especiales estadounidenses encontraron en su casa de Abbottabad, abundante material pornográfico, tanto en videos como en sus computadoras.

Por otro lado, es probable que las relaciones maritales de Bin Laden fueran su perdición. De acuerdo con Shaukat Qadir, un general de brigada pakistaní retirado, una de sus esposas lo habría delatado con las fuerzas estadounidenses. Al parecer, su tercera esposa Khairiah no habría muerto en 2001, sino que huyó a Irán, donde quedó bajo arresto domiciliario y luego se reencontró con Bin Laden en Pakistán en 2011. Luego de la muerte de Bin Laden, sus viudas se reencontraron en Islamabad bajo la custodia de las fuerzas de seguridad; allí Khairiah (61), que habría vivido apartada en el piso inferior en Abbottabad, acusaba a Amal (29), su última esposa, de ser una prostituta que acaparaba las 24 horas a Osama. A su vez Amal acusaba a Khairiah de traición y de ser la real asesina de Osama. Otros familiares apoyaron a Amal; uno de los hijos llamado Khalid habría advertido a Bin Laden de una probable traición por parte de Khairiah. Sin embargo, ni el gobierno estadounidense ni el pakistaní han confirmado estos hechos.

Su primera esposa fue su Prima Najwa hanem

PARADERO DESCONOCIDO DURANTE AÑOS

Ha existido un gran número de reclamaciones no verificadas acerca de su estado y ubicación, incluidos los rumores de su muerte en varios años, y las reivindicaciones de sus visitas a diversos países. Sin embargo, aunque hay grabaciones de vídeo donde aparece Bin Laden no se pudo saber con exactitud su localización en esa época.

Después de los atentados del 11 de septiembre de 2001, los Estados Unidos pidieron a las autoridades talibanes entregar a Bin Laden para que enfrentara cargos por terrorismo. Los talibanes se negaron a entregar a Bin Laden sin pruebas o indicios de su implicación en los atentados del 11 de septiembre e hizo una contraoferta para que Bin Laden fuese a un tribunal islámico o lo extraditaran a otro país. Ambas ofertas fueron rechazadas por el gobierno de los Estados Unidos.

Los rumores de su muerte siguieron, se decía que estaba muerto o fatalmente herido durante los bombardeos de Estados Unidos después de los atentados del 11 de septiembre, o que había muerto por causas naturales. De acuerdo con Gary Berntsen, en su libro de 2005, *Jawbreaker*, un número de al-Qaeda detenidos más tarde confirmó que Bin Laden había escapado de Pakistán, a través de una ruta oriental a través de montañas cubiertas de nieve en el área de Parachinar, Pakistán. Los medios de comunicación informaron de que Bin Laden sufría de una enfermedad renal que lo obligaba a tener acceso a servicios médicos avanzados, posiblemente diálisis renal. Ayman al-Zawahiri que es el segundo Jefe al mando de Al Qaeda es quien ha brindado atención médica a Bin Laden.

La CIA afirmaba por aquel entonces que Osama Bin Laden estaba vivo y escondido en el noroeste de Pakistán, en gran parte aislado de las operaciones diarias de Al Qaeda.

Por otra parte, en el mes de enero de 2010 el FBI divulgó unas imágenes virtuales de Osama Bin Laden, en las que proyectaba el aspecto que

tendría en ese momento el líder de Al Qaeda. Los expertos forenses del FBI aseguraron que Bin Laden seguiría teniendo barba, además, se especulaba que el líder de Al Qaeda caminaría con un bastón.

LOS INFORMES SOBRE EL PARADERO. MUERTE DE OSAMA BIN LADEN

Declaraciones sobre la ubicación de Osama Bin Laden fueron realizadas desde diciembre de 2001, aunque ninguna fue probada definitivamente y algunas han puesto Osama en lugares diferentes durante períodos de tiempo superpuestos. Dado que una gran ofensiva militar en Afganistán a raíz de los ataques de Al Qaeda en los Estados Unidos no lograron descubrir su paradero, Pakistán había sido identificado regularmente como sospecha de su escondite.

El 1 de mayo de 2011, se informó de que Osama Bin Laden murió durante una acción militar de EE. UU. Se confirmó la identidad de Bin Laden comparando muestras conservadas de ADN de su hermana muerta con ADN del cuerpo sin vida. El cadáver fue tomado por elementos de fuerzas armadas de EE. UU. tras el ataque, y quedó en su posesión.

Obama, Clinton y otros miembros del gobierno de EE.UU. siguiendo en directo la operación que acabaría en la muerte de Bin Laden.

Ese día, a las 22:40 (GMT -05:00), el presidente Obama se dirigió a la nación afirmando, previa confirmación por parte de funcionarios estadounidenses, que Osama Bin Laden había muerto en una operación secreta en Abbottabad, Pakistán, ciudad 50 kilómetros al noreste de Islamabad y 150 kilómetros al este de Peshawar. Obama indicó que la operación fue obra de un pequeño grupo que actuó bajo sus órdenes y contó con ayuda del gobierno pakistaní.

La localización y muerte de Bin Laden fue facilitada al seguir los pasos de uno de los miembros y mensajeros de su grupo íntimo. Dos años antes, los servicios de inteligencia estadounidenses localizaron la región en donde operaba su mensajero. A partir de esos datos en agosto de 2010 fue localizada la zona en que podía vivir, a unos 55 kilómetros al norte de la capital de Pakistán, Islamabad, en una mansión fortificada. En febrero de 2011, los servicios de inteligencia ya estaban seguros de que en la residencia objeto de investigación se encontraba la familia Bin Laden. En marzo, el presidente de los Estados Unidos, Barack Obama, tuvo conocimiento de los datos de inteligencia y el 29 de abril aprobó la operación. Ésta no fue comunicada a ningún país, ni siquiera a Pakistán, y se desarrolló en 40 minutos por un grupo de élite reducido del ejército estadounidense. Falleció en la operación el propio Bin Laden —de dos tiros, uno en el pecho y otro en la cabeza—, un hijo de éste, una mujer no identificada, el mensajero que había servido para localizarlo y un hermano del mismo. Según informaciones posteriores facilitadas por la administración estadounidense, Bin Laden no estaba armado al ser abatido, pero sí lo estaba la mujer que intentó protegerlo; la cual disparó a los comandos estadounidenses y por eso fue herida en una pierna (pero no resultó muerta como se informó al principio).

Su cuerpo, fue trasladado al portaaviones USS Carl Vinson, donde tras celebrarse un funeral según los ritos islámicos, fue sepultado en el mar.

No obstante, algunos analistas conocidos por haber planteado con anterioridad explicaciones alternativas a los atentados del 11-S, han señalado que el anuncio de la muerte de Bin Laden es incongruente y las circunstancias que la rodearon, extrañas. En relación con lo anterior han sugerido que su asesinato pudo ser un montaje del gobierno estadounidense, ya que, según los datos que manejan podría haber fallecido mucho tiempo antes, incluso en diciembre de 2001. Entre las varias versiones conspirativas se encuentra la del periodista estadounidense Seymour Hersh, quien piensa que el ISI paquistaní retenía a Bin Laden desde 2006 y que tras la muerte de este, provocada por soldados estadounidenses guiados por espías paquistaníes, su cuerpo no fue lanzado al océano.

LA MILLONARIA FORTUNA QUE BIN LADEN DEJÓ EN HERENCIA PARA LA YIHAD

"Espero que mis hermanos, hermanas y tías maternas obedezcan mi voluntad y gasten todo el dinero que he dejado en Sudán para la yihad, por el bien de Alá".

Con estas palabras escritas a mano, Osama Bin Laden encomendaba a la guerra santa su fortuna personal.

El testamento no es suficiente para explicar cómo hizo tanto dinero, aunque sí señala que US$12 millones procedían de la compañía familiar y los recibió a través de su hermano.

La última voluntad del fundador de Al Qaeda fue divulgada este viernes junto a otros 112 documentos encontrados por las autoridades estadounidenses en el complejo de Abbottabad , la localidad paquistaní donde se escondía y donde fue muerto por un equipo de soldados estadounidenses.

¿QUÉ HAY EN LA INMENSA COLECCIÓN DE CASETES QUE TENÍA OSAMA BIN LADEN?

Entre los textos desclasificados se encuentra una carta escrita por Bin Laden para su padre, en la que habla sobre la posibilidad de que lo maten y le pide proteger y ayudar a sus hijos.

"Mi precioso padre: te encomiendo el bien de mi esposa y de mis hijos, (espero) que siempre veles por ellos, estés al tanto de dónde se encuentran y los ayudes en sus necesidades y matrimonios. Ellos vienen de mí y yo vengo de ti y ellos también son tus hijos", escribió.

"Me he convertido en un inmigrante y en un muyahidín por amor a Alá. Si resulto muerto, reza por mí y haz continuas obras de caridad en mi nombre, pues tendré una gran necesidad de apoyo para llegar al hogar permanente", agregó.

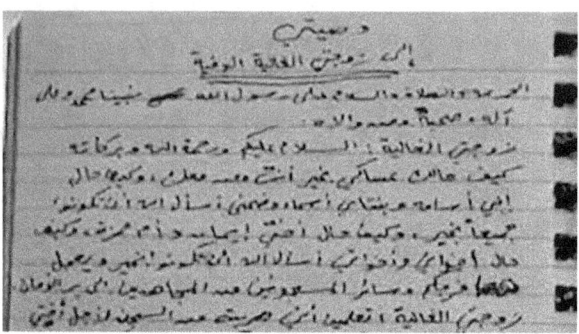

"EL LEÓN DE LA YIHAD"

En el grupo de documentos hay también un panegírico escrito por Bin Laden a propósito de la muerte de Abu Musab al Zarqawi, líder de Al Qaeda en Irak, quien falleció en un bombardeo de Estados Unidos sobre su escondite en el norte Bagdad en junio de 2006.

El líder de Al Qaeda, vivió varios años oculto en Abbotabd. **Bin Laden lamentó la muerte de Abu Musab al Zarqawi, lugarteniente de Al Qaeda en Irak**

"*Nuestra nación musulmana está devastada con la muerte de este valiente caballero, el león de la yihad y el hombre de la firmeza y de la relevancia*", escribió en el texto en el que alababa a su lugarteniente al que postulaba como un ejemplo a seguir.

También hay documentos en los que el líder de Al Qaeda trazaba un plan para realizar una campaña de propaganda aprovechando la cercanía del aniversario de los ataques del 11 de septiembre de 2001 en Estados Unidos.

En otras cartas, Bin Laden valora el progreso de Occidente en la "Guerra contra el terrorismo", incluyendo la campaña militar de Estados Unidos en Afganistán.

LO QUE REVELAN LOS LIBROS DE "LA BIBLIOTECA DE OSAMA BIN LADEN"

"*Ellos pensaban que la guerra iba a ser fácil y que conseguirían sus objetivos en unos pocos días o en pocas semanas*", apuntó.

"*Necesitamos ser pacientes durante más tiempo. Con paciencia habrá victoria*", agregó.

Esta es la segunda vez que Estados Unidos desclasifica documentos hallados en la guarida de Bin Laden en Pakistán.

En mayo de 2015, la Oficina del Director Nacional de Inteligencia hizo públicos otros 103 documentos, incluyendo cartas personales de Bin Laden y parte de su biblioteca.

A continuación, voy a dejar detalles de algunas de las noticias dadas por cadenas de televisión y medios propagandísticos infieles de las guerras o batallas, cada uno que las califique como quiera, a las que yo he asistido, ya sea como asesor, estratega o parte beligerante, tergiversando, muchas de las veces la verdad.

Entre el 2 y el 6 de marzo de 2013, en medio de la Guerra Civil Siria, al Raqa cayó en manos del Frente al Nusra y Ahra al-Sham convitiéndose en la primera ciudad importante que escapa por completo al control de las autoridades sirias, y la establecieron como base de ofensivas hacia el sur.

El 13 de enero de 2014 y tras una fallida ofensiva por parte de los rebeldes "moderados", el Estado Islámico de Irak y el Levante se apoderó de la totalidad de al-Raqa. El 29 de junio, tras capturar varias ciudades del norte de Irak, los islamistas declararon un califato universal sobre todo el mundo islámico en torno a la persona de su líder, Abu Bakr al-Baghdadi. Así, Al Raqa se convirtió en la "capital" de este proclamado (si bien no reconocido internacionalmente) protoestado y en su principal bastión en Siria.

Según publicaron fuentes infieles el Estado Islámico procedió a implantar un régimen de terror, masacrando disidentes y supuestos simpatizantes del gobierno, y sometió a la población a una rigurosa observancia del Islam. Los terroristas también llevaron a cabo la destrucción de importantes sitios arqueológicos y religiosos no sunitas, como la mezquita de Uwais al-Qarni.

El 15 de noviembre de 2015, en respuesta a los ataques terroristas acaecidos en París dos días antes, la ciudad fue blanco de un fuerte bombardeo aéreo por parte de la Fuerza Aérea francesa, después de que el Estado Islámico se adjudicara los ataques terroristas.

El 7 de marzo de 2016, el gobierno sirio anunció que había recuperado el control parcial de la ciudad, tras una sublevación iniciada por combatientes desertores de Estado Islámico. El 4 de junio, el ejército sirio finalmente penetró en la provincia de Al Raqa; sin embargo, dos semanas después los terroristas consiguieron readueñarse de la mayor parte de las zonas liberadas.

El 6 de noviembre de 2016, las Fuerzas Democráticas Sirias con apoyo de las Fuerzas Al-Sanadid y de tropas estadounidenses de la coalición, lanzaron una nueva ofensiva para liberar la ciudad. Lograron entrar en la ciudad el 6 de junio de 2017 (batalla de Raqa) y la conquistaron el 17 de octubre de 2017, poniendo fin así a cuatro años de ocupación.

Las Fuerzas de Siria Democrática (FSD), una alianza liderada por milicias kurdas y apoyada por Estados Unidos, tomaron hoy (17 de octubre de 2017) el control total de la ciudad de Al Raqa, antigua "capital del califato" del grupo terrorista Estado Islámico (EI), tras más de cuatro meses de ofensiva.

Las FSD anunciaron en su cuenta de Telegram que Al Raqa quedó "totalmente liberada del 'Dáesh' (acrónimo en árabe de Estado Islámico)", sin ofrecer más detalles.

En las últimas horas, los extremistas habían quedado confinados en un pequeño reducto en el centro de la urbe, entre el área del Hospital Nacional y la del estadio municipal.

Alá lo sabe, sabe que los infieles tienen que pagar por todo lo que nos hicieron a mi pueblo, a mi familia y a mí. Por los 15 años que pasé en la cárcel, de los cuales 12 años estuve esperando un juicio y tras el que fui enviado a un penal que no quiero ni acordarme de su nombre, aunque lo diré, para que quede constancia de lo que allí me hicieron sufrir, fue el penal que está en el desierto de Palmira, y que en marzo de 2016 nos expulsó el ejército sirio y sus aliados infieles, pero que reconquistamos en diciembre del 2016.

A pesar del horror que sufrí en su cárcel durante tantos años, fui torturado para sacarme una información que yo no sabía ni tenía idea de lo que me preguntaban, las pruebas se quedaron reflejadas en mi piel, en mi carácter y en mi memoria. Aun así, también tengo muy buenos recuerdos de Palmira, mis hermanos y yo pasturábamos por esos lares a menudo y, los conocíamos como la palma de la mano.

Contaré algunas cosas de Palmira (ciudad de las palmeras), cuyo nombre oficial en Siria es Tadmor (ciudad de los dátiles), como que era un oasis para las caravanas entre el Golfo y el Mediterráneo y una etapa en la ruta de la seda. En el año 129, el emperador romano Adriano hizo de ella una ciudad libre y le dio el nombre de Adriana Palmira. Pasó a ser un punto de lujo y exuberancia en pleno desierto gracias al comercio de especias y perfumes, de la seda y el marfil de Oriente, de estatuas y al trabajo del cristal fenicio.

Durante el régimen de Hafez al Asad (1971-2000), padre del actual presidente Bashar al Asad, la prisión de Palmira, según los infieles, se volvió célebre tristemente porque en ella murieron cientos de detenidos ejecutados o torturados.

En la primera ocupación de Palmira, nosotros, para los que no lo sepan Dáesh (acrónimo árabe del Estados Islámico), hicimos estallar la prisión, y el 18 de agosto de 2015 tres meses antes nos apoderamos de la totalidad de Palmira, decapitamos a Jaled al Asaad, de 82 años, el hombre que dirigió durante medio siglo el servicio de Antigüedades de la célebre ciudad, porque Alá no nos permite idolatrar estatuas con formas de animales y humanas y dinamitamos dos de los más bellos templos de Palmira, Bel y Baalshamin. En septiembre de 2015 destruímos varias torres funerarias de la ciudadela, antes de convertir en polvo el célebre Arco del Triunfo, y en enero de 2017 el Tetrapilo, un monumento de 16 columnas erigido en el siglo III. Saqueamos el teatro romano construido en el siglo I. Por todas estas acciones, los infieles de la Unesco los tildó de "crímenes de guerra".

Lo van a pagar con mucho dolor, nuestros enemigos no saben lo que les espera, sabrán del "Azote de Alá" que vendrá con todo su poder, con un poder nunca visto, se arrepentirán del asesinato de nuestro "héroe" Abu Jair al Masri, murió "durante el ataque de un dron de los cruzados" de la coalición liderada por

Estados Unidos en Siria, era el número dos de Al Qaeda, tenía 59 años, era el yerno de Osama bin Laden. Nacido en Egipto, Al Masri, también conocido como Abdulá Muhammad Rajab Abdulrahmán, se unió a Al Zawahiri en la década de 1980, era una de las personalidades más importantes vinculada a la organización antes de los atentados del 11 de septiembre de 2001.

Pensáis que la última lista de terroristas elaborada por CNN no tiene por objeto establecer una "lista definitiva" ni se centra en las organizaciones, sino en los hombres (y todos son hombres) que presuntamente que dirigen -y en algunos casos llevan a cabo- los actos de terror dirigidos a causar bajas masivas entre la población civil, y en la que incluyeron al jefe de alto rango de Al Qaeda, Saif al Adel, y que dicen que ha desaparecido del radar y puede haber estado bajo arresto domiciliario en Irán.

El hecho de que los medios de habla inglesa hayan decidido optar por la sigla ISIS, las iniciales en inglés de 'Estado Islámico de Irak y Siria', ha generado una ola de quejas por parte de decenas de mujeres que llevan el nombre de Isis, la diosa egipcia de la salud, el amor y el matrimonio.

Abdulá Muhammad Rajab Abdulrahmán

Al Zawahiri

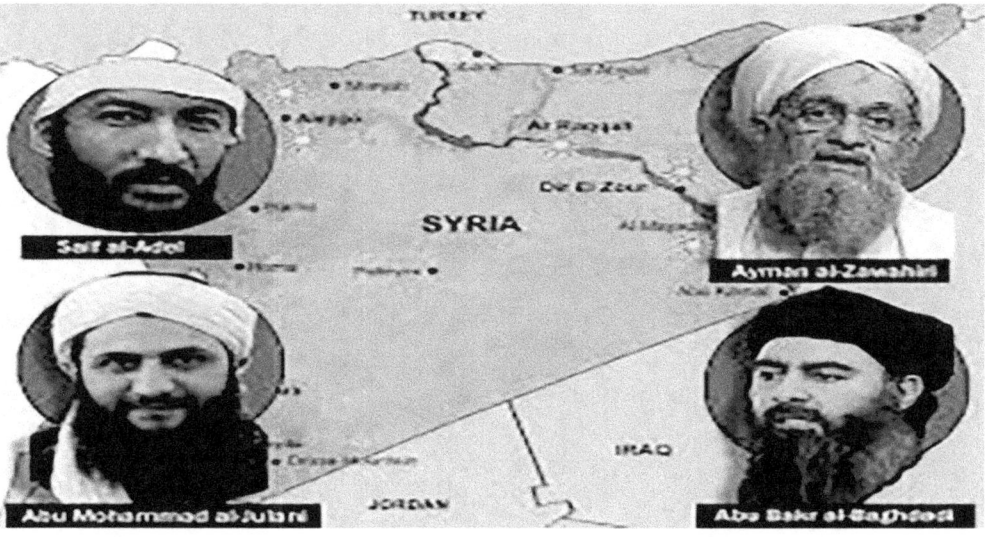

SIRIA: HOSPITAL DE ALEPO ES BOMBARDEADO POR SEGUNDA VEZ EN MENOS DE UNA SEMANA

Un ataque aéreo contra la zona oriental de la ciudad siria de Alepo, que está bajo control de los rebeldes, impactó el principal hospital de la zona por segunda vez en menos de una semana, denunció una ONG dedicada a la asistencia médica.

La Sociedad Médica Siria Estadounidense, que trabaja con el hospital, dijo que las instalaciones habían sido alcanzadas por dos "bombas de barril" -artefactos explosivos improvisados- lanzados desde helicópteros.

El hospital ya había sido golpeado por un ataque similar el pasado miércoles.

- ¿Por qué la lucha por Alepo ha convertido esa ciudad siria en un infierno para los niños?

- 7 PREGUNTAS PARA ENTENDER EL ORIGEN DE LA GUERRA EN SIRIA Y LO QUE ESTÁ PASANDO EN EL PAÍS

Según reportes, las fuerzas gubernamentales sirias -que cuentan con el apoyo de Rusia- también han estado atacando la histórica "ciudad vieja" de Alepo.

También se informó de choques entre las tropas gubernamentales y los rebeldes en varios barrios de la ciudad, objeto de renovados ataques por parte de las fuerzas sirias y rusas desde el final de una tregua parcial que expiró el pasado 19 de septiembre.

El creciente número de víctimas civiles en la ciudad ha provocado protestas internacionales, con Estados Unidos acusando a Rusia de estar empu-

jando a los rebeldes moderados que combaten al presidente Bashar al Asad a los brazos de los fundamentalistas islámicos.

Pero Rusia, un fiel aliado de Asad, afirma que es EE.UU. el que no está haciendo lo suficiente para combatir a los yihadistas.

"EL PLAN DE EE.UU. ERA PROTEGER AL (GRUPO YIHADISTA) FRENTE AL NUSRA" EN SIRIA, DENUNCIA EL CANCILLER RUSO SERGEI LAVROV A LA BBC.

Alguna vez el centro comercial e industrial de Siria, Alepo ha estado virtualmente dividida en dos desde 2012.

Según Naciones Unidas, al menos 400 civiles, entre ellos numerosos niños, murieron en la ciudad esta semana como resultado de los ataques de las fuerzas rusas y sirias.

"ATRAPADOS EN EL HOSPITAL"

Según un vocero de la Sociedad Médica Siria Estadounidense, las dos bombas de barril afectaron los cimientos del hospital.

"También hay reportes del uso de bombas de racimo", le dijo también Adham Sahloul a la agencia AFP.

¿CÓMO SE HA FORTALECIDO PUTIN CON LOS BOMBARDEOS DE RUSIA EN SIRIA?

Al menos 250.000 personas han muerto desde el inicio del conflicto sirio en marzo de 2011, aunque el Observatorio Sirio de Derechos Humanos estima que verdadero número de víctimas fatales ya es 430.000.

Más de 4,8 millones de personas han tenido que abandonar el país y otros 6,5 millones viven como desplazados dentro de Siria, según la ONU.

Os diré alguna información y comentarios como que la revista estadounidense *Time* lo considera el hombre más peligroso del mundo, y el diario francés *Le Monde* como el sucesor de Osama Bin Laden. El diario británico *The Guardian* lo comparó con el pastor Jim Jones, que condujo a casi mil de sus seguidores a un suicidio colectivo en Guyana en 1978. En 2011, el Departamento de Estado de los Estados Unidos ofrece una recompensa de 10 millones de dólares por información viable que lleve a su captura o muerte. Actualmente se ofrecen por él 25 millones de dólares, lo que lo convierte en terrorista más buscado del mundo, junto al líder de Al Qaeda, Aymán al-Zawahirí.

Líder de Al Qaeda, Aymán al-Zawahirí.

LOS 10 LÍDERES TERRORISTAS MÁS IMPORTANTES

En noviembre de 2014, la revista *Forbes* lo incluyó por primera vez en el listado de las personas más poderosas del mundo, ocupando el puesto 54.

Abu Bakr al-Baghdadi, reunido con un grupo de hombres divididos de al Qaeda, establecieron una suerte de colonias en los territorios de entre Iraq y Siria. En 2013, al-Baghdadi desafió abiertamente el liderazgo de Aymán al-Zawahirí, líder de al Qaeda, y el Estado Islámico de Irak y el Levante se separó de este grupo que fundó el difunto Bin Laden, acción que hizo crecer aún más su fama entre los yihadistas. Algunos señalan que bajo el gobierno de Saddam Hussein ya era un radical, pero otros afirman que después de la invasión de Irak de 2003, al-Baghdadi asumió posturas propias del yihadismo.

Su primera aparición pública la realizó durante las oraciones del viernes 4 de julio de 2014 en la Gran Mezquita de Mosul según un vídeo colgado en Internet en el que aparece Al-Baghdadi subido a un púlpito.

Abu Bakr al-Baghdadi, se considera califa de Estado Islámico y comandante en jefe. El 20 de enero de 2015, el primer ministro iraquí, Haider al Abadi, expresó que al-Baghdadi habría sido herido de gravedad en la ciudad de Al Qaim, como resultado de un bombardeo.

A su vez, le reportan dos lugartenientes, Abu Muslim al Turkmani (fue abatido en Mosul, en agosto de 2015, durante un bombardeo dron estadounidense) y Abu Ali al-Anbari, que fueron antiguos generales del régimen de Saddam Hussein.

Abu Muslim al Turkmani tiene a cargo el territorio de Estado Islámico en el norte de Irak y siete gobernadores bajo sus órdenes. Abu Ali al-Anbari maneja los territorios ocupados en Siria y tiene cinco gobernadores a su car-

go. En total este triunvirato gobierna a 8 millones de personas y cuenta con nueve consejos que funcionan en carácter de ministerios.

El consejo superior islámico, el de la Sharia (compuesto por nueve especialistas en la Ley Islámica), el militar, el legal (disputas familiares e infracciones religiosas), el de seguridad, el de inteligencia, el financiero, el de asistencia a los yihadistas y el de medios de comunicación.

Abu Bakr al-Baghdadi
بُو بَكر البَغْدادِي
Califa del Estado Islámico de Irak

Mezquita Sheikh Zayed, Abu Dhabi

Dicen las fuentes informantes infieles que algunos son ideólogos y planificadores, otros "operativos", y otros son ambas cosas. Piensan y actúan en un contexto regional y, en algunos casos, global, pero lo que no saben es lo más importante, que tras todos esos hombres y nombres está Alá y yo soy su protegido, yo soy el nexo de unión entre todos ellos, entre esos diez líderes terroristas como los llaman, yo soy su fuente de inspiración y Alá es mi refugio, sin él no soy ni somos nada. Os contaré el motivo de ser diez nombres, diez hombres, diez lugares Santos.

Cada uno de ellos es en recuerdo y honor a cada uno de mis queridos ocho hermanos, de mi amada mujer y de mi hijita Isis. De ellos contaré y me ceñiré a la poca información y noticias que los infieles tienen de sus vidas y hechos acaecidos y a los que he gestionado, aleccionado, apoyado y llevado a cabo.

1. Ayman al Zawahiri

A pesar de que los ataques con *drones* desmembraron el "cuartel general de al Qaeda", ubicado entre Afganistán y Pakistán, el líder del grupo sigue activo y trata de unir a las filiales dispares que se adjudican el nombre de al Qaeda.

Al Zawahiri es un médico egipcio de 62 años, no es una figura inspiradora para los yihadistas como lo era Bin Laden, pero se ha posicionado como "el director general" de una empresa floreciente. "Desde Somalia hasta Siria, las franquicias de al Qaeda y los yihadistas controlan más territorios y pueden convocar a más combatientes que cuando Osama Bin Laden creó la organización hace 25 años", señaló *The Economist*.

El gobierno de Estados Unidos ofrece una recompensa de 25 millones de dólares por su captura, especialmente luego de que desde la muerte de Osama Bin Laden, en 2011, ha buscado aprovechar la inestabilidad que cunde en el mundo árabe y sugiriera la adopción de un sistema de ataques menos ambiciosos y de menor costo, además de la toma de rehenes.

2. Nasir al Wuhayshi

Se cree que tiene 36 años, aunque su trayectoria terrorista es extensa. Fue el secretario privado de Bin Laden en Afganistán y a su regreso a su natal Yemen, cayó en prisión, de donde escapó en 2006 con otros agentes de al Qaeda.

Al Wuhayshi colaboró a la fundación de al Qaeda en Yemen y empezó a emprender ataques contra los servicios de seguridad del país y contra turistas extranjeros, además de dirigir un ataque ambicioso contra la embajada estadounidense. Si al Zawahiri es el director general de al Qaeda, al parecer al Wuhayshi es su director operativo y tiene responsabilidades más allá de Yemen. En 2012 ya daba consejos sobre operación a la filial de al Qaeda en el norte de África.

A pesar del esfuerzo concertado entre el gobierno yemení y estadounidense para eliminarlo, al Wuhayshi sobrevive y sus combatientes recientemente emprendieron la ofensiva una vez más en el sur de Yemen.

3. Ibrahim al Asiri

No es muy famoso, pero provoca gran ansiedad en las agencias de inteligencia occidentales. Al Asiri, un saudí de 31 años, es el principal fabricante de explosivos del brazo de al Qaeda en la península arábiga. Se cree que diseñó la bomba que casi derriba un avión comercial sobre Detroit el día de Navidad de 2009 y las bombas impresora que se enviaron como carga desde Sanaa, Yemen, con destino a EU, que fueron interceptadas gracias a un aviso saudí.

Al Asiri también equipó a su hermano menor, Abduillah, con una bomba escondida dentro de su recto en un esfuerzo por asesinar al jefe del contraterrorismo saudí, Mohammed bin Nayef. El hermano murió en el ataque y bin Nayef sobrevivió.

Se cree que al Asiri está en alguna parte de las montañas del sur de Yemen. Los agentes de inteligencia saudíes y occidentales temen que haya transmitido sus habilidades a sus aprendices.

4. Ahmed Abdi Godane

Godane, también conocido como Mukhtar Abu Zubayr, se volvió líder del grupo somalí al Shabaab a finales de 2008. Tradicionalmente, al Shabaab se había dedicado a establecer un gobierno islámico en Somalia y así atrajo a decenas de somalíes, estadounidenses y europeos. Se cree que Godane está redirigiendo al grupo hacia ataques terroristas más allá de Somalia, contra los Estados del este de África que apoyan al gobierno somalí contra los intereses de Occidente en el este de África.

El ataque del centro comercial Westgate en Nairobi, el 21 de septiembre, fue el más audaz de al Shabaab, aunque no fue el primero ni el más letal que ejecuta fuera de Somalia. Bajo el mando de Godane, al Shabaab se ha aliado formalmente con al Qaeda.

Se dice que Godane tiene 36 años y es originario de Somalilandia, en el norte de Somalia. Después del ataque en el Westgate, las agencias de inteligencia de Kenya y Occidente redoblarán los esfuerzos para poner fin a su reinado de terror. El programa de Recompensas por la Justicia del gobierno estadounidense lo contempla con otro nombre, Ahmed Abdi Aw Mohamed, y ofrece hasta siete millones de dólares por información sobre su ubicación.

5. Moktar Belmoktar

Belmoktar anunció hace un año la creación de una unidad de élite llamada Los que firman con sangre, que según él serían el escudo contra el

"enemigo invasor". Tras el anuncio, sus seguidores lanzaron un ataque contra la planta de gas de In Amenas en el sur de Argelia. En el sitio de tres días murieron casi 40 trabajadores extranjeros.

Desde entonces, los combatientes de Belmoktar, quien nació en Argelia, emprendieron ataques contra una academia militar y una mina francesa de uranio en Níger en mayo, a pesar de haber perdido gran parte de su libertad de movimiento tras la intervención francesa en Mali en enero.

A menudo lo llaman Señor Marlboro, porque contrabandea cigarrillos y se cree que amasó millones de dólares por medio de los rescates de ciudadanos occidentales a los que secuestró en Mali. Belmoktar nació en 1972 y creció en la pobreza en el sur de Argelia. Viajó a Afganistán en 1991 a finales de su adolescencia para combatir con el gobierno comunista de la época y tras sufrir una herida en batalla regresó a Argelia como combatiente endurecido y con un nuevo sobrenombre: Belaouar (el tuerto). Más tarde unió fuerzas con el Grupo Islámico Armado (GIA) en su brutal campaña contra el régimen argelino.

El gobierno de Estados Unidos ofrece una recompensa de hasta cinco millones de dólares por información que lleve a su captura.

6. Abu Muhammad al Julani

Durante el desarrollo de la guerra civil en Siria, el grupo de Abu Muhammad al Julani, el Frente al Nusra, surgió como una de las facciones rebeldes más reconocidas. Se creó en enero de 2012 y es un grupo yihadista que cuenta tal vez con 10,000 combatientes, quienes se especializan en atentados suicidas y ataques con artefactos explosivos improvisados contra las fuerzas del régimen.

Al Julani prometió personalmente la lealtad de su grupo a al Zawahiri en abril, un mes después el gobierno estadounidense lo incluyó en la lista de Terroristas Mundiales de Denominación Especial.

Se sabe muy poco de al Julani, pues al Nusra valora especialmente la seguridad organizacional y ni siquiera se conoce con certeza su nacionalidad, pero se cree que tuvo experiencia como insurgente en Iraq.

7. Abu Bakr al Baghdadi

Abu Bakr al Baghdadi es el líder del Estado Islámico en Iraq al Sham (ISIS, por sus siglas en inglés). Se enfrentó públicamente con al Julani por la jerarquía regional a principios de este año. En el campo de batalla, en Siria, la cooperación entre ambos grupos parece continuar, especialmente en ciudades como Deir Izzor, en el este de Siria.

Al interior de Iraq, al Baghdadi supervisó un incremento radical en los ataques terroristas en contra del Estado y el aparato de seguridad predominantemente chiitas. Se distingue por la organización de fugas de prisiones, robos a bancos y devastadores atentados con bombas contra civiles chiitas y no esconde el haber perpetrado los ataques con fundamentos puramente sectarios. Se adjudicó una oleada de atentados con coches bomba en Bagdad y dijo que era "una nueva página en la serie de golpes destructivos" contra las zonas chiitas en Iraq.

Al Baghdadi se beneficia de la minoría sunita de Iraq que teme cada vez más al gobierno chiita del primer ministro Nuri al Maliki. El líder nació en Samarra y tiene cuarenta y tantos años. Tras la muerte de bin Laden, amenazó con tomar represalias violentas. El gobierno estadounidense ofrece una recompensa de hasta 10 millones de dólares.

8. Sirajudin Haqqani

Varios grupos están migrando de Medio Oriente hacia la región fronteriza entre Afganistán y Pakistán en preparación a la salida de las fuerzas de combate estadounidenses el año próximo. Entre los más peligrosos están la Red Haqqani, responsable de algunos de los ataques letales ocurridos en Kabul en los últimos años. En un atentado suicida coordinado contra el Hotel Serena en Kabul en 2008 murieron seis personas. En otro ataque, en junio de 2011, murieron 12 personas en el Hotel InterContinental.

Siraj Haqqani es hijo del fundador del grupo y tiene cuarenta y tantos años. Las autoridades estadounidenses dicen que además de los atentados suicidas de alto perfil contra hoteles y otros blancos civiles en la capital de Afganistán, es responsable de matar y herir a más de mil soldados estadounidenses en Afganistán.

La familia pertenece a la tribu Zadran, que se extiende por la frontera entre Afganistán y Pakistán y hasta la provincia de Khost. Los Haqqani tienen una relación muy cercana con al Qaeda y el Talibán, pero se cree que también empezaron a reclutar yihadistas chechenos y turcos. El gobierno de Obama señaló como grupo terrorista a la Red Haqqani el año pasado y se cree que cuenta con recursos abundantes a causa de una serie de negocios tanto legítimos como ilícitos que se extienden hasta el golfo Pérsico.

El gobierno estadounidense ofrece una recompensa de hasta cinco millones de dólares por quien ofrezca información que lleve a la captura de Haqqani.

9. Abubakar Shekau

La inclusión de Shekau en la lista es el reconocimiento a la creciente oleada de militantes islamistas en el occidente de África. Durante los últimos cuatro años encabezó Boko Haram, un grupo salafista del norte de Nigeria que empezó a cooperar con otros grupos ubicados en sitios tan distantes como Mali. Sin embargo, su objetivo principal, siguen siendo las iglesias y otros blancos cristianos, la policía y el gobierno musulmán moderado del norte de Nigeria.

En 2010, Shekau advirtió que el grupo atacaría intereses occidentales y al año siguiente perpetró su primer atentado suicida contra las oficinas de la ONU en Abuja, la capital, en el que murieron al menos 23 personas. El grupo también secuestró y asesinó a varios rehenes occidentales. Aunque Boko Haram no está afiliada a al Qaeda, Shekau dejó en claro su simpatía con los objetivos de dicho grupo. Estados Unidos lo clasificó como Terrorista Mundial de Denominacion Especial en junio de 2012.

Hay reportes contradictorios que afirman que Shekau murió en agosto en una redada de las fuerzas especiales nigerianas. Sin embargo, un video que surgió semanas después muestra que sigue vivo. Además, no se sabe qué tanto control tiene Shekau sobre sus combatientes. El gobierno estadounidense ofrece una recompensa de hasta siete millones de dólares por información sobre su ubicación.

10. Doku Umarov

Doku Umarov dirige el Emirato del Cáucaso (EC), un grupo checheno dedicado a llevar el dominio islámico a gran parte del sur de Rusia. El Departamento de Estado de Estados Unidos catalogó a Umarov como Terrorista Mundial de Denominación Especial en 2010.

Los objetivos principales del grupo han sido las instituciones rusas y blancos civiles. En enero de 2011 atacaron el aeropuerto Domodedovo en Moscú, en donde murieron 36 personas; además, cometieron atentados suicidas en algunas estaciones del subterráneo de Moscú en 2010, en los que murieron 40 personas.

Umarov nació en el sur de Chechenia en 1964, según sitios web chechenos. Se señala que su familia forma parte de la intelligentsia. Mientras crecía, empezaba a arraigarse la campaña separatista contra el dominio ruso y se unió a la insurgencia cuando el entonces líder ruso, Boris Yelstin, desplegó tropas en la región en 1994.

El gobierno estadounidense ofrece una recompensa de hasta cinco millones de dólares por información sobre su ubicación.

Nasir al Wuhayshi   **Ibrahim al Asiri**

ESPOSAS, MADRES Y TERROTISTAS

Esposas, madres y terroristas: así es el nuevo perfil de las mujeres del Estado Islámico.

¿Cómo consigue el Estado Islámico que las mujeres de Occidente se sumen a sus filas? Con cuatro promesas: emancipación, liberación, devoción y participación. Por sí solas no bastan, hay que sumarles la propaganda y circunstancias personales, pero sí son una parte fundamental del arsenal retórico de los captadores del califato. La suma de todo ello funciona: se estima que más de 500 europeas han emprendido el viaje a la yihad en lo que va de año.

Les funciona de tal manera que consiguen embaucar a personas que, en un primer momento, puede parecer imposible que sucumban. Por ejemplo, actualmente niñas de 16 años dejan su casa en Europa para formar parte del Estado Islámico. Y ya no sólo para cumplir el papel de mujer abnegada y de madre de una nueva generación de militantes, sino para participar en la violencia de la yihad. Así, las mujeres son objeto y sujeto de la llamada del grupo terrorista.

De ahí que se haya convertido en algo fundamental para el mundo infiel la lucha contra el Estado Islámico el concienciar sobre el rol de la mujer. Fruto de esa necesidad, según ellos, ha nacido la primera Alianza de Mujeres en contra de la Radicalización y el Extremismo, la plataforma Aware, que pretende dar a las mujeres un papel relevante en la lucha contra el yihadismo, en especial por su capacidad para detectar y prevenir la radicalización en los jóvenes. Detrás de Aware está la eurodiputada del Grupo Liberal y vicepresidenta de la Subcomisión de Derechos Humanos, Beatriz Becerra, que asegura que los yihadistas necesitan atraer a mujeres jóvenes "como parte de su proyecto totalitario".

La estudiosa e incansable Becerra explica a *El Huffington Post* cómo, hace aproximadamente un año, decidió poner en marcha su proyecto piloto, cuya herramienta principal es una plataforma digital, pero ella no valora que la voluntad y perseverancia hace mucho más que otras razones que ella piensa que son de más peso. Nosotros, los guerreros y las guerreras de Alá no desfallecemos, no nos doblegamos tan fácilmente como los infieles, porque nosotros si tenemos que sacrificar nuestras vidas o la de nuestras familias por Alá, lo hacemos sin dudar ni remilgos, pero ellos los infieles no, ansían demasiado los valores materiales, su burbuja de confort y sus pecados mundanos. La web actúa como vehículo de comunicación entre todos los que quieran compartir iniciativas efectivas y, aunque aún es un plan "en estado embrionario", espera conseguir financiación del Parlamento Europeo el próximo mes de octubre, cuando se vote. La eurodiputada sostiene que decidió centrarse en el papel de la mujer porque tiene un "papel fundamental en la radicalización", proceso sobre el que asegura que hay que "tomar conciencia y una visión global".

La clave de la estrategia de captación del Estado Islámico reside en que consigue magnificar las injusticias -reales o subjetivas- que han llevado a una persona a atravesar algún tipo de crisis de identidad. Según se recoge en el informe las mujeres, objeto y sujeto de la llamada del Estado Islámico, los hombres "no son ni más ni menos víctimas que las mujeres en los procesos de radicalización y reclutamiento". En ambos géneros se da el "embaucamiento": los propagandistas de la organización explotan como ningún otro grupo yihadista las experiencias negativas -como la marginación y el desarraigo- y las contrarrestan con promesas positivas: el compañerismo y una utópica construcción nacional (el Califato).

A muchos de los simpatizantes del Estado Islámico se les atrae con variaciones de las promesas que se le hacen a las mujeres, que son estas:

1. Emancipación: la organización transmite la idea de que la mujer que se una a ellos y contribuya a su causa pondrá fin a los males que le aquejan como consecuencia

2. Liberación: la narrativa del Estado Islámico representa a las mujeres como si estuvieran más oprimidas en los países occidentales que en cualquier otra parte del mundo. Prometen que al llegar a sus territorios se liberarán de males que las humillan como los trabajos que las mantienen "lejos del hogar". Prometen que se liberarán automáticamente de esos males y volverán a su verdadera naturaleza (que gira en torno a los valores de sedentarismo, quietud y estabilidad). Al llegar al califato la sensación de alivio es absoluta.

3. Devoción: imperativo teológico. Cuantos mayores sean los sacrificios y las dificultades, mejor.

4. Participación: es fundamental para el Estado Islámico la noción de que quien quiera puede participar en la organización, incluido lo relacionado con la violencia. Todo gira en torno a su "condición de Estado" y para mantener dicha condición se necesitan profesionales de ambos sexos.

De las cuatro promesas, la participación, y más en concreto en la lucha armada de la yihad, es la que más atrae a ambos sexos. Sin embargo, tal y como explica la fundación Al-Zura, en el caso de la mujer, esto supone "prepararse a través de disciplinas como enfermería, costura, cocina, armamento -para defensa personal- o a través de la preparación de cinturones explosivos". Así, la formación militar se considera complementaria y la participación de la mujer en el Estado Islámico no se manifiesta, habitualmente, a través de acciones violentas, sino llevando una vida "por y para Alá". Pero esto ha cambiado.

**vicepresidenta de la Subcomisión de Derechos Humanos,
Beatriz Becerra**

UN NUEVO ROL

La mujer está tomando un papel importante en la revolución yihadista, como ejemplo puede ser cuando se desarticuló en Francia una célula yihadista compuesta por tres mujeres ligadas al Estado Islámico y que pretendían atentar en París, pone de manifiesto cómo su papel en la yihad está evolucionando. Abu Musab Al-Zarqawi, cabecilla de Al Qaeda en Irak, fue el que cambió el papel de la mujer en Irak para que pudieran ser usadas como suicidas, pero con quien todo cambió realmente fue con Abu Bakr al Bagdadi. Fue él el quien permitió la creación de batallones de mujeres.

Este cambio, en opinión de la infiel Becerra, es fruto de que el Estado Islámico se ve obligado a 'tirar' de sus últimos recursos. "Empiezan a usar a la mujer de manera 'multinivel' porque cada vez les quedan menos hombres combatientes. Están sufriendo grandes pérdidas entre sus filas y por eso empiezan a servirse de las mujeres también para esto", explica, a la vez que añade cómo, en definitiva, "nutren al Estado Islámico". "Hay un factor clave: no existe un guerrero yihadista si no tiene mujer. Por eso cualquier chica -especialmente las jóvenes- es caldo de cultivo para esas falsas promesas de los yihadistas, y no sólo las musulmanas. Si ellas se unen, el grupo terrorista tiene futuro".

NO EXISTE UN GUERRERO YIHADISTA SI NO TIENE MUJER

Por todo ello, la desconsiderada, manipuladora y tergiversadora Becerra considera "fundamental" intervenir en el proceso de radicalización que se produce no sólo en las mujeres, sino también en los hombres. En el caso de las mujeres, su papel, explica esta experta en derechos humanos, es crucial para prevenir la conversión al terrorismo de los jóvenes europeos que deciden unirse al Estado Islámico o llevar a cabo ataques directamente en su país. "Las mujeres son el último nexo", insiste, "básicamente, las madres" para convencerles de que no lo hagan.

Europol opina erróneamente que es consciente de la amenaza y en el informe que publicó el pasado mes de agosto alertó de que el número de mujeres que se marchan a Siria e Irak para unirse a las filas del Estado Islámico (EI) y de otros grupos yihadistas es "mayor del que se pensaba". Por ejemplo, el 40% de los holandeses que están actualmente en zonas de conflicto, según el informe sobre terrorismo 2015 elaborado por Europol, son ya mujeres. El porcentaje es inferior - 20%- en el caso de nacionales de Finlandia, Alemania o Bélgica, pero el flujo de jóvenes y mujeres que responden a la llamada yihadista no ha dejado de repuntar en toda Europa. En ese mismo documento se indicaba cómo muchas de las terroristas son mujeres que se instalan en territorio europeo con sus familias para dar una apariencia menos agresiva. Resultan menos sospechosas que los hombres. Pero su objetivo a medio plazo es cometer atentados igual de mortales.

Insiste de nuevo la malévola Becerra opinando que la única forma de frenar este incremento es, "interrumpiendo el proceso de radicalización". "Es la única manera que tenemos para combatir esto de forma real", apunta. Pero para lograrlo se necesitan recursos y educación, dar herramientas que permitan a la sociedad detectar el cambio que culmina de la peor manera posible.

De momento, para seguir adelante con su proyecto, Aware, Becerra cuenta con la participación de la abogada española Miriam González, esposa del exlíder del Partido Liberal Demócrata británico Nick Clegg, de Christianne Boudreau, una madre francesa cuyo hijo se fue a luchar con el Daesh, la investigadora de la Quilliam Foundation Nikita Malik y Nadia Murad, víctima de la yihad sexual. Google y Facebook también se han mostrado dispuestos a colaborar, hasta que nosotros tengamos una entrevista con ella y su marido, después de la misma cambiará de conducta, estamos seguro de ello.

TERRORISMO

Ese centro sanitario, que era el fortín principal del EI en Al Raqa, cayó en manos de las FSD a altas horas de la madrugada y durante la mañana local de hoy lo hizo el estadio.

No obstante, los portavoces de las FSD se han mostrado cautos a lo largo del día, a la hora de anunciar el final de la presencia del EI en la población, pese a haberla conquistado por completo.

El portavoz de las FSD, Talal Salu, dijo a Efe que durante esta jornada su grupo ha llevado a cabo labores "de limpieza" con el fin de descartar que hubiera células durmientes de los radicales.

"La operación militar ha acabado en Al Raqa, pero ahora llevamos a cabo una operación de limpieza para terminar con las células durmientes del 'Dáesh", detalló Salu.

Por su parte, el portavoz de la principal milicia kurdosiria, Unidades de Protección del Pueblo (YPG, en sus siglas en kurdo), Nuri Mahmud, apuntó en declaraciones a Efe que las labores de "peinado" se concentraron en los alrededores del Hospital Nacional.

"Nuestras fuerzas están limpiando de minas y de remanentes del 'Dáesh' los alrededores del Hospital Nacional en Al Raqa", subrayó.

Las FSD iniciaron el 6 de junio pasado el asalto a la localidad, con la ayuda de la coalición internacional comandada por EE.UU. y de fuerzas especiales estadounidenses sobre el terreno.

La coalición, por el momento, no ha confirmado la derrota total del EI en Al Raqa.

De hecho, su portavoz, Ryan Dillon, afirmó en la red social Twitter que, "después de más de cuatro meses de operaciones, Al Raqa está despejada en más del 90 %".

Dillon agregó que en las últimas 96 horas unos 1.300 civiles han sido asistidos por las FSD y que unos 350 miembros del EI se han rendido durante los últimos días.

Los 3.000 civiles que quedaban en la ciudad, que antes del estallido del conflicto en Siria en marzo de 2011 tenía unos 220.000 habitantes, fueron evacuados el pasado fin de semana junto a 275 miembros del EI sirios y sus familias, en virtud de un acuerdo entre el Consejo Civil de Al Raqa, creado por las FSD, y los yihadistas.

Según datos del Observatorio Sirio de Derechos Humanos, al menos 3.273 personas han muerto en la urbe desde el comienzo de la ofensiva de las FSD en junio.

De esas víctimas, al menos 1.287 eran civiles, de los que 1.130 fallecieron por los bombardeos de la coalición, mientras que 157 perdieron la vida por la explosión de minas colocadas por los yihadistas.

El EI, por su parte, ha sufrido 1.353 bajas por los bombardeos y en los combates contra las FSD, que, a su vez, han perdido a 633 efectivos.

La derrota del EI en Al Raqa no supone el punto final a la presencia de los radicales en Siria, aunque sea una victoria significativa contra los extremistas.

Y es que todavía hay zonas bajo el dominio del EI en la provincia de Deir al Zur y el este de Homs, ambas vecinas a la región de Al Raqa.

No obstante, los yihadistas están retrocediendo frente a las fuerzas gubernamentales sirias en Deir al Zur.

De hecho, el Ejército nacional y sus aliados controlan ya el 92,3 por ciento de la ciudad de Deir al Zur, que en el pasado fue el otro gran feudo sirio del EI junto a Al Raqa.

El Observatorio destacó que los efectivos leales al Gobierno de Damasco efectuaron hoy un gran avance en la población y conquistaron los barrios de Al Kanamat, Al Jasarat y Matar al Qadim, así como parte de Huiya Kataa, con la cobertura de la aviación rusa.

La agencia de noticias oficial siria, SANA, informó del "colapso" de las filas de los radicales en la localidad de Deir al Zur y en otras partes de la provincia del mismo nombre.

Al menos 305 personas murieron, entre ellas 27 niños, y 128 resultaron

heridas en el ataque terrorista contra una mezquita frecuentada por sufíes en el norte del Sinaí, en el noreste de Egipto, según un último balance de la Fiscalía General egipcia.

El atentado, que todavía no ha sido reivindicado por ningún grupo extremista, ocurrió cuando, según publicó en un comunicado la Unión de las Tribus del Sinaí, los terroristas cerraron "las puertas de la mezquita (Al Rauda) y mataron a todos los que rezaban", y aseveró además que tras la llegada de las ambulancias a la zona "un grupo escondido de terroristas dispararon y huyeron".

Los terroristas colocaron artefactos explosivos de fabricación casera alrededor de la mezquita y los hicieron detonar a la salida de los fieles del rezo del viernes, el día sagrado para los musulmanes, según una fuente de seguridad, que añadió que las personas que pudieron escapar fueron tiroteadas por los extremistas, que iban a bordo de cuatro vehículos todoterreno.

"Disparaban a la gente cuando salían de la mezquita", dijo a *Reuters* un residente local cuyos familiares estaban en el lugar. "También disparaban contra las ambulancias". Las ambulancias acudieron rápidamente al lugar de los hechos, para trasladar a los heridos a los hospitales cercanos; mientras que las fuerzas de seguridad egipcias persiguen a los atacantes.

Según el diario oficial egipcio *Al Ahram*, la mezquita Al Rauda, situada en el pueblo homónimo, pertenece a la comunidad sufí. Intransigentes como el Estado Islámico consideraban apóstatas a los miembros de esta rama del islam porque reverenciaban a los santos y tienen santuarios, lo que para los islamistas equivale a idolatría. Hasta el momento, ningún grupo extremista ha reivindicado este atentado.

El presidente egipcio Abdel Fattah al Sisi prometió en la televisión estatal una venganza con una "fuerza brutal" por parte del Ejército y la Policía, tras una reunión de seguridad de emergencia celebrada poco después del ataque. El gobierno decretó tres días de duelo tras el ataque, según la televisión estatal.

No es el primer ataque que sufre la ciudad a manos de los extremistas. En febrero, los cristianos de El Arish huyeron en masa después de una serie de ataques violentos contra su comunidad. Los yihadistas también decapitaron a un jefe sufí el año pasado, acusándolo de practicar magia y secuestrar a varios seguidores del sufismo, liberados después de "arrepentirse".

Egipto ha comenzado un duelo nacional de tres días por la masacre perpetrada. Las Fuerzas Armadas egipcias comenzaron esta madrugada a bombardear posiciones terroristas y destruyeron "un número de vehículos utilizados en el ataque terrorista" en la mezquita Al Rauda, situada en Bear al Abd, al oeste de Al Arish -capital del norte del Sinaí-.

"Como parte de la persecución de los elementos terroristas responsables de atacar a los fieles de la mezquita Al Rauda (...) la aviación ha tenido como objetivo elementos terroristas (...) y destruido un número de vehículos que perpetraron el ataque terrorista y mataron a aquellos que iban en su interior", señaló en un comunicado el portavoz de las Fuerzas Armadas, Tamer al Rifai.

Las fuerzas de seguridad egipcias luchan contra la insurgencia de la rama egipcia del Estado Islámico en el norte del Sinaí, llamada Wilayat Sina, donde los militantes han matado a cientos de policías y soldados desde que se intensificaron los combates en los últimos tres años.

Los militantes han atacado principalmente a las fuerzas de seguridad en sus ataques, pero también han tratado de expandirse más allá de la península golpeando a iglesias y peregrinos cristianos egipcios.

Debido a la violencia, la región está vigente desde 2014 un estado de emergencia, que se extendió a todo el país abril, después de vivir una serie de atentados contra los cristianos en el delta del Nilo coptos desde diciembre.

Lo que en estas páginas que vienen a continuación va a ser lo que he estado esperando toda mi vida, mi GRAN PUESTA EN ESCENA, por lo que he estado luchando, estudiando, formándome, preparándome, para llegar a alcanzar el "Paraíso de Alá", donde solo vamos sus guerreros después de hacer lo que Él nos indica, pero antes quiero dejar constancia de, además de los expuesto, el comienzo de todo.

La mezquita Al Rauda

EL REINO NAZARÍ DE GRANADA. ORIGEN E INICIOS

El Reino nazarí de Granada, también conocido como Emirato de Granada o Sultanato de Granada, fue un Estado musulmán situado en el sur de la península ibérica, con capital en la ciudad de Granada, que existió durante la Edad Media.

El reino fue fundado en 1238 por el noble nazarí Mohamed-Ben-Nazar, aunque originalmente tenía su centro de poder situado en Jaén. Unos años después el monarca nazarí trasladó su corte a Granada, alrededor de la cual organizó su nuevo estado. El reino sobrevivió en esta precaria situación gracias a su favorable ubicación geográfica, tanto para la defensa del territorio como para el mantenimiento del comercio con los reinos cristianos peninsulares, con los musulmanes del Magreb y con los genoveses a través del Mediterráneo, lo que hizo que tuviera una economía diversificada.

Sin embargo, fue perdiendo territorios paulatinamente frente a la Corona de Castilla, hasta su definitiva desaparición tras la Guerra de Granada, mantenida entre 1482 y 1492. El reino nazarí de Granada sería el último Estado musulmán de la península ibérica, la antigua al-Ándalus. Su último rey fue Muhámmad XII (conocido como Boabdil el Chico), derrocado por los Reyes Católicos, que se vio obligado a rendir Granada el 2 de enero de 1492. Tras esto fue definitivamente incorporado a la Corona de Castilla como Reino de Granada.

Tras la derrota almohade en 1212 en la batalla de las Navas de Tolosa, comenzó a tomar importancia en el sureste de al-Ándalus la dinastía nazarí, linaje de origen árabe, cuyo fundador fue Alhamar "el Rojo", quien se proclamó sultán en 1232, siendo reconocido como tal por las oligarquías de Guadix, Baza, Jaén, a lo que se unió la anexión de la Taifa de Málaga en 1238, o la sumisión de Almería. En 1234 se declaró vasallo del poder de Córdoba, pero en 1236 Fernando III conquistó dicha ciudad y Alhamar se hizo vasallo del rey castellano, lo que le permitió conservar su independencia. En 1238 Alhamar amplió sus dominios conquistando Granada, pero en 1246 Fernando III le arrebató Jaén, para consolidar sus conquistas en el valle del Guadalquivir, lo que obligó a Alhamar a firmar el Pacto de Jaén, en el que reconocía al monarca castellano como señor de aquel territorio y quedaba obligado a pagarle parias para conseguir paces de veinte años.

Al compás en que finalizaban las conquistas de Fernando III en el Valle del Guadalquivir, tuvieron lugar algunas sublevaciones mudéjares, como fueron la Rebelión o Revuelta mudéjar de 1264, en el Reino de Sevilla, así como los mudéjares del reino de Murcia, ambos de muy reciente incorporación a la Corona de Castilla. A pesar del apoyo militar granadino, la mayor parte de la población mudéjar del Valle del Guadalquivir fue expulsada tras la represión y se desplazó al Reino nazarí. Hubo una segunda gran revuelta mudéjar en la Corona de Aragón (principalmente, en el reino de Valencia) en 1276 (prolongada hasta 1304), en la que la caballería granadina intervino en apoyo de los mudéjares sublevados. Castilla, a la muerte de Fernando III en 1252, era el único Estado que aún tenía fronteras con los musulmanes, quienes se habían visto reducidos a los macizos penibéticos y la costa que va desde Barbate hasta Águilas y con un Estado de una superficie aproximada de unos 30.000 km2. La frontera entre los dos reinos, la denominada Banda Morisca, superaba los 1000 km de longitud.

Último rey fue Muhámmad XII (conocido como Boabdil el Chico), derrocado por los Reyes Católicos, que se vio obligado a rendir Granada el 2 de enero de 1492

UNA ÉPOCA DE PROSPERIDAD

El estatus de Granada como territorio tributario y su posición geográfica favorable, con las montañas de Sierra Nevada como barrera natural, ayudaron a prolongar el reino nazarí permitiendo prosperar al pequeño emirato como punto de intercambio comercial entre la Europa medieval y el Magreb. De hecho Granada fue una ciudad próspera durante la Crisis del siglo XIV que asoló a Europa. Granada también sirvió de refugio para los musulmanes que huían de la Reconquista. Iba a ser en la Granada de esta época donde se iba a producir uno de los más intensos florecimientos culturales del Islam. Su reflejo más evidente, quizás sea el conjunto palaciego de la Alhambra, todo un universo encerrado en sí mismo de palacios, jardines, fuentes y estanques.

A pesar de su prosperidad económica, los conflictos políticos eran constantes, y esta debilidad fue aprovechada por los cristianos, que fueron conquistando pequeños territorios al reino granadino. No obstante, algunas tentativas castellanas acabaron en rotundos fracasos, como los desastres de Moclín (1280), la Vega de Granada (1319) o Guadix (1362). A su vez, los ejércitos nazaríes lanzaban numerosas *razias* sobre los territorios cristianos, con resultados dispares: derrotas como Linuesa(1361) o victorias como Algeciras (1369). Entre 1351 y 1369 los nazaríes se aprovecharon de la Guerra Civil que estaba teniendo lugar en Castilla entre los pretendientes Pedro I y Enrique II. Este conflicto, a la par que dejó agotada a la Corona de Castilla, concedió al reino nazarí unos años de paz en los que pudo mantener su estrategia exterior sin interferencia de los castellanos.

Debido a la apertura de nuevas rutas comerciales directas entre el Reino de Portugal y África a partir del siglo XV, Granada empezó a perder su posición estratégica y la convirtió en un lugar menos importante. Con la unión de las Coronas de Castilla y Aragón en 1469, su situación se complicó y no pudo hacer frente a la expansión cristiana.

DECADENCIA Y CAÍDA FINAL

Tras esta época de esplendor, el reino quedó bajo el gobierno de distintos soberanos que fueron incapaces de mantener el control del territorio. Con el fin de la Guerra Civil Castellana hacia 1480 y el definitivo asentamiento de Isabel I en el trono, se daban por primera vez en Castilla las condiciones necesarias para realizar la conquista total de Granada, que se veían favorecidas por la crisis política y económica en el Reino nazarí. Las guerras civiles granadinas eran causadas por las luchas internas entre dos facciones del poder nazarí: los partidarios del emir Abú l-Hasan Alí y de su hermano El Zagal, y los partidarios del hijo del emir, Muhammad XII Boabdil. Este último, capturado por los castellanos, firmó con Fernando una tregua que confirmaba su vasallaje, al que posteriormente se unirían otros pactos. A partir de 1484 los Reyes Católicos llevaron a cabo una larga y tenaz serie de asedios en lo que se denominó la *Guerra de Granada*, utilizando la novedosa artillería que condujo a la toma progresiva de las plazas granadinas una tras otra.

Sobre el solitario reino de la media luna se abalanzaron las tropas de las Coronas de Castilla y Aragón, en la culminación del viejo sueño de la Reconquista. Tras la pérdida de Málaga en 1487 y la pérdida del territorio oriental (la *Cora de Bayyāna*) en 1489 dejan al Estado granadino en una grave situación. En 1491 se dispuso el cerco de Granada y la construcción de Santa Fe, el campamento base desde el que los Reyes Católicos dirigen las operaciones de asedio. El tiempo y la actitud pactista de Boabdil influyeron a favor de Castilla, y la capitulación de Granada tuvo lugar el 2 de enero de 1492. Así terminaban más de 250 años de existencia del Reino nazarí.

A continuación, voy a describir con todo detalle el protocolo de actuación que harán los infieles cuando su Dios en la tierra haya muerto por obra de Alá, con ayuda de su soldado.

Por eso será la fecha del 2 de enero de 1492 la que tome como referencia y 530 años después, es decir, el 2 de enero del 2022 cuando lleve a cabo mi gran plan.

EL GRAN DÍA DE LA VENGANZA
DE ALA Y LA MÍA

Será un día recordado por toda la humanidad. Nadie olvidará lo que ocurrirá es día. Todos los países del mundo, todas las naciones, sean de la ideología o religión que sean sabrán lo que pasó. Siempre se recordará como "EL GRAN DÍA DE LA VENGANZA DE ALA" y por ende mía.

Tengo pensado una obra maestra, muy superior al 11 S. Esto va a ser tan importante y sensacional que pasarán miles de años y seguirán hablando de ello, aunque mejor debería decir de ellos. Lo que tengo en mente, por indicación del Más Grande, del Único Ala, será el domingo 2 de enero del 2022, 530 años después de la expulsión de Boabdil, pero todo eso habrá sido un mal sueño. Granada, Andalucía, España y toda Europa será nuestra, pertenecerá al reino de Alá, del que nunca tenía que haberse desligado.

Serán cinco atentados realizados casi al unísono. Todos a la misma hora y en diferentes partes de Europa, tan sólo se llevarán unos segundos unos de otros, por la distancia que tienen que recorrer los aviones hasta sus objetivos.

PRIMER ATENTADO EN PARÍS A LA CATEDRAL DE NOTRE DAME

El primero será en París, concretamente contra la Catedral de Notre Dame. Dos camiones de basura cargados de explosivos y bombas chocarán contra el Museo en un plazo de diferencia de un minuto de uno a otro, es decir, cuando estén atendiendo a los muertos y heridos del primer camión, inmediatamente vendrá un segundo camión de basura de la empresa contratada por el Excelentísimo Ayuntamiento de París.

Construida entre 1163 y 1245 en la Île de la Cité, la Catedral de Notre Dame de París es una de las catedrales góticas más antiguas del mundo. El nombre de la catedral significa Nuestra Señora y está dedicada a la Virgen María, pero ni su Virgen ni su Dios podrá soportar la ira de Alá cuando sus guerreros se empeñen en su destrucción. No habrá poder que supere a las ansias de Alá el Grande, de Alá el Poderoso, de Alá el Omnipresente.

En sus ocho siglos de historia, la Catedral de Notre Dame ha sido reformada en varias ocasiones, siendo la más importante la de mediados del siglo XIX. A lo largo de estos años se sustituyeron los arbotantes, se insertó el rosetón sur, se reformaron las capillas y se añadieron estatuas. Esta vez no habrá más reformas, porque un grupo nuestro de arquitectos está estudiando la manera más efectiva de derrumbarla lo más rápido posible.

En Notre Dame se han celebrado importantes acontecimientos, entre los que cabría destacar la coronación de Napoleón Bonaparte, la beatificación de Juana de Arco y la coronación de Enrique VI de Inglaterra. Pero esta vez esta Catedral será recordada por algo más memorable que una coronación o una beatificación, será una "celebración inmortal" y valga la ironía.

SEGUNDO ATENTADO EN ALEMANIA A LA CATEDRAL DE COLONIA

El segundo atentado será la catedral de Colonia (en alemán, Kölner Dom —oficialmente Hohe Domkirche St. Peter—) es un templo católico de estilo gótico, comenzó a construirse en 1248 y no se terminó hasta 1880.

Está situada en el centro de la ciudad de Colonia. Con sus 157 metros de altura fue el edificio más alto del mundo hasta la culminación del Monumento a Washington en 1884, de 170 metros. Es el monumento más visitado de Alemania, además de una de las catedrales más majestuosas del mundo. En su interior resguarda algunos tesoros como la urna de oro, que contiene restos mortales de los Tres Reyes Magos, y el tríptico de Stefan Lochner. Es además la sede del arzobispo de Colonia y de la administración de la arquidiócesis de Colonia.

Fue declarada Patrimonio de la Humanidad por la Unesco en 1996.1

El caza saldrá desde la Unión Soviética en la Base Aérea de Kubinka, en el Óblast de Moscú.

Un Sukhoi 35Su-35 de la Fuerza Aérea Rusa

TERCER ATENTADO EN INGLATERRA AL PALACIO DE WESTMINSTER CON EL BIG BEN Y EL WESTMINSTER BRIGE

El tercero tendrá lugar en Inglaterra, pero teniendo en cuenta que celebró su 150 aniversario el 31 de mayo de 2009, y se llevaron a cabo diversos actos de conmemoración, no es ninguna sorpresa que el icónico Big Ben lo haya elegido en mi lista.

Big Ben es el nombre con el que se conoce a la gran campana del reloj situado en el lado noroeste del palacio de Westminster, la sede del parlamento del reino unido, en Londres, y popularmente por extensión se utiliza también para nombrar al reloj de la torre. Su nombre oficial era Clock Tower hasta que el 26 de junio de 2012, en honor al jubileo de diamante de la Reina Isabel II, se decidió que la torre pasaría a llamarse Elizabeth Tower (torre Isabel).

La torre alberga el reloj de cuatro caras más grande del mundo, y es la tercera torre de reloj más alta del mundo. La torre se completó en 1858 y el reloj comenzó a funcionar el 7 de septiembre de 1859.

La torre de Big Ben es un icono cultural británico, ya que es uno de los símbolos más prominentes de reino unido y frecuentemente aparece como plano de establecimiento en películas, series de televisión, programas o documentales ambientados en Londres.

Las casas colindantes del Parlamento se verán afectadas e incluso el tallado Westminster Hall, construido en 1097. También espero que sea afectada la fabulosa habitación de la Reina, y por supuesto la famosa Cámara de los Lores, donde se debaten las leyes de Gran Bretaña.

El tercer atentado se realizará a través del río Támesis, mediante mini-submarinos cargados con bombas serán situados en los puntos estratégicos bajo las estructuras del Big Ben, del palacio de Westminster y de las casas colindantes del Parlamento

CUARTO ATENTADO EN ESPAÑA A LA SAGRADA FAMILIA

El cuarto será la obra maestra de *Gaudí*, la Sagrada Familia, situada en Barcelona, y el máximo exponente de la arquitectura modernista catalana. Su construcción comenzó en 1882 y hoy en día aún no está finalizada, por lo que aprovecharé esta circunstancia de estar en fase de construcción para que mis hermanos de fe introduzcan bombas de alto contenido destructivo en tuberías y en sacos de cemento, mediante las empresas con las que tenemos relaciones comerciales. La obra que realizó *Gaudí*, es decir, la fachada del Nacimiento y la cripta fue declarada en 2005 por la Unesco Patrimonio de la Humanidad. Hoy en día es uno de los monumentos más importantes de España y Europa. Es en esa parte donde haré más hincapié para hacer más daño y, así destruir una obra que, cuando llegue el día, llevará 140 años para su construcción que, nunca se llevará a cabo.

Los siglos y las nuevas generaciones del Islam y guerreros de Alá, verán en ella una venganza sublime, minuciosa, casi de cirujano, pues las cámaras que puedan captar su destrucción verán desvanecerse como un castillo de naipes.

QUINTO ATENTADO EN ITALIA A LA BASÍLICA DE SAN PEDRO DEL VATICANO

El quinto y último atentado es el que más me ilusiona y excita de todos, será el atentado contra el Papa de los infieles.

No solo atacaremos la impresionante Basílica de San Pedro del Vaticano, el templo religioso más importante del catolicismo además de uno de los monumentos más importantes de Europa en cuya construcción participaron arquitectos como Bramante, Miguel Ángelo o Carlo Maderno, sino también el Palacio Apostólico, que es la residencia oficial del Papa en la Ciudad del Vaticano y que posee los Museos Vaticanos y la Biblioteca Vaticana, incluyendo la célebre Capilla Sixtina con los frescos de *Miguel Ángel*.

Iré a romper el corazón del cristianismo, machacaré aquello que ellos más alaban e idolatran. Será en Roma, en el Vaticano, en la misa que ofrecerá el domingo 2 de enero del 2022, 530 años después de la expulsión de Boabdil, ese día en la Plaza de San Pedro. Un avión con autorización internacional validada por mi gente y soldados de Alá, volará el espacio aéreo y lanzará varias bombas sobre la basílica y los aposentos del Papa.

Queda patente mi idea de golpear los bastiones del cristianismo en toda su esencia. He escogido estos objetivos como puntos neurálgicos de los infieles. Ellos verán cómo nadie puede con Alá el Todopoderoso.

Para la realización de estos atentados contaré con la colaboración de varios puntos y bases estratégicas situadas en Europa, desde donde despegarán a la misma hora varios cazas con sus respectivos objetivos, previamente estudiados y consensuados.

Un EF-18A+ Hornet del Ala 12 durante la Operación Fuerza Aliada.

Para vuestra información y, sabiendo lo que llevo entre manos, los Hornets españoles pueden llevar lanzadores AN/ALE-39 chaff/flare (señuelos), sistemas de orientación y radar ALR-167 y ALQ-126B Jammers que han sido sustituidos en la mayoría de los aviones por el ALQ-162 más avanzado. Los Hornets del Ejército de Aire pueden llevar el designador Láser FLIR AN/AAS-38 Nite Hawk en el pod de babor. Estos dos aviones saldrán de la Base de Zaragoza con destino Barcelona y Roma, que yo me encargaré personalmente de ordenar cumplimentar y gestionar dicha salida con la coartada de un ensayo europeo de las fuerzas de combate aéreas.

Tengo mucha más información al respecto, pero añadiré que el reabastecimiento en vuelo de combustible para los Hornets españoles es proporcionado por KC-130H de Ala 31 toda vez que los Boeing 707-300 del Grupo

47 han causado baja en el servicio.

Los EF-18M en España equipan tres alas de combate: Ala 12 en Torrejón, Ala 46 en Gando, aunque estos son aún de la versión A+ en la isla de Gran Canaria y Ala 15 en Zaragoza. El Ala 15, heredera del Ala 2 disuelta, es una Unidad relativamente joven establecida el 16 de diciembre de 1985 para encuadrar expresamente a los EF-18 A/B Hornet recién entregados al Ejército del Aire.

El Ala 15 está dividida en dos grupos operacionales, 151 y 152 Escuadrón, y el 153 Escuadrón UCO (Unidad de Conversión Operativa) responsable de la conversión operacional y formación de todos los pilotos españoles provenientes de la escuela de caza del Ala 23 en Talavera la Real y asignados al F18 Hornet.

El Lockheed Martin F-35 Lightning II es un avión de combate polivalente de quinta generación, monoplaza que es la característica que más me motiva para elegirlo como instrumento de venganza, pues tengo en cartera a dos pilotos que confraternizan con nosotros y, además con capacidad furtiva, desarrollado bajo el programa *Joint Strike Fighter* para reemplazar al F-16, A-10, F/A-18 y al AV-8B en misiones de ataque a tierra, reconocimiento y defensa aérea. Este avión fue diseñado en tres versiones distintas: el F-35A para despegue y aterrizaje convencional (CTOL), el F-35B capaz de realizar despegues cortos y aterrizajes verticales (STOVL) y el F-35C que es una variante naval capaz de operar en portaaviones.

El F-35 Lightning II (Relámpago) de Lockheed Martin

MUERTE DEL PAPA EN LA CIUDAD DEL VATICANO

Para informar a la gente de lo que sucederá tras el Gran Acontecimiento, y vaticinando que el caos será multitudinario y su repercusión instantánea será mundial a través de todos los medios de comunicación, pues serán paralizadas todas las noticias y acontecimientos que se estén emitiendo en dichos instantes, nadie hasta pasado el tiempo que yo considere, para que la mayor parte de los soldados de Alá se pongan a salvo, aunque a ninguno de mis guerreros les importa morir por El Más Grande, pues son respetuosos con sus designios, explicaré el protocolo que se ha seguir tras la muerte de un Papa en el Vaticano, algunos de ellos dictados por la tradición religiosa, pero otros muchos resultados de las normas establecidas por los propios Pontífices a lo largo de la historia de la Iglesia católica.

LA CERTIFICACIÓN DE LA MUERTE

Una vez fallecido el Papa se han puesto en marcha una serie de ritos, basados en la tradición o normas aprobadas por los papas a lo largo de los siglos. Lo primero ha sido certificar la muerte del Pontífice. El cardenal camarlengo, ha sido el encargado de verificar que el Papa ha muerto y de retirarle del dedo el "Anillo del Pescador", símbolo del poder pontificio, que es la señal de que el reinado ha concluido.

El asiento de Camarlengo de la Iglesia católica es Vacante debido al fallecimiento del Cardenal Camarlengo Jean-Louis Tauran el 05 de julio de 2018.

Desde el 23 de julio de 2012, es vicecamarlengo de la Santa Iglesia Romana el cardenal italiano Pier Luigi Celata, que sucedió al cardenal español Eduardo Martínez Somalo, miembro de la Congregación para los Obispos.

El camarlengo, durante la sede vacante, también actúa como jefe de Estado en funciones de la Ciudad del Vaticano. Sin embargo, durante este tiempo, no es responsable del gobierno espiritual de la Iglesia católica. La Constitución Apostólica Universi Dominici Gregis (22 de febrero de 1996) encarga esa tarea al Colegio Cardenalicio; a pesar de ello, el poder de gobierno que se les otorga es muy limitado, siendo sólo lo suficiente como para permitir que las instituciones de la Iglesia sigan funcionando y realicen algunas funciones básicas, esto, sin tomar decisiones definitivas o nombramientos, facultades o poderes cuyas funciones solo se reservan al papa. El camarlengo, sin embargo, debe permanecer en el ejercicio de su cargo durante la sede vacante, a diferencia del resto de la curia romana. La otra persona que se mantiene en su cargo es el penitenciario mayor.

El cardenal camarlengo, que viste de violeta (color de luto) y que es durante la sede vacante la más alta autoridad de la Iglesia, entra en la habitación escoltado por un destacamento de la Guardia Suiza con alabardas, símbolo de la nueva autoridad, para asegurarse oficialmente de la muerte del Pontífice.

Tres camarlengos han sido elegidos Papa: Cosimo Gentile Migliorati (Inocencio VII, 1404), Gioacchino Pecci (León XIII, 1878) y Eugenio Pacelli (Pío XII, 1939). Otros dos, Cencio, que fue elegido como papa con el nombre de Honorio III en 1216, y Rinaldo Conti di Segni, elegido papa con el nombre de Alejandro IV en 1254, no ocupaban el puesto de camarlengo para el instante que fueron elegidos (Cencio fue camarlengo desde 1188 hasta 1198, mientras que Rinaldo lo fue desde 1227 hasta 1231).

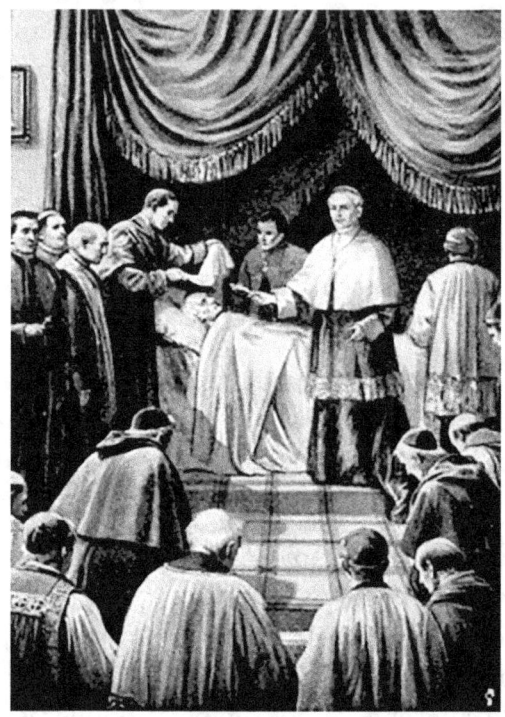

Camarlengo certificando la muerte de un papa (ilustración de 1903)

EL TURNO DE VELA

Primeros responsos: Una vez que el médico (antiguamente el arquiatra) confirma la defunción del Papa el prefecto de la casa pontificia anuncia oficialmente la muerte con una sencilla fórmula: El papa ha muerto. Todos los presentes se arrodillan y comienzan los primeros responsos. Después, por orden jerárquico se acercan al cadáver, y besan la mano del difunto Pontífice. Inmediatamente comienza el turno de vela por parte de los canónigos penitenciarios. Se encienden cuatro cirios a los pies de la cama y se coloca un acetre y el hisopo con agua bendita junto al lecho mortuorio para los responsos de los prelados visitantes.

Antiguamente se comprobaba con la llama de una vela: En los primeros siglos, para saber si el Papa estaba muerto el médico aproximaba a sus labios una vela encendida. Si la llama se movía significaba que aún conservaba un hálito de vida. La operación se realizaba varias veces hasta que la llama permanecía inmóvil. Actualmente las técnicas han cambiado y lo que se hace es determinar la defunción con los métodos médicos habituales.

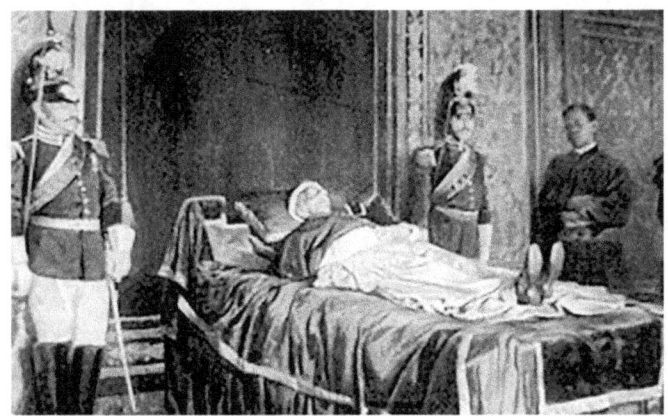

**El cadáver de León XIII en sus apartamentos con hábito coral:
sotana blanca, roquete, muzeta roja y camauro.**

EL MARTILLO DE PLATA

El camarlengo confirma la muerte mediante un antiguo rito: Nada más recibir la noticia del fallecimiento, el camarlengo, que viste de violeta en señal de duelo y que es durante la sede vacante la más alta autoridad de la Iglesia, entra en la habitación escoltado por un destacamento de la Guardia Suiza con alabardas, símbolo de la nueva autoridad, para asegurarse oficialmente de la muerte del Pontífice.

En mayo de 1988, el español Eduardo Martínez Somalo cesó en sus funciones como sustituto de la Secretaría de Estado, y un mes más tarde fue creado cardenal por el papa Juan Pablo II, junto con otros 23 purpurados.

El 21 de enero de 1992, el Pontífice lo nombró prefecto de la Congregación para los Institutos de Vida Consagrada y las Sociedades de Vida Apostólica.

El 5 de abril de 1993 fue nombrado por Juan Pablo II Camarlengo de la Iglesia Católica en sustitución del cardenal Sebastiano Baggio, quien había fallecido quince días antes. Presentó su renuncia tras cumplir 80 años, y el 4 de abril de 2007 el papa Benedicto XVI designó al Cardenal Bertone como nuevo Camarlengo. Como cardenal camarlengo le correspondió ejercer las especiales funciones reservadas a este cargo durante la sede vacante a la muerte de Juan Pablo II.

En presencia del maestro de ceremonia y de los prelados de la casa pontificia, el camarlengo se acerca a la cama, retira el pañuelo que cubre el rostro del Papa e inclinándose hacia el difunto llama tres veces al Papa por su nombre de pila.

El Camarlengo deberá confirmarla con un viejo rito que consiste en golpear tres veces la frente del Pontífice con un martillo de plata, que figura en el escudo de armas pontificio, mientras llama al difunto por su nombre de pila. El acto debe realizarse en presencia del maestro de celebraciones litúrgicas y del secretario y el canciller de la Cámara Apostólica.

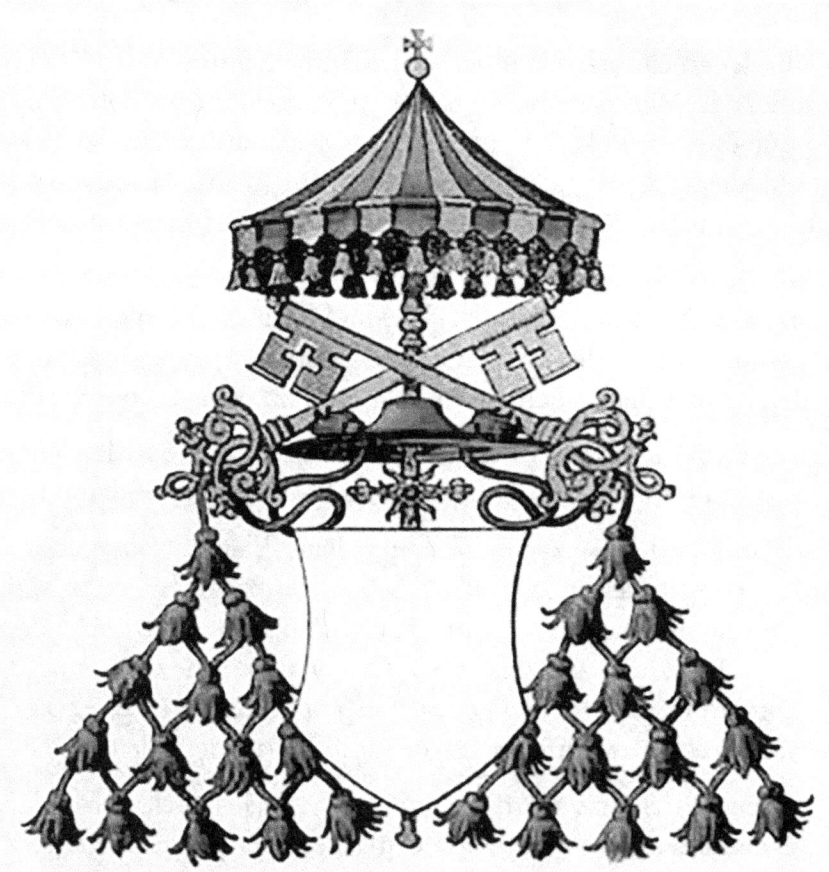

Escudo del Cardenal Camarlengo

EL ANILLO DEL PESCADOR

Los sellos del Papa son destruidos: A continuación, se retira del dedo el anillo del Pescador, símbolo del poder pontificio. Esta es la señal de que el reinado ha concluido. El anillo será machacado junto con el sello de plomo del Papa ante los cardenales. Se hace para evitar cualquier eventual falsificación de documentos papales. A continuación, el camarlengo deberá cerrar con llave la habitación de Papa y su estudio. Estos aposentos no podrán abrirse hasta que no se elija un nuevo Papa.

LEVANTA ACTA DE LA MUERTE

Después, el notario de la Cámara Apostólica levanta acta de defunción del Pontífice y dice "vere papa mortuus est" (de verdad el Papa ha muerto) y las campanas de San Pedro doblan a muerto, anunciando al mundo y a Roma de la muerte del Papa. En ese momento, se abrirá a medias la puerta de bronce del Vaticano y las campañas de la Basílica de San Pedro comenzarán a sonar

EMBALSAMADORES

A continuación, el cuerpo del Papa es entregado a los embalsamadores. Salvo que el Papa haya dicho lo contrario, el procedimiento exige que se le extraigan las vísceras, que son depositadas en urnas que se conservan en la cripta subterránea de la iglesia de San Vicente y San Anastasio, frente a la Fontana de Trevi, en Roma.

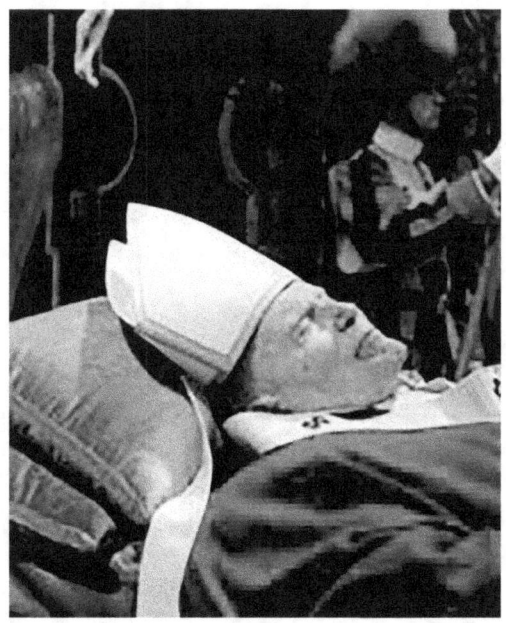

FOTOGRAFIAS PROHIBIDAS

La normativa vaticana prohíbe fotografiar al Papa muerto o grabar sus palabras. El camarlengo dará permiso para que se hagan fotos oficiales, pero siempre que esté ya revestido con los hábitos pontificios.

TRASLADO A LA CAPILLA SIXTINA

Una vez embalsamado se le reviste con sotana blanca y la mitra y es llevado a la Capilla Sixtina escoltado por prelados con cirios y cardenales. Es colocado debajo del Juicio Final, donde los fieles le rendirán el último tributo.

VESTIDO CON LOS SÍMBOLOS PONTIFICIOS

Por la noche, una vez cerrado el Portón de Bronce en señal de duelo, el cadáver del Papa es entregado a los canónigos de San Pedro que le revestirán con los hábitos pontificios (sotana blanca, amito, roquete de encaje, maní- pulo, estola, dalmática roja y dorada y una casulla, es decir, el manto que utiliza cuando celebra misa de color rojo, que es el color de luto de los Papas de color rojo y oro, así como la mitra episcopal blanca en la cabeza y el palio, una faja de lana blanca con cruces negras, símbolo de dignidad.

EXEQUIAS

Es llevado hasta el lugar en una solemne procesión encabezada por el cardenal decano y el camarlengo, mientras los coros entonan Libera me, Domine, de morte aeterna (líbrame Señor de la muerte eterna).

TRIPLE ATAUD Y ENTERRAMIENTO. CONSERVACIÓN DEL CUERPO

Extirpación de las vísceras: Hasta el momento de los funerales, los forenses del Instituto de Medicina Legal de la Universidad de Roma serán los encargados de velar por la buena conservación del cuerpo del Pontífice. Antiguamente, para su mejor conservación se retiraban los órganos internos que se introducían en ánforas especiales que se depositaban en las iglesias de los Santos Anastasio y Vincenzo, en la Fontana de Trevi. Todavía hoy se conservan las ánforas de 22 Papas entre 1390 y 1903, pero el Papa Pio X abolió esta tradición. Misa y sepelio.

Triple féretro: La Missa poenitentialis, es decir, el funeral, se celebrará en San Pedro y a él se espera que acudan delegaciones de todo el mundo. Corresponde a la Santa Sede fijar el nivel de las delegaciones que acudan a los actos. Terminada la misa, los restos mortales son introducidos en una triple caja -una de ciprés, otra de plomo y una de nogal-. Sobre esta última se coloca un simple crucifijo y una Biblia abierta. El Pontífice es sepultado en la cripta vaticana, donde permanecerá hasta que se disponga su sarcófago definitivo. En cuanto al modo en el que se les da sepultura son los propios Pontífices los que eligen cómo quieren que se les entierre.

El cuerpo del Papa es colocado en un féretro de ciprés forrado de terciopelo carmesí y encajado en otro de plomo de cuatro milímetros de espesor, a su vez encajado en otro de madera de olmo barnizada. Un prelado lee los hechos más importantes de su pontificado y al final mete el pergamino en un tubo de cobre que se introduce en el féretro junto con saquito de terciopelo con monedas y medallas de su pontificado. Después los camareros sellan la caja de ciprés y la de plomo y colocan la de olmo. Sobre esta última colocan un simple crucifijo y una Biblia abierta. El féretro suele pesar 500 kilos y es llevado al final de la ceremonia en un carro fúnebre hasta el Altar de la

Confesión, donde por medio de poleas es descendido hasta la cripta vaticana, donde permanecerá hasta que se disponga su sarcófago definitivo.

Lectura de los hechos importantes del pontificado: Una vez en la Basílica un prelado lee los hechos más importantes de su pontificado y al final mete el pergamino en un tubo de cobre que se introduce en el féretro junto con saquito de terciopelo con monedas y medallas de su pontificado.

LOS FUNERALES

Tres días después de la muerte: Los solemnes funerales del Papa se celebran, por norma general, tres días después de la muerte. En ese periodo, el colegio cardenalicio, que debe dirigir la Iglesia mientras se designa a un sucesor, debe decidir el momento en el que se destruye el anillo del pescador, que representa al Apóstol San Pedro, y el sello de plomo con el que se expiden las cartas apostólicas.

La labor del ejecutor testamentario: Por otra parte, si el Sumo Pontífice difunto ha hecho testamento de sus cosas, dejando cartas o documentos privados, y ha designado un ejecutor testamentario, corresponde a éste establecer y ejecutar, según el mandato recibido del testador, lo que concierne a los bienes privados y a los escritos del difunto Pontífice. Dicho ejecutor dará cuenta de su labor únicamente al nuevo Papa.

EPÍLOGO

El MUNDO ESTÁ APASIONANTE COMO NUNCA Y TERRIBLE COMO SIEMPRE.

Causa, en verdad, alipori que la gente se rasgue las vestiduras después de escuchar a la plutocracia de varios países llamados soberanos.

*No podemos mirar para otro lado. Hace ocho años que la guerra de Siria comenzó y la situación humanitaria sigue siendo muy grave. **La ONU estima que unas 600.000 personas han muerto desde el comienzo de la guerra y otros 5 millones han huido del país.***

En mi reflexión como autor digo: "Hace mucho tiempo que, no veo en los grandes palcos y atriles de los enormes hemiciclos de las renombradas reuniones internacionales y conferencias mundiales, a algún "niño/a de la guerra" removiendo con sus exposiciones, sus impenetrables y concienzudas conciencias y sus duros e inexpugnables corazones. Seguramente sea porque sería tal la lección de humanidad, humildad, bondad, y sentimientos desbordados en sus palabras que, ustedes no sabrían cómo salir de aquellas encrucijadas de buenos valores y, harían inanes sus liderazgos político-sociales y, seguramente sus argumentaciones, les dejarían a la altura del polvo de las calles donde sobreviven, consecuencia de esas ruinas provocadas por las bombas".

__Pretendo que esta novela sea una llamada de atención a las conciencias de sus lectores, así como un grito de auxilio en nombre de las víctimas inocentes a los poderes fácticos a nivel mundial__, para que reflexionen y no hagan caso omiso de todas las noticias que nos llegan y de sus desastrosas consecuencias: familias destrozadas, niños/as sin padres, padres sin hijos/as, en fin un despropósito tras otro.

En esta novela se ve la vileza del ser humano, sus bajezas, sus miserias, sus mentiras, sus amarguras; pero también se comprueba lo que el amor de un padre y de una familia, pueden llegar a hacer por un hijo o familiar.

Después de mucho leer, estudiar y reflexionar he llegado a la conclusión que, en el fondo, no existen tantas diferencias entre las esperanzas de un islamista, es decir, un musulmán especialmente fervoroso e integrista, y las de un integrista cristiano. De la misma forma en que un supernumerario del Opus Dei, un padre de familia amish o un devoto copto quizás desean una sociedad regida por los valores de la Biblia (sin divorcio, sin aborto, sin promiscuidad sexual, sin drogas, etcétera), un musulmán radical añora un mundo bajo los valores del Corán. Pero un cristiano radical no necesariamente es un violento de los Guerrilleros de Cristo Rey o un asesino del IRA. De la misma forma, un musulmán devoto e integrista no necesariamente es un yihadista.

Hay musulmanes, además, me descubrieron una forma de ver el Islam moderno, cosmopolita, del siglo XX y XXI, muy distanciado de los moros con camello y turbante que yo imaginaba. El Islam roquero británico Cat Stevens, del boxeador Cassius Clay, del futbolista franco-argelino Zinedine Zidane, del actor egipcio Omar Sharif, del filósofo francés René Guénon, del político afroamericano Malcom X...o los premios Nobel Naguib Mahfuz, Mohamed Anwar al-Sadat, Mohamed El Baradei, Ahmed Hassan Zewail...Todos ellos musulmanes que triunfaron en el mundo del cine, la música, la ciencia, la literatura, la política o el deporte en Occidente, y son referente para millones de admiradores. Herederos de los matemáticos, astrónomos y literatos árabes que convirtieron Al Andalus en la civilización más desarrollada de su época, y que ahora son estigmatizados y satanizados en todo el mundo, sólo por ser musulmanes. Yo confieso que antes de escribir esta novela nunca antes me había parado a ver las cosas tan distantes y distintas desde este punto de vista.

Tampoco había charlado amigablemente con un musulmán árabe sobre la yihad, Ben Laden o Al Qaida, y al hacerlo descubrí dos cosas que me sorprendieron muchísimo en aquella convivencia. Por un lado, la existencia de dos tipos de yihad en el Islam: la Gran Yihad, que en el Sagrado Corán se define como "esfuerzo en el camino de Dios", es decir, la lucha interior para respetar los mandamientos del Profeta y ser un buen musulmán- y doy fe de que en el mundo en que vivimos no es nada fácil ser un buen musulmán; probablemente tan difícil como ser un buen cristiano o un buen judío-, y una Pequeña Yihad, que puede aplicar la lucha armada en defensa del Islam, y la excusa de los yihadistas terroristas para su violencia.

Según su punto de vista y opinión, Palestina, Iraq, Afganistán, Chechenia, etcétera, son ejemplos de pueblos hermanos oprimidos, masacrados y humillados por la ambición occidental. En el fondo, la historia colonial siempre ha sido

la misma. Desde su punto de vista les llevamos la "cultura", la "civilización", las enfermedades venéreas y la religión "verdadera", y a cambio nos traemos sus riquezas, sus mujeres y su dignidad. Resulta inquietante echar la vista atrás, en una hemeroteca, en un archivo o en la memoria de nuestros mayores, y ver cómo la historia se repite cíclicamente. África, América, Oriente Medio…

Cuando viajas en avión a esos países puedes intuir cómo desde la ventanilla del avión se extienden a tus pies miles kilómetros plagados de historia y cultura, yo no he viajado a esos países pero he hecho un alarde de imaginación de cuántos siglos y generaciones de artistas, exploradores, científicos, poetas, que dejaron su legado para toda la humanidad en forma de papiros, tablillas, esculturas y monumentos arqueológicos. Al norte Siria, con las huellas de Zenobia, Saladino y Saulo de Tarso, y más allá Turquía, la del Imperio otomano inalcanzable. Al este, tras Siria, Jordania, Iraq y Arabia Saudí, desbordantes de historia sagrada antigua y moderna. Al sur Palestina, la patria de Jesús, y después Egipto, cuna del cristianismo, del judaísmo y del imperio de los faraones. Y al oeste las costas mediterráneas, que exploraron antes que nadie los fenicios, el pueblo del mar. Imposible cuantificar cuánto debe la historia de la humanidad esa región que llamamos Oriente Medio. Pero basta imaginar por un momento si arrancásemos de los libros de texto de nuestros hijos todas las páginas que hablan de Mesopotamia, donde se inició la historia escrita; de Palestina o de Arabia, cunas respectivas de Abraham, Jesús y el Profeta Muhammad; o de Egipto, origen de la ciencia y la cultura. Esos libros de texto se quedarían cojos, mancos, ciegos y sordos. Como nuestros políticos. Aunque lo de mancos sería cuestionable.

En mi novela se dan términos antagónicos como el bien y el mal, el éxito y el fracaso, el odio y el perdón.

El éxito y el fracaso son dos grandes impostores.

El fracaso enseña lo que el éxito oculta. **Los dos grandes fracasos en la vida del hombre son en el económico y en el profesional. En la mujer sus frustraciones son en el sentimental y el familiar.**

La felicidad absoluta no existe, *es decir, tenemos que asistir a una felicidad relativa. Esta reflexión la hemos hecho mi mujer y yo muchas veces ante los acontecimientos que la vida nos presenta a nosotros como pareja y observadores del mundo que nos rodea.*

Sócrates *decía que* **la felicidad** *consistía* **en encontrarse a uno mismo.** *En el frontispicio del templo de apolo en Grecia hay una inscripción que dice*

Gnothi Sauton, lo que significa **conócete a ti mismo**. *Cómo vas a mirar la mota en el ojo ajeno si no ves la viga en el tuyo, viene a decirnos.*

Aristóteles *arguye que* **la felicidad** *consiste* **en la verdad.**

Séneca *que era el maestro de oratoria de Nerón deduce que* **la felicidad** *consiste* **en la virtud.**

Epicuro *expone que* **la felicidad** *radica* **en el placer.**

Platón *opina que* **la felicidad** *está* **en el amor.**

Pero en verdad, lo que mueve al mundo es el amor, no es el poder ni el dinero, *eso son acicates que la vida nos pone y nos engatusa con ellos para hacerla más sufrida si fuera posible. Hay personas esclavas de ambos o de uno de los dos pilares sociales: del poder y del dinero. Cuando hablo de poder, hablo también de relevancia social, de los afectos públicos y el dinero no necesita más explicación.*

Por amor *se han conquistado naciones, por amor se han realizado monumentos impresionantes, por amor se han enfrentado países en batallas memorables, por amor se llega a los confines más insospechados de la tierra y del ser humano.*

Yo mismo, estoy aquí por amor. *Por amor me quedé en Albatera cuando muchos amigos, compañeros y familiares no sabían dónde estaba y, al principio, les decía que es un pueblo que está entre Elche y Murcia y donde sigo después de 31 años.*

En mi novela se da esa doble contraposición, donde el padre intenta transmitir, por edad, saber, gobierno y la experiencia, que no nos olvidemos que es la madre de la ciencia, en arrostramiento a la contumaz inquina del protagonista hacia los infieles. Lo que quiero transmitir al igual que alguno de mis personajes, entre otras cosas, es que **no hay justicia sin perdón y perdón sin misericordia.** *La misericordia es superior a la justicia.*

Me crezco en la adversidad con un corazón de oro: *esto es heroico y superior. Es la excelencia. Saber perdonar todo y a todos.*

La capacidad de perdonar es la grandeza de ser capaz de mirar hacia adelante y hacia arriba.

Una injuria perdonada por el ofendido le da un título de superioridad sobre el otro: **"Quien pierde gana".** *Esto dicho así es difícil de entender, pero reflexionado con un corazón noble, te da la explicación necesaria, dicho de otro modo, sin un profundo sentido espiritual no se puede perdonar.*

Eso de "Yo perdono, pero no olvido", es papel mojado.

El perdón auténtico se acompaña del esfuerzo por los agravios reci- ***bidos. El perdón consiste en renunciar a la venganza y al odio, al ajuste*** ***de cuentas, a la ley del Talyón.***

El resentimiento *que aparece el siglo XII es sentirse dolido y no cambiar.* *Un sentimiento dolido y que no olvida. "El que la hace la paga".*

El odio *es el deseo de destruir al otro y hacerle el mayor daño posible.*

En derecho romano aprendí una locución latina que dice:

Quod tibi fieri non vis, alteri ne feceris *que en castellano se traduce* *como «no hagas a otro lo que no quieras te hagan a ti».*

La máxima fue difundida por el emperador de Roma Alejandro Severo, *quien la hizo grabar en el frontispicio de su palacio y en monumentos públicos,* *según expresa la biografía pertinente en Historia Augusta, escrita por un autor* *anónimo bajo el pseudónimo de Elio Lampridio.*

Hay que aprender el lado bueno de lo que nos ocurre y para ello hay tres *conductas a seguir:*

- ***vivir honestamente.***

- ***no dañar a nadie.***

- ***dar a cada uno lo suyo.***

Permitidme recordaros una máxima del alma española de Cervantes, Las *Bodas de Camacho: "La felicidad no está en la posada, sino en medio del cami-* *no». La felicidad no es un destino, sino una forma de vivir, una actitud ante la* *vida. "Es mejor el camino que la posada".*

La auténtica plenitud vital no consiste en la satisfacción, en el logro, en la *arribada. Ya decía Cervantes que "el camino es siempre mejor que la posada". Un* *tiempo que ha satisfecho su deseo, su ideal, es que ya no desea nada más, que se* *le ha secado la fontana del desear. Es decir, que la famosa plenitud es en realidad* *una conclusión. Hay siglos que por no saber renovar sus deseos mueren de satisfac-* *ción, como muere el zángano afortunado después del vuelo nupcial.*

Por último y para finalizar, ***permitidme un Poema con un Mensaje de*** ***Amor para Toda la Humanidad*** *de parte de un humilde servidor, que lleva* *por título:* ***Amigo de la Luna.***

Voy a escribir un poema para ti,
Que te diga lo que mi corazón está sintiendo,
Que te diga que mi triste corazón,
Por ti, está latiendo.

Voy a escribir un poema para ti,
Que te diga que por ti estoy viviendo.
Que te diga que sin ti,
Mi enfermo corazón, está muriendo.

Voy a escribir un poema para ti,
Que te digan las cosas hermosas
Que tú significas para mí...
Voy a escribir un poema para ti.

Voy a escribir un poema para ti,
Un poema que te haga feliz,
Que te haga sentir mil deseos de amar,
Que te haga vivir,
Que despierte en ti
La llama del amor...
Voy a escribir un poema para ti.

Un poema de amor que nace del corazón,
Eso voy a escribir para hacerlo canción.

Voy a escribir un poema de amor,
Voy a escribirlo con mucha pasión;
Un hermoso poema que se haga canción.
Un poema que sea un mensaje de amor,
Un mensaje de vida, un mensaje de luz,
Un mensaje de fe, mensaje de ilusión.
Un mensaje de aliento que llegue hasta el sol.
Voy a escribir un poema para ti
Que te otorgue ilusión y ganas de vivir.

Un mensaje importante que hable de Dios
Que nos una y aliente a ser cada día mejor.

Ama y perdona sin mirar a quien
Desde que amanece al anochecer,
Entrega sonrisas a tu alrededor,
No muestres desprecio, demuestra tu amor.
Bendice y perdona al mendigo, al señor,
Al humilde y al rico dales el perdón.

Todo aquel que te ofende merece el perdón.
No le muestres desprecio, demuéstrale amor.

Si ofendes a tu hermano, ofendes a Dios.
Si odias al mundo, estás odiando a Dios.

No malgastes la vida con odio y rencor.
Dale amor a tu hermano… al mundo dale amor.
Así de esa manera estarás amando a Dios,
Y sentirás la dicha dentro del corazón.

Éste es mi poema, ésta es mi canción.
Ama sin medida con el corazón
Ama a tu enemigo, no le muestres rencor;
No le odies ni maldigas, demuéstrale amor.

Éste es el mensaje de mi corazón
Para todos mis hermanos no importa el color.
Éste es mi poema, ésta es mi canción.
Ama sin medida con el corazón.

AGRADECIMIENTOS

A mis padres, a quienes nunca podré devolverles todo lo que me dieron.

A mis abuel@s y profesor@s que, sin querer, me criaron en la educación y sin ellos darse cuenta en la ambición de saber.

A mis hij@s, niet@s, bisniet@s, tataraniet@s, trastaraniet@s (chozn@s), en la esperanza que mis consejos os hayan servido, me hayáis entendido, me leáis y os acordéis que la familia Ruiz, tuvo un abuelo que os quiso tanto, que sin conoceros escribió estas novelas para vuestro deleite y acervo, que con todo el cariño, amor y vivencias que os pueda transmitir, entendáis mi vida, mi Amor, los tiempos en que viví, mis inquietudes y, aunque sea en tercera persona sepáis el porqué de Madrid y Albatera.

A mi Mujer, mi Amor, mi Amante, mi Amiga, en agradecimiento por todo lo vivido, sufrido, reído y gozado, para que los delirios de grandeza se hagan realidad.

A mis suegros por la ayuda recibida.

A mi hermano Sergio por su constante y ardua lucha intentando allanar el sendero, sorteando vaivenes, baches e infinitas vicisitudes en el enrevesado camino lleno de rosas con espinas para alcanzar esa meta, distinta para cada persona y, las más de las veces, sorprendentemente inesperada e irónica para todos a la que llamamos vida.

A María Dolores Fuentes Soriano por su conocimiento y buen hacer en apoyo a mi novela.

A Emilio Butragueño Santos, aunque su biografía futbolística está llena de apodos como "la Leyenda" y "Caballero Blanco", de adjetivos que le avalan como Futbolista y hablan de él como Genio, Mito, Caballerosidad y Honradez; yo corroboro esos valores tanto futbolísticamente como humanamente, añadiendo Bondad, Compasión, Generosidad, Humildad e Integridad. En señal de mi agradecimiento a su voluntad, buena fe, predisposición, amistad y ayuda incondicional siempre que se la he pedido, que aun siendo pocas veces han sido atendidas, concretamente en un momento muy importante en mi vida, él a diferencia de otras personas y haciendo gala de su Grandeza y Nobleza me tendió esa mano que tanto necesitaba y que no encontraba en otras personas de menos alteza de miras. Emilio es Sencillamente una de las Mejores Personas que he encontrado en la vida.

Al resto, amigos, enemigos y conocidos, esperando que la vida os ilustre y os guíe como lo hizo conmigo.

De la vida no quiero mucho, quiero apenas saber que intenté todo lo que quise, tuve todo lo que pude, amé todo lo que valía la pena y perdí lo que nunca fue mío.

Hasta siempre.

 www.twitter.com/rroberruiz

 robertoruizcruazdo@gmail.com

 www.robertoruiz.es

 www.facebook.com/roberto.ruizcruzado

 https://www.linkedin.com/in/roberto-ruiz-cruza
do-218722116

Res, non Verba

Carpe Diem

Magis esse quam videri oportet

www.ingramcontent.com/pod-product-compliance
Lightning Source LLC
Chambersburg PA
CBHW080818020726
47501CB00009B/2333